杜甫诗选

冯至 编选

浦江清　吴天五 合注

人民文学出版社

图书在版编目（CIP）数据

杜甫诗选/冯至编选；浦江清，吴天五合注. --2 版. --北京：人民文学出版社，2025

ISBN 978-7-02-018491-0

Ⅰ．①杜… Ⅱ．①冯… ②浦… ③吴… Ⅲ．①杜诗-诗集 Ⅳ．①I222.742

中国国家版本馆 CIP 数据核字（2024）第 026742 号

责任编辑　李　俊
装帧设计　刘　远
责任校对　杨益民
责任印制　王重艺

出版发行　人民文学出版社
社　　址　北京市朝内大街 166 号
邮政编码　100705

印　　刷　三河市中晟雅豪印务有限公司
经　　销　全国新华书店等

字　　数　202 千字
开　　本　880 毫米×1230 毫米　1/32
印　　张　11　插页 3
印　　数　1—4000
版　　次　1956 年 12 月北京第 1 版
　　　　　2025 年 1 月北京第 2 版
印　　次　2025 年 1 月第 1 次印刷

书　　号　978-7-02-018491-0
定　　价　39.00 元

如有印装质量问题，请与本社图书销售中心调换。电话:010-65233595

目 录

前言	1
例言	1

卷一

望岳	1
房兵曹胡马	2
画鹰	3
春日忆李白	4
饮中八仙歌	4
奉赠韦左丞丈二十二韵	6
高都护骢马行	8
前出塞九首	9
送孔巢父谢病归游江东兼呈李白	13
兵车行	15
乐游园歌	17

同诸公登慈恩寺塔	18
丽人行	20
醉时歌	22
秋雨叹三首	24
奉先刘少府新画山水障歌	26
后出塞五首	28
自京赴奉先县咏怀五百字	31

卷二

月夜	36
哀王孙	37
悲陈陶	39
悲青坂	40
塞芦子	40
春望	42
哀江头	43
喜达行在所三首	44
述怀	46
玉华宫	47
羌村三首	49
北征	51
彭衙行	57

曲江二首	59
偪侧行赠毕曜	61
瘦马行	62
义鹘行	63
洗兵马	65
赠卫八处士	69
新安吏	70
潼关吏	71
石壕吏	72
新婚别	73
垂老别	75
无家别	76

卷三

留花门	78
佳人	80
梦李白二首	81
有怀台州郑十八司户	83
遣兴五首	85
秦州杂诗二十首（选八首）	88
月夜忆舍弟	93
天末怀李白	93

发秦州	94
赤谷	95
铁堂峡	96
盐井	97
石龛	98
积草岭	99
泥功山	100
凤凰台	101
乾元中寓居同谷县作歌七首	102
发同谷县	106
木皮岭	107
白沙渡	108
水会渡	109
飞仙阁	110
龙门阁	110
剑门	111
成都府	113

卷四

蜀相	114
堂成	115
江村	115

题壁上韦偃画马歌	116
戏题王宰画山水图歌	117
恨别	118
后游	119
春夜喜雨	119
春水生二绝（选一首）	120
江上值水如海势聊短述	120
水槛遣心二首（选一首）	121
江畔独步寻花七绝句（选五首）	121
进艇	123
茅屋为秋风所破歌	123
石笋行	125
石犀行	126
百忧集行	127
戏作花卿歌	127
赠花卿	128
病橘	129
枯棕	130
不见	131
野望	132
遭田父泥饮美严中丞	133
戏为六绝句	134

卷五

大麦行	138
光禄坂行	138
去秋行	139
闻官军收河南河北	140
涪城县香积寺官阁	141
上牛头寺	141
舟前小鹅儿	142
寄题江外草堂	142
喜雨	144
送陵州路使君赴任	145
对雨	146
九日	147
严氏溪放歌行	147
警急	148
王命	149
征夫	150
西山三首	151
早花	152
有感五首（选一首）	153
发阆中	154
冬狩行	154

桃竹杖引赠章留后 156

释闷 157

天边行 158

阆山歌 159

阆水歌 160

将赴成都草堂途中有作先寄
　严郑公五首（选一首） 160

卷六

草堂 162

四松 164

题桃树 165

水槛 166

登楼 167

绝句四首（选一首） 168

丹青引赠曹将军霸 169

太子张舍人遗织成褥段 171

忆昔二首 173

宿府 175

送舍弟颖赴齐州三首 176

春日江村五首（选一首） 177

莫相疑行 178

去蜀	179
旅夜书怀	179
三绝句（选二首）	180
十二月一日三首（选一首）	181

卷七

移居夔州作	183
漫成一首	184
八阵图	184
古柏行	185
负薪行	186
最能行	187
夔州歌十绝句（选四首）	188
白帝	190
宿江边阁	191
听杨氏歌	191
诸将五首	192
壮游	197
遣怀	203
解闷十二首	206
咏怀古迹五首	211
秋兴八首	215

阁夜	221
愁	222
即事	222
承闻河北诸道节度入朝欢喜 　口号绝句十二首（选四首）	223
复愁十二首（选四首）	225
登高	227

卷八

又呈吴郎	228
观公孙大娘弟子舞剑器行并序	229
夜归	232
晚晴	232
冬至	233
短歌行赠王郎司直	234
暮归	235
夜闻觱篥	236
登岳阳楼	237
岁晏行	237
清明二首	238
江汉	240
客从	241

蚕谷行	242
朱凤行	242
追酬故高蜀州人日见寄并序	243
江南逢李龟年	246
小寒食舟中作	246
风疾舟中伏枕书怀三十六韵奉呈湖南亲友	247

附录

浦江清、吴天五合注《杜甫诗选》通信选	253
再版后记	320

前　言

　　杜甫是我国历史上最伟大的诗人里的一个，他的作品是我们文学遗产中最宝贵的一部分。他生活在第八世纪，现在距离他的死年已经有一千一百八十多年，在这长久的时间内，他的诗始终联系着广泛的读者，对于后代的诗歌发生巨大影响，对于人民起着积极的教育作用。

　　他发展了《诗经》和汉魏乐府以来现实主义的优良传统，写出时代的矛盾，采取了鲜明的进步立场。他的诗，内容是丰富的，形式是多种多样的。因此他成为后代诗人的楷模；凡是他居住过的地方，自从两宋以来，都有碑铭或祠堂之类的建筑来纪念他；他被人称为诗圣，他的诗被人称为诗史。

　　杜甫的诗流传下来的约一千四百余篇。现在选在这里的二百六十余首，仅及全部作品中的百分之十九弱。这一部分诗能代表杜甫全部的创作吗？我们的回答是不可能的。但是我们希望读者能够从这部选集里读到杜诗里最主要的部分，并且进一步认识他的诗人的道路：他怎样在他的诗里反映了他所处的变化剧烈的时代，他怎样对祖国和人民怀有无限的热爱，他怎样勤苦地从事创作，而成为我国文学史上最杰出的一个古典现实主义者。

杜甫生于七一二年，死于七七〇年。他降生时，唐帝国正发展到一个经济繁荣时期；他死时国内社会秩序紊乱，外族不断入侵，人民过着难以忍受的困苦生活。在那繁荣时期，由于一百多年的国内统一，劳动力充足，许多荒地垦为良田，公私储粮丰富，米一斛或绢一匹值钱不过二百。商业和手工业发达，水陆交通便利，城市也兴盛起来。通往西域的大道上商旅不绝；南海有从大食、天竺开来的商船；东海有日本遣派来的僧侣。中国文化和外国文化互相交流，工艺、美术、音乐、舞蹈都达到前所未有的水平。七五四年是唐代人口最多的一年，据户部统计各郡县人口的数目将及五千三百万。

衰落的时期又是什么景象呢？在七六四年各郡县的人口只剩下一千六百九十余万，十年的时间内人口减少了十分之七。劳动力减少，良田遍生荆棘，米价每斛、绢价每匹都升到万钱左右。安史之乱，从七五五年十一月安禄山在范阳叛变到七六三年正月史朝义兵败自杀，整整延续了七年零三个月，遭受骚扰的区域遍及现在的河北、河南、山东、山西、陕西数省。随后江南和西蜀到处都有军阀的叛乱和小规模的农民起义，这情形直到杜甫死时都没有停息。西北和西南有两个占有广大领土的新兴的民族：回纥和吐蕃。

在这急剧变化的时代里，唐代的统治阶级是什么情况，我们也需要提一提。在杜甫降生的那一年，唐睿宗（李旦）传位给玄宗（李隆基）。玄宗初年，还能励精图治，培养良好政风，社会繁荣，形成历史上所谓的"开元之治"。可是在他做皇帝的期间内，边疆上不断有战争，一方面由于吐蕃等族势力的膨胀，一方面也由于玄宗具有开拓边疆的野心，不愿与邻邦和平相处。最初如抵御吐蕃，平定契丹与灭东突厥，尚能获得胜利，但自从七五〇年以后，无论东北对于契丹，西南对于南诏，西方对于葱岭外的大食，都是每战皆败。打败了，就需要补充兵额，人民负担着极大的征役痛苦。同时玄宗做了三十多年的皇帝，看着府库丰满，仓廪充实，觉得天下的财富取不尽，用不完，他和他的统治集团的生活也渐趋腐化。他夺取了他的儿子李瑁的妃子杨玉环，封为贵妃。贵妃和她的兄弟姊妹仰仗帝王的势力尽量享用从民间搜刮得来的财富，建筑华丽的第宅，衣着饮食都穷奢极欲，车马仪仗也各出新奇。他们丝毫没有觉到，长年的用兵会使劳动力减少，农村生产下降；他们也意识不到，这样没有止境的大量消耗已远远超过人民负担的能力。又加以水旱相继，酿成七五四年的关中大饥。所谓太平盛世，这时只不过像是一个果实的空壳，其中的果肉与浆汁早已干枯了。

七五五年，安禄山率领着主要是胡人组成的队伍在河北起兵，纵横中原，洛阳、长安相继沦陷。玄宗逃往西蜀，他的儿子李亨（肃宗）在灵武即位，把郭子仪的朔方军作为基本的反攻队伍；后来虽然配合着回纥派来的援军，收复两京，但是国家元气，已伤耗殆尽。政府开支，无法维持，七五八年以后，一再铸造"一当十""一当五十"的钱币，造成唐代立国以来不曾有过的通货膨胀。但是无论人力、物力，都要从人民中间榨取，壮丁没有了，老人和儿童也被官吏们抓去，赶上前线，粮租交不出，身边的用具都被征去作为抵偿。在这样情形下，中央政府不但还要维持它的空架子，点缀太平，而且玄宗旧臣与肃宗朝廷的新贵中间还时常互相摩擦，不能合作；各地方的节度使也各自占据一方，作威作福，不顾全局，无限度地吸取人民的血汗。

这是杜甫时代一般的情况。经济从繁荣到衰落，政府从中央集权到对地方失却统治力量，社会从安定到紊乱，军事从胜利到失败，都是逐渐形成的，但是这些情形发生突变的转折点是在安史之乱爆发的那一年，七五五年，这时杜甫四十四岁。现在我们能够读到的杜甫的诗十之八九是这一年以后写成的，其中大部分都丰富而深刻地反映了他的时代。

在谈到他的诗以前，我们先看一看他的同时代的几个诗人。

我们一向把李白和杜甫并称。李白生于七〇一年，比杜甫大十一岁；死于七六二年，比杜甫早死八年。和杜甫相反，他的作品大部分都是写于七五五年以前。他虽然也经历了安史之乱，但安史之乱对于他的影响没有像对于杜甫那样深刻，因为七五五年以后七年的岁月他都是在江南度过的。所以他的诗里反映的主要是经济繁荣时代健康的豪迈的精神。那时由于商业发达，商品交易的关系增加，社会上往往产生些不平的事，使游侠的风气盛行一时，许多通都大邑成为侠客们驰骋的场所。还有一些知识分子不满于平庸的生活，想用炼丹和修道来超脱尘俗，追求自我的解放。游侠和求仙便成为一时的风尚，这也是李白诗中的两个重要的主题。此外他对于他的时代也抱有无限的关怀，反抗世俗，有时甚于杜甫；至于安史之乱在他的诗里没有留下像在杜甫诗里那样多的痕迹，主要是由于时间和地点的限制。

当时因为边疆上不断有战争，从军边塞也成为这时代诗歌中的一个主题，诗人们在塞北和西域发现了新的世界，对着风沙弥天的旷野发出悲壮的或苍凉的歌声。李白和早期的王维（七〇一——七六一）都写过一些不朽的歌咏边塞的诗。但不凭借臆想、有更多体验的边塞诗人要算杜甫的朋友高适（七〇二？——七六五）和岑参（七一五—七七〇）。因为他们有较长的时间在边疆的幕府里工作，他们所写的边塞是亲身经历的。但是安史乱后，他们都回到中原，高适身居要职，岑参也过着一连串的官吏生活，边塞诗成为他们过去的作品，而眼前人民的困苦也没有能够引起他们的注意。

至于一些歌咏山林与田园生活的诗人如晚年的王维、储光羲（七〇七—七五九？）等，他们的诗大都脱离了时代，社会的变动很难在里边得到多少反映。

我们可以这样说，杜甫同时代重要诗人的主要作品，多半是在安史之乱以前完成的，它们的现实性在于反映了富庶时代生气勃勃的、健壮的精神，安史之乱以后，他们的创作都进入末期。杜甫却和他们相反，他的作品里反映的正是从繁荣到衰落以及衰落社会中的种种矛盾。

杜甫有三十多年之久生活在繁荣富庶的社会里，从二十岁起，他在江南和山东度过将近十年的裘马清狂的生活。那时期内他不是没有写过诗，却都没有流传下来，现在我们能够读到的他的最早的诗是他三十岁左右时写的。这少数的早期的诗，是对于壮丽的自然与动物中马与鹰的歌咏，同时也带有当时的豪迈的风格。他自从七四六年到了长安以后，本来希图通过政府中当权者的推荐得到一个官职，不料在长安一年一年地住下去，官职不能到手，而自己的生活却日渐贫困。这也正是唐代的社会渐渐从繁荣趋向衰落的时期。他住在长安城南，走遍长安的近郊和坊巷，看见统治阶级的豪华生活日出新奇，而人民的生活却日见降低，致使贫富的悬殊一天比一天加强。他面对这些现实，他的创作态度起了变化：他关怀到国家的前途、人民的困苦，他写出《登慈恩寺塔》《兵车行》《丽人行》等诗篇，在前一首里还隐约其词，用比喻的方法，表示他对于时代的忧虑，在后二首里就是直接的诉苦和毫不容情的揭发了。到了唐代历史转折点的七五五年，杜甫写出来无论对于他的诗或是对于唐代社会都有划时代意义的名句："朱门酒肉臭，路有冻死骨。"

从此杜甫的诗便和他同时代的诗人们的诗划了一个界限：他们表现了繁荣时期豪放的精神，杜甫却起始叙述时代的艰难、国家的危机、人民颠沛流离的生活。我们并不能因为杜甫有这样的成就，而贬低其他的诗人们，尤其不应贬低对于李白的评价。这些人之所以没有和杜甫一样向前进了一步，是由于时代限制了他们，因为除了岑参外，他们都比杜甫早生了十年左右；是由于地位限制了他们，因为除了李白以外，他们后来都成为政府中重要的或较为重要的官吏。当时也有在创作方法和态度上和杜甫相近的诗人，如元结（七二三—七七二）和他的朋友们，但是他们的才力远远赶不上杜甫。

杜甫是一个政治性很强的诗人。他实际的政治生活却非常短促：

他在七五六年的春天在率府里管了几个月的兵甲器仗，从七五七年五月到七五八年六月在肃宗身边做了一年的左拾遗，随后在华州做过不到一年的司功，七六四年六月到次年正月初在成都严武的节度使署中做了半年参谋，一共算起来，还不满三年，并且这都是不关重要的职位。但他自从七四六年到长安一直到他临死的前夕，他时时刻刻都在关怀国家，关怀人民。在他刚到长安时，他说他要"致君尧舜上，再使风俗淳"，这里还多少掺杂着一些夸大的心情。在七五五年《自京赴奉先县咏怀》中所说的"穷年忧黎元，叹息肠内热"，已经完全是为人民着想了。这心情他始终没有改变过，他晚年在夔州也是"不眠忧战伐，无力正乾坤"，直到他死前最后的一首诗，写得凄惨而悲凉，其中还是念念不忘"战血流依旧，军声动至今"。

这精神贯穿了他二十多年的创作生活。他拿这种态度来观看现实，来写诗，他的诗的内容自然会丰富起来，给唐代的诗歌开辟了广大的国土。我们几乎可以说，当时政治上、社会上的许多变动，杜甫的诗没有接触不到的。

在安史之乱以前，杜甫已经注意到社会民生，写出像《兵车行》《丽人行》那样的诗篇，但多半是客观的叙述。安史乱后，他对于许多事物有了逐渐加深的体会。潼关失守后，他曾经参加流亡者的队伍，在风雨和饥寒中前进；他曾经在沦陷了的长安，亲眼看着胡人屠杀抢掠，使壮丽的京都变成一座死城；他曾经躲避胡人的耳目，只身由间道逃出长安；他曾经在洛阳道上看见一些老翁老妪、征夫怨妇在官吏的横征暴敛下是怎样断绝了生路；后来无论是在陇右，在蜀中，或是在荆湘，他的目光始终没有离开过丧乱中的人民。他虽然没有长期实际参与政治，但他对于政治上的许多问题，都表达了他自己的意见。他困居沦陷的长安，随时都在注意敌人势力的消长、长安附近的战争，以及芦子关地势的重要；他在凤翔任左拾遗，曾经不顾一切，疏救房琯；他对于借用回纥外援，抱有无限的隐忧；对于肃宗朝廷的滥赐官爵与点缀太平给以沉痛的指责；后来他到了秦州，又深切地感到吐蕃的威胁；他晚年寄居西蜀，流浪荆湘，一方面不满意地方官吏作威作福的生活，另一方面时时刻刻都在怀念中央，关于内政、外交他都提出许多意见。吐蕃攻陷长安以及各地的变乱都在他的诗里得到反映，至于官军收复河南河北、河北节度使入朝和吐蕃败退等消息都使他唱出兴奋而快乐的高歌。

　　他的诗不但写了他的时代的社会和政治，而且也描画了他亲身经历的祖国一部分的山川。陕北的路程、入蜀的山道、成都的花木、川北的山水、夔州的风土，都在他的诗里占有相当重要的地位。这些描写自然的诗没有一首是从想象、从抽象的概念出发的，都是他亲眼看到的、双足走过的。因此每一首诗都有它的特色，在读者面前，陕北的山与川北的山迥然不同，成都的江和夔州的江也不是一样形势。所以杜甫的诗不只被人称为"诗史"，而且也被人称为"图经"，使我们感到，只有热爱祖国的人才能把他祖国壮丽而优美的山川写得这样真实、亲切。

　　他对于艺术怀有无限的爱好。从杜甫的诗里我们可以了解不少当时绘画发展的情形，名画家如吴道玄、曹霸、韩幹、韦偃、王宰等人的壁画、山水障、画鹰、画马……都引起他的注意，他都给他们一定的评价。此外如公孙大娘的舞蹈、李龟年的歌曲，也由于杜甫的歌咏，使我们认识到唐代音乐和舞蹈的高度水平。

杜诗的形式是多种多样的。杜甫运用了他那时所有的诗的一切形式；这些形式对他不曾有过任何限制，相反的，他使每个形式在他手里都得到新的发展，发挥它最大的功能。他在五言古诗里善于记载个人的流亡、艰险的行程、社会中的一些现象、人民的生活以及许多富有戏剧性的言谈动作；他写得是那样生动，我们读了，感到的不是五言的拘束，而是语调的自然，其中最显著的例子是《羌村》、"三吏"、"三别"、《遭田父泥饮美严中丞》等诗。他在七言古诗里最长于抒写他豪放的或是沉痛的情感，以及对于时代和政治的意见，如《悲陈陶》、《悲青坂》、《洗兵马》、《同谷七歌》都可以代表。五律、七律，在唐代诗人中很少有人能超越了他，他深厚的感情在五律中得到凝练，在七律中得到充分的发挥，《春望》和《闻官军收河南河北》是最好的说明。绝句，从数目上看杜甫写得不多，但他和当时的绝句名家如王昌龄、王之涣等人相比，也没有逊色。成为问题的是那些长篇的五言排律，杜甫用这形式主要是投赠权贵，或是寄给远方的友人，有一定的组织，好像是代替信札，这形式在杜甫手中虽然得到大的发展，有的长到一千字，但由于里边往往堆砌着过多的典故，掩盖了丰富的情感，不能说都是成功的作品。所以这类诗我们选得最少。总之，一般说来，杜甫的诗是高度地达到了内容和形式的统一。

杜甫在五古、七古，甚至在一部分的律诗里大量地提炼了人民的语言。他叙述人民的生活，抒写人民的情感，只有用极自然的语言才能表达出来。所以我们读这一类的诗，格外感到亲切，它们把散文里所能达到的语调的自然，完美无缺地熔铸在整齐的诗句里。另一方面，他也沿用了大量的古语，这些古语自从六朝以来就生存在诗歌里，没有僵化，到了杜甫手里，更获得了新的生命。此外方言、俗语，以及民间流传的谚语，也常常被杜甫点化为诗中的警句，如《前出塞》里"射人先射马，擒贼先擒王"，就是很显著的例子。

　　杜甫的诗有这样伟大的成就，无论是内容或形式都给中国的诗歌扩大了领域，这是和他爱人民、爱祖国的热情与从中产生的矛盾分不开的。他出生于一个官僚家庭，家族亲戚都属于统治阶级，这样的家庭在社会中享有特权，不服兵役，不纳租税。他在四十岁以前，个人的生活和社会情况都还没有发生多大变化，所以这时他的诗和当时一般的诗并没有多大分别，也就是没有超过他的阶级给他限定的范围。这时他感到的矛盾只是当时作为一个知识分子内心里常常有的一种矛盾：在城市里从事政治生活呢，还是在山林中度自由的岁月？他个人的要求以及家庭的传统都促使他在长安获得一个官职，同时他亲自看到过李白豪放的生活，也听到过孟浩然的行径，在他官职求不到手时，对于那些在江湖间过着自由生活的人们自然起些向往的心。他在长安初期，他常常感到这种心理的冲突，就是在他四十岁以后，在他写《赴奉先县咏怀》时，他还很痛切地提到过。但是在这种矛盾中间，从事政治的心总是居于主要的地位。

　　他四十岁以后，个人的生活日渐贫困，社会的繁荣也逐渐衰落，他才通过个人的饥寒看见人民的痛苦。当他的目光转向人民时，他一方面认识到统治阶级的腐化，一方面想到自己虽然贫困，在社会中还是享有许多特权，若是和那些被兵役和租税压得无法生存的人们相比，他个人的痛苦究竟还是可以担当的。在他认识到统治阶级的腐化时，他毫无顾虑地揭发他们腐化的生活；在他想到自己还是属于特权的享用者时，他的思想提高了：他无论是面对着刚刚饿死的幼儿，或是从陇入蜀在极端艰险的途中，他的悲哀都不曾停在自己身上，都扩展到比他更苦的人民。所以他的茅屋为秋风所破，下了一夜雨，满屋漏得没有一块干净的地方时，他也曾希望有广厦千万间，好使无处安身的人们有个住所，一旦在他眼前出现了这样的房屋，他自己就是冻死也甘心。这时爱人民的心超过了个人的怨诉。

同时，国家又遭受到极大的危机，随着安史之乱的爆发，是回纥的骄横、吐蕃的入侵，以及各地方小军阀的骄奢淫逸。杜甫这时感到国家的危机比人民的痛苦更为重要。

怎样才能挽救国家的危机呢？他只有把一切希望寄托在皇帝身上。他希望皇帝善于运用国内存在着的力量，迅速平复安史之乱，他希望不要过于依靠回纥的外援，他希望对待吐蕃要采取和平政策，他希望那些割据地方的军阀们把皇帝当作皇帝看待，他希望当前的皇帝能有唐太宗那样英明。但是他对之抱有无限希望的皇帝，在国难时期，既不能抵御外侮，也不把人民放在心上，只是想尽方法维持自己的地位与特权，他们对于强悍的外族不惜委曲求全，反过来更是毫无限制地向人民搜刮物资，乱征兵役。他们并不能解除灾难，反而增添灾难，并不能减轻人民的痛苦，反而加重他们的痛苦。杜甫究竟是一个官僚家庭出身、受儒家影响很深的人，他对于皇帝只有时而歌颂，时而规劝，时而讽喻，他不可能进一步否定这封建社会的体系和皇帝的地位。在这中间他感到极大的矛盾：若是强调人民在征役和赋税上感受的痛苦，就无法抵御胡人；但他面对着人民身受的统治者的压制与胡人的摧残，又不能闭上眼睛不看，保持静默。这矛盾的心情在"三吏""三别"中表现得最为明显。在洛阳的路上他看见一群不成丁的孩子、子孙都在战场死尽的老人、刚结婚一宵的青年，都被征入军中，官吏们对这些人的残酷无情，使人难以忍受。杜甫若是不念及国家的危机，他很可以像写《兵车行》一样直接叙述他们的痛苦，但他不能这样，他念及国家的危机，不得不对他们说些勉励和安慰的话，只是《石壕吏》里的老妪，景况太凄惨了，勉励和安慰都无从说起，他只好以一个见证人的身份把当时的景象描述出来，在千千万万后代的读者的面前对残暴的统治者提出严正的控诉。

  这个矛盾他始终无法解决，这也就是他所能发展到的最高点，把这矛盾反映得最尖锐的诗歌往往是他最成功的作品。此后他寄居西蜀，流浪荆湘，都没有能够更进一步超越过这个最高点。他看见人民的痛苦，只是希望皇帝减轻租税，疏远小人。但是这个希望是徒然的，丝毫不能解决当时的问题，致使他晚年有许多诗句流于感伤，含有不少断念的情绪。虽然如此，他却不曾采取任何一个方式，逃避现实，像我们前边提到的，直到他最后一首诗，他还念念不忘国家的不幸。

前　言

　　这部诗选就是希望读者能够从这些诗中体会到杜甫在他的时代里所具有的进步性,这进步性是十分宝贵的,它使杜甫继承了中国诗歌中从《诗经》、《楚辞》、汉魏乐府以来的最优良的现实主义传统,并且发扬了这个传统。

冯　至

写于一九五二年秋

一九五六年春修改

例　言

关于本书编注体例，简略说明如下：

一　《杜甫诗选》共选诗二百六十四首，按照杜甫写作这些诗的年时和地点，编为八卷。第一卷是安史之乱以前的诗，第二卷是战乱期间的作品，第三卷是杜甫在秦州及入蜀途中所作，第四、第五、第六三卷是杜甫在成都和往梓州、阆州及回居成都时期所作，第七、第八两卷是杜甫居夔州、出峡、流寓荆湘时期的诗。关于这些诗的编年，我们参看用编年体的各家杜甫全集及前人所作杜甫年谱、杜诗系年的著作，基本上根据前人所排定，只有少数篇什，按照我们的考虑，前后略有移动。

二　杜集版本很多，我们缺乏研究，且见闻不广，难以确定哪一本最为善本。这选本的杜诗原文，不曾采用一个固定的本子。我们参用《全唐诗》本与仇兆鳌《杜少陵集详注》本，择善而从。这两个本子里录出有不少校勘上的异文，有异文较好的，即据以校改原文。在斟酌去取时，我们参看《草堂诗笺》、郭知达《九家集注杜诗》、《分门集注杜工部诗》这三个古本，帮助决定。在杜诗本文里，不夹附校语，有些异文需要举出的，写录在注释部分中。

三　古本杜甫诗集，在某些篇的题目下，原有小注。这些小注，按其性质，有些应该是杜甫原稿中所有，作者自注的。有些不像作者自注，可能是早期编集杜诗者所加。我们保存这些诗题下的原注，移在"释题"条内。

四　各篇诗附有简明的、必要的注释；用"释题""释词""释句"三种方式。有关于诗题的注释写在前面，单立一条。与各诗有联系的历史事件与杜甫的生活经历也在这里略为叙说。无需注释者只记各篇的写作年时。因为不完全是解题性质，所以不标"题解"名目。"释词"是选择单词作注，注释词义、读音、专名、典故等。一般的不征引古书，不录原始材料，不用训诂、考据方式，力求简明浅显，以切合于一般读者所需要。对于某些典故需要读者知道出处的，某些词语非注明来历不容易懂得它的意义的，便加注明。"释句"解释整句或二句以上通连的意义。由于诗的语言往往含义丰富，这里只能概括说明大意，或简单译出诗意内容，帮助读者理解。所谓"释句"，不完全拘于疏解句义性质，凡在某句下我们所要附加的注释，都用"某某句"标明而写下。我们的注释工作，只做到"释句"为止，没有作整段疏解，没有总释全篇大意；就是解释句义，也有挑选，不全具备，大部分还是留给读者去思考和领会。

作为注释的主要根据是仇氏杜集详注；也参看其他各家杜集以及诗话、札记等，有所采用。凡各家有分歧解释的，只采用我们认为正确的或较为优长的一说，不并立诸说，避免引证考辨的繁琐，以求简约。有诗意不容易懂，虽有旧注，仍存疑问的，姑用旧说作注，以免空白。旧有各家注释杜诗，往往有求之过深，穿凿附会的，概不采用。杜诗注解甚多，我们学力浅薄，可补正者甚少；在这书里也写有几条新见。凡此均不另加说明。

注释者的向例，凡前边已经注过的，后面便不再注，或注明"已见前某诗注"。我们也用这个办法；但不拘守此例。有些简短的注，在本书里是重出的，因为对读者并无不便，或可省前后翻检之劳，所以不曾删却。有些注释，前后所需，详略不同，用"参见"办法，不加归并。

五　这个选本是冯至所选，注释部分前三卷是浦江清所写，后五卷以吴天五写作为多，由浦江清补充修订，使前后体例统一。前后注释稿都融合冯至及参加本书草创时期工作的文怀沙同志等所作散稿的材料与见解在内。在工作过程中，尚蒙夏承焘、任铭善及其他友好同志关怀指教，帮同商榷诗义，出版社编辑同志细心审校，多所指正。本书还存留着许多缺点，我们限于学力与工作时间，作为古典文学普及工作之一，热忱盼望专家、读者指摘误谬，以便再作改订。

选注者
一九五六年

卷一

望　岳

岱宗夫如何①？齐鲁青未了②。造化钟神秀③，阴阳割昏晓④。荡胸生曾云⑤，决眦入归鸟⑥。会当凌绝顶⑦，一览众山小。

【注释】

＊七三五年（开元二十三年），杜甫到洛阳应进士考试，没有中第。于是他在赵、齐一带（今河南、河北、山东）漫游，约在七三六—七四〇年间。这诗写在他游山东的时期，是杜甫诗集里较早的一首诗。〔岳〕指东岳泰山。〔望岳〕近岳而望，实在没有登山。

①〔岱宗〕泰山的尊称。古代帝王祭祀山川，泰山有岱宗的称号。

②〔齐、鲁〕本春秋时代两个国名，以后作为各该地域的简称，皆在今山东省。齐在泰山北，鲁在泰山南。〔青未了〕形容泰山高大，从齐到鲁都可以望见它的青色。

③〔造化〕天地，大自然。〔钟〕聚集。〔造化句〕大自然把神奇和秀美集中地给了泰山；泰山是天地神秀之所会聚。

④〔阴阳〕山南为阳，山北为阴。〔割〕剖分。〔阴阳句〕泰山的高峰，耸入云霄，山阴山阳，明暗不同，面南迎阳早晓，面北背日易昏。

⑤〔曾〕同"层"。〔荡胸句〕说望着山中云气层生，使人心胸为之开豁；有云气荡涤人心胸的感觉。

1

⑥〔决眦〕形容强度使用目力。"决",裂开。"眦",眼眶。〔归鸟〕飞还山林的鸟。〔决眦句〕形容凝神远望。山中飞鸟,极远极小,收入眼帘,有使眼眶几乎睁裂的感觉。

⑦〔会当〕应当,含有将然的语气,准备将来。〔凌〕升,登。一本作"临"。

房兵曹胡马

胡马大宛名①,锋棱瘦骨成②。竹批双耳峻③,风入四蹄轻。所向无空阔④,真堪托死生⑤!骁腾有如此⑥,万里可横行。

【注释】

* 七四〇、七四一年(开元二十八、二十九年)间的作品。〔房〕姓。〔兵曹〕参与军事的小官。〔胡马〕泛指产在塞北(今蒙古一带)或西域(今新疆及新疆以西)的马。

①〔大宛〕汉朝西域的一个国家,以出产千里马著名。它的领土相当于中亚细亚乌兹别克斯坦的一部分。

②〔锋棱〕瘦骨棱起,好比刀锋。

③〔竹批句〕唐太宗描写他的好马说:"耳根尖锐,杉竹难方。"两耳像削竹是千里马特征之一。"批"有"削"字的意义。

④〔所向句〕奔驰向空阔广漠的地方,不觉得什么。说马的轻快。"无",不觉得有什么。

⑤〔真堪句〕碰到险难,可以付托生命。

⑥〔骁腾〕壮健、快捷。

画　鹰

素练风霜起①,苍鹰画作殊②。㧐身思狡兔③,侧目似愁胡④。绦镟光堪摘⑤,轩楹势可呼⑥。何当击凡鸟⑦,毛血洒平芜⑧!

【注释】

＊以一幅鹰画为题的诗。

①〔素练〕洁白的绢。〔风霜起〕鹰不怕寒冷,越碰到风霜天气精神更其饱满。白绢上起了风霜的感觉,形容画鹰有精神。

②〔殊〕特异,这里有美好的意义。

③〔㧐〕同"竦",耸。〔思狡兔〕想攫取狡兔。

④〔愁胡〕孙楚《鹰赋》:"深目蛾眉,状如愁胡。"傅玄《猿猴赋》:"扬眉蹙额,若愁若嗔。"鹰眼和猢狲眼有相似之点。

⑤〔绦〕同"绦",丝索。〔镟〕金属质的圆棍子。丝绳系着鹰脚,再系在镟上。

⑥〔轩楹〕堂前廊柱,这里也泛指廊间。指画鹰所在。〔势可呼〕好像可以招呼它出去打猎。

⑦〔何当〕为什么不使它?应该叫它。

⑧〔平芜〕草原。

春日忆李白

白也诗无敌,飘然思不群①。清新庾开府②,俊逸鲍参军③。渭北春天树④,江东日暮云⑤。何时一尊酒⑥,重与细论文?

【注释】

* 七四四年夏,杜甫和李白在洛阳开始认识,随后一同游梁(开封)、宋(商丘)。七四五年秋,在兖州重会。不久,李白赴江东,杜甫去长安,两人不再有见面的机会。这诗是杜甫在长安时所写。

① 〔思〕读去声,意义包括思想和感情。〔不群〕不同于一般人。不平凡。

② 〔庾开府〕庾信(五一三—五八一),南北朝时诗人,在北周朝官至骠骑大将军、开府仪同三司(司马、司徒、司空),因而有庾开府的称谓。

③ 〔鲍参军〕鲍照(四一五—四七〇),南北朝时诗人,宋时在荆州任前军参军,掌书记。杜甫很推崇庾、鲍两人的诗,把他们的风格来比拟李白。

④ 〔渭北〕杜甫在长安时,也曾在咸阳住过,咸阳在渭水北。

⑤ 〔江东〕李白所在,今江苏南部和浙江北部。

⑥ 〔尊〕同"樽",酒器。

饮中八仙歌

知章骑马似乘船①,眼花落井水底眠②。汝阳三斗始朝天③，道逢曲车口流涎④，恨不移封向酒泉⑤。左相日兴费万钱⑥，饮如长鲸吸百川，衔杯乐圣称避贤⑦。宗之萧洒美少年⑧，举觞白眼望青天，皎如玉树临风前。苏晋长斋绣佛前⑨，醉中往往爱逃禅⑩。李白一斗诗百篇，长安市上酒家眠，天子呼来不上船，自称臣是酒中仙。张旭三杯草圣传⑪，脱帽露顶王公前，挥毫落纸如云烟。焦遂五斗方卓然⑫，高谈雄辩惊四筵。

【注释】

＊贺知章等八人都喜欢喝酒，杜甫把他们的生活和醉态写在一首诗歌里，称《饮中八仙歌》。他们八人是同时代的人，先后都在长安，但并不同时都在长安，也有碰不到头的。

①〔知章〕贺知章（六五九—七四四），诗人，在长安官至秘书监，天宝初年上疏请度为道士，回故乡会稽。〔骑马句〕形容醉态。

②〔眼花落井〕因醉后眼花，跌进井里。

③〔汝阳〕汝阳郡王李琎（？—七五〇），唐玄宗（李隆基）兄李宪的长子。杜甫在长安的初期，曾经做他家中的宾客。〔斗〕酒器。〔朝天〕上朝。

④〔曲〕酒母。

⑤〔酒泉〕郡名，今甘肃省酒泉县。传说城下有金泉，泉水味美如酒。

⑥〔左相〕李适之，在七四二年任左丞相。

⑦〔乐圣、避贤〕李适之在七四六年受李林甫排挤，罢左丞相。解职后，有这样的诗句："避贤初罢相，乐圣且衔杯。为问门前客，今朝几个来？"

⑧〔宗之〕崔宗之，开元初年吏部尚书崔日用的儿子，官侍御史，后谪居

金陵，与李白诗酒唱和。〔萧洒〕形容豁脱不拘束。

⑨〔苏晋〕历任吏部、户部侍郎，后为太子左庶子。〔长斋〕常时斋戒。因为苏晋是信奉佛教的。

⑩〔逃禅〕逃出禅戒。

⑪〔张旭〕著名的书法家，善草书。〔草圣〕东汉张芝和唐朝张旭都是草书的名家，都被当时人称为"草圣"。

⑫〔焦遂〕没有任何官职，常和诗人们往来。〔卓然〕形容特出的样子；比众不同。据说焦遂口吃，醉后却非常健谈。

奉赠韦左丞丈二十二韵

纨袴不饿死[①]，儒冠多误身。丈人试静听[②]，贱子请具陈[③]。甫昔少年日，早充观国宾[④]。读书破万卷，下笔如有神。赋料扬雄敌[⑤]，诗看子建亲[⑥]。李邕求识面[⑦]，王翰愿卜邻[⑧]。自谓颇挺出，立登要路津。致君尧舜上，再使风俗淳。此意竟萧条[⑨]，行歌非隐沦[⑩]。骑驴十三载，旅食京华春。朝扣富儿门，暮随肥马尘。残杯与冷炙，到处潜悲辛。主上顷见征[⑪]，欻然欲求伸[⑫]。青冥却垂翅[⑬]，蹭蹬无纵鳞[⑭]。甚愧丈人厚，甚知丈人真。每于百僚上，猥诵佳句新[⑮]。窃效贡公喜[⑯]，难甘原宪贫[⑰]。焉能心怏怏，只是走踆踆[⑱]。今欲东入海，即将西去秦。尚怜终南山[⑲]，回首清渭滨[⑳]。常拟报一饭㉑，况怀辞大臣㉒。白鸥没浩荡，万里谁能驯？

【注释】

＊韦左丞是韦济，他在七四八年从河南尹调到长安任尚书省左丞，他相当赞赏杜甫的诗。七四七年，唐玄宗诏国内有一艺之长的都可以到长安应试，杜甫参加了这次考试，却失败了。他想出游，同时对长安又依依难舍，在这矛盾的心情下写了这首诗呈给韦济，说明他的情况和抱负。

① 〔纨袴〕纨是丝织的细绢，袴就是裤子。纨袴指不事生产、只求享受的富家子弟。

② 〔丈人〕对长辈的尊称。

③ 〔贱子〕自己谦称。

④ 〔观国宾〕杜甫二十四岁时曾在洛阳应进士考试，所以他自称为"观国之光"（见《易经》）的王宾。

⑤ 〔扬雄〕扬雄（公元前五三—公元一八），汉朝的词赋家。

⑥ 〔子建〕三国时魏国诗人曹植（一九二—二三二）的字。

⑦ 〔李邕〕李邕（六七八—七四七），当时文艺界有名望的人，他曾经访问过杜甫。

⑧ 〔王翰〕王翰（六八七—七二六），诗人。〔卜邻〕卜居近邻。

⑨ 〔萧条〕这里有虚空的意思。

⑩ 〔行歌句〕还在京城里游转奔走，写一点诗歌，这样既不能登仕禄之途，也不是隐姓埋名的隐者。

⑪ 〔见征〕被征召。指玄宗有诏使有一艺之长的到长安应试的事。

⑫ 〔欻然〕忽然。

⑬ 〔青冥〕天空。〔垂翅〕垂下翅膀。形容鸟不得高飞。

⑭ 〔蹭蹬〕形容失势。〔纵鳞〕形容得意，把鱼来比喻。

⑮ 〔佳句〕指杜甫的诗句。

⑯〔贡公〕贡禹,汉朝人,与王吉为友。王吉得位,贡禹就欢喜欣庆。杜甫把韦济比王吉,自比贡禹。
⑰〔原宪〕孔子的弟子,家贫。后人常常用他的名字来代表贫穷的读书人。
⑱〔踆踆〕形容且进且退的样子。
⑲〔怜〕爱,恋。〔终南山〕在长安南。
⑳〔渭〕渭水,在长安北。
㉑〔报一饭〕"一饭之恩必报"是成语。感激图报答的意思。
㉒〔辞大臣〕大臣指韦济。此句有恋情不愿轻易辞别之意。

高都护骢马行

安西都护胡青骢①,声价欻然来向东②。此马临阵久无敌,与人一心成大功。功成惠养随所致,飘飘远自流沙至③。雄姿未受伏枥恩④,猛气犹思战场利。腕促蹄高如踣铁⑤,交河几蹴曾冰裂⑥。五花散作云满身⑦,万里方看汗流血⑧。长安壮儿不敢骑,走过掣电倾城知。青丝络头为君老,何由却出横门道⑨?

【注释】

＊唐朝在龟兹(qiū cí)设安西都护府,管辖于阗(tián)以西、波斯以东的十六都督府。高仙芝为安西都护,于七四七年破小勃律(现克什米尔境内),七四九年入朝。杜甫的这首诗是这时写的。

①〔青骢（cōng）〕骢马是青白色的马。
②〔声价〕这马在西域已有很高的声价。
③〔流沙〕西域的沙漠。
④〔伏枥〕"枥"是养马的马棚，"伏枥"是说马被人蓄养着。
⑤〔腕促蹄高〕《相马经》："马腕欲促，促则健。蹄欲高，高耐险峻。"〔蹹〕踏。
⑥〔交河〕唐置交河郡在今新疆鄯善、吐鲁番一带。〔曾冰〕同"层冰"。
⑦〔五花句〕形容马的毛色。
⑧〔汗流血〕在汉朝时，西域大宛国有千里马种，名汗血马，在艰难长途中，汗从前肩髆小孔中流出，像血一样。
⑨〔何由句〕长安城北出西头第一门叫作横门，出横门渡渭水而西是上西域的大道。这儿说马还愿望到战场上去。〔何由〕何从？怎样使它？

前出塞九首

戚戚去故里，悠悠赴交河①。公家有程期②，亡命婴祸罗③。君已富土境④，开边一何多⑤。弃绝父母恩，吞声行负戈。

出门日已远，不受徒旅欺。骨肉恩岂断，男儿死无时①。走马脱辔头②，手中挑青丝③。捷下万仞岗，俯身试搴旗④。

磨刀鸣咽水①,水赤刃伤手。欲轻肠断声,心绪乱已久。丈夫誓许国,愤惋复何有②?功名图麒麟③,战骨当速朽。

送徒既有长①,远戍亦有身②。生死向前去,不劳吏怒嗔。路逢相识人,附书与六亲③。哀哉两决绝,不复同苦辛。

迢迢万余里,领我赴三军①。军中异苦乐,主将宁尽闻?隔河见胡骑②,倏忽数百群③。我始为奴仆④,几时树功勋?

挽弓当挽强,用箭当用长。射人先射马,擒贼先擒王。杀人亦有限,列国自有疆①。苟能制侵陵,岂在多杀伤②?

驱马天雨雪①,军行入高山。径危抱寒石,指落曾冰间②。已去汉月远③,何时筑城还④?浮云暮南征⑤,可望不可攀。

单于寇我垒①,百里风尘昏。雄剑四五动,彼军为我奔。虏其名王归,系颈授辕门②。潜身备行列③,一胜何足论。

从军十年余,能无分寸功?众人贵苟得①,欲语羞雷同②。中原有斗争,况在狄与戎?丈夫四方志,安可辞固穷③。

【注释】

*《出塞》、《入塞》是汉朝乐府歌曲旧有的曲名,是以歌唱边塞战斗生活为题材的军歌。杜甫写作《出塞曲》多首,先写的九首称《前出塞》,后写的五首称《后出塞》。《前出塞》歌唱出从军西北边疆的士兵的思想感情。天宝年间,唐将王忠嗣、高仙芝、哥舒翰先后与吐蕃交战,角逐在今青海省及新疆维吾尔自治区,常时征发关中百姓从军西北。

〔第一首〕

①〔悠悠〕远。〔交河〕唐交河郡在今新疆鄯善、吐鲁番一带。交河郡即西州,唐太宗贞观十四年(六四〇年)将军侯君集灭高昌国,设西州,置安西都护府。其后都护府移龟兹。唐高宗时,安西四镇曾一度为吐蕃攻陷,武后时收复。交河是西北屯戍重地。

②〔程期〕限期。

③〔亡命〕脱逃。〔婴祸罗〕触灾祸的罗网。

④〔君〕皇上。

⑤〔开边〕开拓边疆,指向外争夺土地,并非纯系防卫战争。

〔第二首〕

①〔死无时〕随时要卖命。

②〔走马〕跑马。〔辔头〕原指马缰的全部,这里指笼着马头的部分。"脱辔头"是因为马跑得太快,辔头脱却。

③〔青丝〕辔头的青丝,指拿在手里的部分,即马缰绳。

④〔搴〕拔取。

〔第三首〕

①〔呜咽〕形容水声。北朝民歌:"陇头流水,鸣声幽咽,遥望秦川,肝肠断绝。"

②〔愤惋〕怨恨。

③〔麒麟〕指麒麟阁。汉宣帝时,把功臣画像在麒麟阁里。

〔第四首〕

①〔送徒〕"徒"是徒隶,这里指服役的士兵。"送徒",押送士兵。〔长〕官吏。

②〔戍〕守卫边境。〔远戍句〕"身"是身体。意思说我们有着这身体,也拼着这身体当远戍之役。全句是怀愤的话。

③〔附书〕寄信。〔六亲〕父、母、兄、弟、妻、子。

〔第五首〕

①〔三军〕古代兵制,前军、中军、后军为三军。

②〔胡骑〕胡族马队。"骑",去声。

③〔倏忽〕短忽的时间,这里形容往来迅速无定。

④〔为奴仆〕说士兵等于奴隶。

〔第六首〕

①〔疆〕疆界。

②〔苟能句〕说只要能够抵御外族的侵略,不应贪立功劳,杀戮多人。

〔第七首〕

①〔雨雪〕下雪。"雨",去声,动词。

②〔曾〕同"层"。

③〔汉月句〕在胡地见月,想念祖国。

④〔筑城句〕筑城备边,休息士卒。

⑤〔南征〕南行。

〔第八首〕

①〔单于（chán yú）〕本匈奴国王的名称，这里借来泛指胡族君长。杜甫《出塞曲》虽然是针对当时玄宗朝的西北战争而作，但用的是乐府歌曲体，内容可以泛说对外族的斗争，不限于一个朝代的个别的事实，这样就有概括性。例如第三首用麒麟阁典故，以及这首的"单于"，都借用汉朝故事。吐蕃君长并不号称单于。〔寇〕攻劫。〔垒〕军垒。

②〔系颈〕系单于之颈。〔辕门〕主将的军门。

③〔行列〕行伍。

〔第九首〕

①〔贵苟得〕没有了不起的功劳，或者是偶然建立的一点功劳，便当众夸耀；也有贪冒人功，掩败为胜的；都属于苟且贪得之类。

②〔羞雷同〕不愿意同他人一样夸说功劳，与人争功。雷发声，四下里有应声，比喻同说一样的话。

③〔中原四句〕中原尚且不免有斗争，而况中国和戎狄之间的冲突，是常常有的。因此，丈夫有四方之志，不能不远出从军。〔固穷〕穷苦。一本作"困穷"。

送孔巢父谢病归游江东兼呈李白

巢父掉头不肯住①，东将入海随烟雾。诗卷长留天地间，钓竿欲拂珊瑚树。深山大泽龙蛇远②，春寒野阴风景暮。蓬莱织女回云车③，指点虚无是征路④。自是君身有仙骨，世人那得知其故。惜君只欲苦死留，富贵何如草头露⑤。蔡侯静者意有余⑥，清夜置酒临前除⑦。罢琴惆怅月照席，几岁寄我空中书⑧？南寻禹穴见李白⑨，道甫问讯今何如。

【注释】

＊孔巢父字弱翁，冀州人，有文才，早年同韩准、李白、裴政、张叔明、陶沔隐居徂徕山（在山东），号称"竹溪六逸"。天宝间他在长安，这时辞官归隐。蔡侯为他饯行，杜甫在座，写这首诗送给他。这时李白先在江东，杜甫也托他致候。这诗大约写在七五〇年左右。

①〔巢父〕据传说，帝尧时有位隐士名巢父。这儿孔巢父的名字和他相同，也要归隐，恰好双关。

②〔深山句〕《左传》："深山大泽，实生龙蛇。"这儿是说有非常抱负的人，往往不能为朝廷所用，愿意远到深山大泽去隐居。

③〔蓬莱〕仙山名，说是在东海里。〔织女〕星名，神话中天帝的孙女。这儿指一般仙女。

④〔虚无〕虚无缥缈的境界，神仙所居。〔征路〕去路。"是征路"，一本作"引归路"，说仙女们接引他回到蓬莱仙境。

⑤〔草头露〕草上的露水，形容短忽不长久。

⑥〔蔡侯〕姓蔡。"侯"是对男子的美称。其人事迹不详。大概曾为州郡长官，故以"侯"称之。

⑦〔前除〕前阶。

⑧〔空中书〕从神仙界中寄来的书信。

⑨〔禹穴〕在浙江绍兴宛委山，相传禹得天书之地。参看后《秦州杂诗》注。时李白在越州会稽。

兵车行

车辚辚①,马萧萧②,行人弓箭各在腰③。耶娘妻子走相送④,尘埃不见咸阳桥⑤。牵衣顿足拦道哭,哭声直上干云霄。道旁过者问行人,行人但云点行频⑥。或从十五北防河⑦,便至四十西营田⑧。去时里正与裹头⑨,归来头白还戍边。边庭流血成海水,武皇开边意未已⑩。君不闻汉家山东二百州⑪,千村万落生荆杞。纵有健妇把锄犁,禾生陇亩无东西⑫。况复秦兵耐苦战⑬,被驱不异犬与鸡。长者虽有问,役夫敢伸恨⑭?且如今年冬,未休关西卒⑮。县官急索租,租税从何出?信知生男恶,反是生女好。生女犹得嫁比邻⑯,生男埋没随百草。君不见青海头⑰,古来白骨无人收。新鬼烦冤旧鬼哭,天阴雨湿声啾啾!

【注释】

　*七五一年四月,剑南节度使鲜于仲通兴兵征伐南诏(当时建立在云南一带的一个政权),大败,丧失士兵六万。杨国忠掩藏事实,反称鲜于南征有功,在关中再募士兵,补充军力,要大举南征。人民听说云南是瘴疠之地,多流行性的疾病,士兵在那边病死的很多,而且也反对这种好大喜功的侵略战争,不

肯应募。杨国忠命令御史们分道捕人,硬抓从军,即时出发。壮丁被迫入伍,父母妻子走送,哭声震野。杜甫单把咸阳桥边的亲见亲闻的情况,写在这首诗里,借役夫的话,诉说了人民的痛苦和愤恨。"行"是乐府歌曲中一个体制的名称,《兵车行》这个题名是杜甫自拟的新题目,旧来有《从军行》等的乐府诗题,杜甫不愿意用旧题,创造新题,使得更其切合当时代的现实。

①〔辚辚〕车声。《诗经》:"有车辚辚。"

②〔萧萧〕马声。《诗经》:"萧萧马鸣。"

③〔行人〕从军出发的人。

④〔耶娘〕同爷、娘,即父、母。

⑤〔咸阳桥〕即中渭桥,在长安北,临渭水,在通往咸阳的大道上。桥广六丈,南北一百八十步,有六十八个桥洞。诗中说尘埃起处,连大桥都看不见了,可见出兵的众多。

⑥〔点行频〕屡次被征发。

⑦〔防河〕其时吐蕃常侵扰边境,需要增强兵力,驻在河西。河西,黄河以西之地,在今甘肃、宁夏。唐时河西节度使统凉、甘、肃、伊、西、瓜、沙七州,驻治在今甘肃省武威县。

⑧〔营田〕屯戍的兵卒兼开垦营田的力役。

⑨〔里正〕唐制,百户为一里,里有里正,即里长。

⑩〔武皇〕在历史上汉武帝是以用武力扩充疆土(开边)著名的。乐府歌曲指摘当代的时事往往借用前朝典故。这里实在即指唐明皇(玄宗)。武皇,一本作"我皇"。

⑪〔山东〕这里的意义同"关东",指华山以东。

⑫〔无东西〕南北为阡,东西为陌。"无东西"说阡陌乱,田亩不整齐。

⑬〔秦兵〕关中兵,也就是眼面前被征发的队伍。因为他们耐战,所以被征调得更其忙。

⑭〔役夫〕服役的人,指队伍里的人。

⑮〔关西卒〕"关西"指函谷关以西,关西卒就是秦兵。一本作"未休陇

西卒",那么指驻在陇西的兵役不得休息。

⑯〔犹得〕一本作"犹是"。

⑰〔青海头〕唐人和吐蕃人常在青海边搏战,唐兵死亡很多。

乐游园歌

乐游古园崒森爽①,烟绵碧草萋萋长。公子华筵势最高②,秦川对酒平如掌③。长生木瓢示真率④,更调鞍马狂欢赏⑤。青春波浪芙蓉园⑥,白日雷霆夹城仗⑦。阊阖晴开㭾荡荡⑧,曲江翠幕排银榜⑨。拂水低回舞袖翻,缘云清切歌声上。却忆年年人醉时,只今未醉已先悲。数茎白发那抛得,百罚深杯亦不辞。圣朝已知贱士丑⑩,一物自荷皇天慈⑪。此身饮罢无归处,独立苍茫自咏诗。

【注释】

* 此诗题下原有注:"晦日贺兰杨长史筵醉歌。"晦日是正月晦日,照长安风俗,这天和三月三日、九月九日都是节日,居民出作郊游。正月晦日的节日后来移在二月朔日,称中和节。乐游园一名乐游原,在长安城东南郊外,原是汉宣帝乐游苑的故址,唐武则天朝,太平公主在那边添造了亭阁,更其成为游赏的地点。那边的地势高,四望宽敞。

① 〔崒(zú)〕高。

② 〔公子〕指设宴的主人杨长史。

③〔秦川〕长安正南有秦岭,岭根的水流成秦川,一名樊川。但"秦川"这名词也泛指秦地低平的地区。

④〔长生木瓢〕用长生木雕成的酒瓢。某一神仙故事,有用长生木瓢酌酒,饮之可以延年的传说。〔示〕一本作"乐"。〔真率〕坦然不拘礼节。

⑤〔调鞍马〕跑马。

⑥〔芙蓉园〕在曲江西南,唐之南苑。

⑦〔雷霆〕形容皇帝和宫中人出动,车马仪仗的声音。〔夹城〕七三二年(开元二十年),从大明宫到芙蓉园筑夹城,作为宫中人游曲江、芙蓉园的通道。

⑧〔阊阖〕天门。这里指宫城的正门。〔訣〕音逸(一读迭)。汉武帝祭天歌曲有"天门开,訣荡荡"的辞句。"訣荡荡",广远之意。

⑨〔曲江〕曲江池,在乐游园南。现在陕西省长安县东南十里。〔翠幕〕华美的、丝绸制的帐幕,贵族们郊游饮宴所设。〔银榜〕银饰的榜额(匾额)。

⑩〔圣朝句〕"圣朝"是封建时代的臣子和小民照例颂扬统治朝廷的话。〔贱士〕杜甫自指。七五一年(天宝十载),杜甫曾进献"三大礼赋",玄宗方始知道他,让他到集贤院等候试用,被宰相李林甫所抑制,没有得到官职。这句是被压抑牢骚的话。

⑪〔一物句〕"一物"指酒而言。意思说且得一醉,也感荷上天的恩惠。

同诸公登慈恩寺塔

高标跨苍穹①,烈风无时休。自非旷士怀,登兹翻百忧。方知象教力②,足可追冥搜③。仰穿龙蛇窟④,始出枝撑幽⑤。七星在北户⑥,河汉声西流⑦。羲和鞭白日⑧,少昊行清秋⑨。秦山忽破碎⑩,泾渭不可求⑪。俯视但一气,焉能辨皇州⑫?

回首叫虞舜⑬,苍梧云正愁⑭。惜哉瑶池饮⑮,日晏昆仑丘⑯。黄鹄去不息⑰,哀鸣何所投?君看随阳雁⑱,各有稻粱谋⑲。

【注释】

* 杜甫在七五二年(天宝十一载)秋日黄昏和诗人高适(七〇二?—七六五)、岑参(七一五—七七〇)、薛据(七〇二一?)、储光羲(七〇七—七五九?)登长安东南区进昌坊的慈恩寺塔。此诗原有注云:"时高适、薛据先有作"。同游五人,先后都写了诗。慈恩寺建于六四七年(唐太宗贞观二十一年),六五二年(唐高宗永徽三年)玄奘在寺中建塔,共六级。塔渐毁损,七〇一年改建,增高为七层。慈恩寺在今陕西省长安县东南。慈恩寺塔一名大雁塔。

① 〔高标〕立木作为表记,它的最高部分曰"标"。"高标"在这儿就指高塔。〔苍穹〕天空。一本作"苍天"。

② 〔象教〕即佛教。设形象以教人,故曰象教。

③ 〔冥搜〕暗中寻索,指思想而言。

④ 〔仰穿句〕塔内磴道屈曲,往上升高,好比穿龙蛇的洞穴。

⑤ 〔枝撑幽〕"枝撑"指塔内的交木栏干,在幽暗的下层。

⑥ 〔七星〕北斗七星。

⑦ 〔河汉〕天河。

⑧ 〔羲和〕古代神话:羲和是太阳的御者。

⑨ 〔少昊〕古代神话:少昊是黄帝的儿子,他是秋神。

⑩ 〔秦山〕指终南山及秦岭。黄昏时远望,山势错杂,好像破碎似的。

⑪ 〔泾渭〕泾水浊,渭水清,两水合流后,仍然分得很清楚。可是现在天色已晚,也辨不出泾水渭水了。

⑫ 〔皇州〕指首都长安。

⑬ 〔虞舜〕古代传说中的帝王。这儿用来比拟唐太宗。

⑭〔苍梧〕山名,即九嶷山,在湖南省宁远县东南,相传舜帝葬在那儿。这儿用来比拟葬着唐太宗的昭陵。

⑮〔瑶池饮〕传说周穆王到昆仑丘,与西王母饮于瑶池。暗中比拟唐明皇和杨贵妃在骊山温泉的饮宴作乐。

⑯〔昆仑丘〕神话:日落昆仑山。

⑰〔黄鹄〕传说中的天鸟,一飞千里。杜甫自比。

⑱〔随阳雁〕比喻趋炎附势的人们。

⑲〔稻粱谋〕只管营谋自己的衣食。

丽人行

三月三日天气新①,长安水边多丽人②。态浓意远淑且真,肌理细腻骨肉匀。绣罗衣裳照暮春,蹙金孔雀银麒麟③。头上何所有?翠微盍叶垂鬓唇④。背后何所见?珠压腰衱稳称身⑤。就中云幕椒房亲⑥,赐名大国虢与秦⑦。紫驼之峰出翠釜⑧,水精之盘行素鳞。犀箸厌饫久未下⑨,鸾刀缕切空纷纶⑩。黄门飞鞚不动尘⑪,御厨络绎送八珍⑫。箫鼓哀吟感鬼神,宾从杂遝实要津⑬。后来鞍马何逡巡⑭,当轩下马入锦茵⑮。杨花雪落覆白蘋,青鸟飞去衔红巾⑯。炙手可热势绝伦⑰,慎莫近前丞相嗔。

【注释】

＊这首诗和《兵车行》一样是作为乐府歌曲体的诗而给予新鲜的题目和思想内容的。诗里面讽刺杨贵妃姊妹们的奢侈淫荡的生活。杨国忠在七五二年十一月为右丞相，这诗大概作于七五三年。

① 〔三月三日〕春天的节日。在这一天人们到水边去被除不祥，后来变成到水边饮宴、郊外游春的一个节日。

② 〔长安水边〕指曲江和芙蓉苑，都在长安的东南郊外。〔丽人〕这里泛指一般的贵妇人。

③ 〔蹙金句〕蹙金即绣金，唐代常用语。金线绣的孔雀，银线绣的麒麟。

④ 〔翠微〕薄薄的翡翠。一本作"翠为"，翡翠做的。〔匎（è）叶〕髻上的花饰。

⑤ 〔珠压腰衱（jié）〕衣后襟或裙腰上镶着珍珠。衱，衣后襟。腰衱的解释不一，或说是裙腰，或说是腰袜，或说是裙带。

⑥ 〔就中句〕此句以下专写杨氏姊妹。〔云幕椒房亲〕"云幕"，画云气的帐幕。汉成帝设云幕于甘泉紫殿。汉未央宫有椒房殿，以椒和泥涂壁。椒房是后妃的宫室。"云幕椒房亲"指杨贵妃的姊妹们。

⑦ 〔虢（guó）与秦〕贵妃的三个姊妹都封为国夫人。大姨嫁崔家的封韩国夫人。三姨嫁裴家的封虢国夫人。八姨嫁柳家的封秦国夫人。

⑧ 〔驼峰〕骆驼背上某部肉，作为珍贵的食品之一。

⑨ 〔犀箸〕犀牛角的筷子。〔厌饫〕吃饱了，吃腻了。厌，同"餍"。

⑩ 〔鸾刀〕带有小铃的刀。"鸾"一本作"弯"，通用。

⑪ 〔黄门〕宦官，太监。〔飞鞚（kòng）〕跑着快马。"鞚"是马勒。

⑫ 〔御厨〕皇帝的厨房。〔络绎〕接连不断。一本作"丝络"，意同。

⑬ 〔杂遝（tà）〕众多。〔实要津〕占据各方面重要的地位。

⑭ 〔后来鞍马〕最后一个跨马来的。指杨国忠。国忠原名钊，贵妃的从

兄，七五二年十一月任右丞相。他同虢国夫人有暧昧的关系，两人常常联辔入朝，挥鞭谐谑，毫无顾忌。〔逡巡〕原意是将进不进，此处承上"后来"，作"迟迟"解。

⑮〔锦茵〕锦绣地毯。〔当轩句〕见国忠态度的骄慢和与主人关系的亲密。

⑯〔杨花二句〕讽刺国忠和虢国的暧昧关系。南北朝时北魏胡太后和杨华私通，后来杨华惧罪南奔，太后思念他，作《杨白花歌》，有"杨花飘荡落南家""愿衔杨花入窠里"的词句。据神仙传说，有青鸟飞集汉武帝殿前，继而西王母来。西王母旁常有二青鸟。"飞去衔红巾"是暗传消息的意思。

⑰〔炙手可热〕形容杨家的权势灼热，气焰逼人。

醉时歌

诸公衮衮登台省①，广文先生官独冷②。甲第纷纷厌粱肉③，广文先生饭不足。先生有道出羲皇④，先生有才过屈宋⑤。德尊一代常坎轲⑥，名垂万古知何用？杜陵野客人更嗤⑦，被褐短窄鬓如丝⑧。日籴太仓五升米⑨，时赴郑老同襟期⑩。得钱即相觅，沽酒不复疑。忘形到尔汝⑪，痛饮真吾师。清夜沉沉动春酌，灯前细雨檐花落⑫。但觉高歌有鬼神，焉知饿死填沟壑。相如逸才亲涤器⑬，子云识字终投阁⑭。先生早赋归去来⑮，石田茅屋荒苍苔。儒术于我何有哉！孔丘盗跖俱尘埃⑯。不须闻此意惨怆，生前相遇且衔杯。

【注释】

* 此诗原有注云："赠广文馆博士郑虔。"郑虔是杜甫长安时代的好友，能诗善画。七五〇年七月，他任国子监广文馆博士。这首诗作于七五四年（天宝十三载）春，写他们在穷困中借饮酒排遣苦闷的情况。

① 〔衮衮〕连续众多，一连串。原意如此，后来因为杜甫这一句诗，"衮衮诸公"变成了一个成语，包含有大人物的意思。〔台省〕台指御史台，省指中书省、尚书省、门下省。台省是政府重要的机关。

② 〔广文先生〕指郑虔。

③ 〔厌〕同"餍"，饱足。

④ 〔羲皇〕伏羲氏，古代传说中的皇帝。照道家的说法，伏羲氏时代的人是淡泊寡欲的。

⑤ 〔屈宋〕屈原、宋玉。

⑥ 〔坎轲〕不得意。同"坎坷""轗轲"。

⑦ 〔杜陵野客〕杜甫自称。杜陵在长安城东南，秦时为杜县地，因有汉宣帝陵墓，故称杜陵。杜陵东南有少陵，是汉宣帝许后葬地。杜甫出襄阳杜氏的一支，但是他的远祖杜预是京兆杜陵人，所以杜氏的祖籍是杜陵。杜甫在长安时，也曾在少陵附近住过。由于上面两种原因，他自称杜陵野客。

⑧ 〔褐〕粗布衣。

⑨ 〔太仓米〕七五三年八月，长安霖雨，米贵，政府出太仓存米十万石，减价粜给穷人。

⑩ 〔襟期〕怀抱。"同襟期"，知己朋友的会聚，畅谈衷曲。

⑪ 〔尔汝〕不客气的称谓。

⑫ 〔灯前句〕"檐花"，屋檐边的花。实指花，并非檐雨如花。一本作"檐前细雨灯花落"。

⑬ 〔相如涤器〕司马相如（公元前一七九？—前一一七），汉代赋家。相

如与妻卓文君曾在临邛开设酒肆,文君当垆,相如穿犊鼻裈,帮忙杂作,洗涤酒器。

⑭〔子云投阁〕扬雄(公元前五三——八),字子云,汉代赋家,博学多识奇字。他曾在天禄阁校书,他的弟子刘棻被王莽治罪,株连及他,使者收捕,扬雄从阁上跳下来,几乎摔死。

⑮〔归去来〕晋朝诗人陶渊明(三六五—四二七)辞彭泽令回家,作《归去来辞》。

⑯〔盗跖〕春秋时代的大盗,柳下惠之弟。

秋雨叹三首

雨中百草秋烂死,阶下决明颜色鲜①。着叶满枝翠羽盖,开花无数黄金钱。凉风萧萧吹汝急,恐汝后时难独立②。堂上书生空白头③,临风三嗅馨香泣④。

阑风伏雨秋纷纷①,四海八荒同一云②。去马来牛不复辨③,浊泾清渭何当分④。禾头生耳黍穗黑⑤,农夫田妇无消息⑥。城中斗米换衾裯⑦,相许宁论两相直⑧。

长安布衣谁比数①,反锁衡门守环堵②。老夫不出长蓬蒿,稚子无忧走风雨。雨声飕飕催早寒,胡雁翅湿高飞难。

秋来未曾见白日,泥污后土何时干③?

【注释】

* 七五四年,秋雨很多,连降六十天没有停止。农民的庄稼,遭受了很大的损失。宰相杨国忠挑选比较好一点的秋禾,献给皇帝说:"雨虽多,并不伤害庄稼。"杜甫这时正在长安,伤叹人民所遭遇的苦难和自己旅居的寥落而作此诗。

〔第一首〕

①〔决明〕决明草,豆科植物,七月开花,黄白色。据说食用后可以使眼光明亮,故曰决明。

②〔恐汝句〕怕决明也难免被风雨所摧折。此句怜惜决明,也感叹自己。

③〔堂上书生〕指杜甫自己。

④〔馨香〕指决明的香。

〔第二首〕

①〔阑风伏雨〕大概是唐时俗语,大意是风风雨雨,久不停止。"伏雨"一本作"仗雨",亦作"长雨",谓冗多的雨。

②〔同一云〕《诗经·信南山》:"上天同云,雨雪雰雰。"这里说"四海八荒同一云",极言下雨区域之广。

③〔去马句〕说风雨沉沉,对牛马都辨认不出来。用《庄子·秋水篇》:"秋雨时至,百川灌河,两涘渚涯之间,不辨牛马"语意。

④〔何当〕哪能?

⑤〔禾头生耳〕禾头长出芽蘗,其状如耳。俚谚:"秋雨甲子,禾头生耳。"

⑥〔无消息〕指农作物损伤,无收成希望。

⑦〔斗米换衾裯〕用衾裯去换斗米,极言米价之贵。

⑧〔相许句〕愿意互相交换,不论价值相等与否。人民为饥馑所迫,连御寒的被窝都拿出来换米了。

〔第三首〕

①〔长安布衣〕指杜甫自己。"布衣"是不居官职者的称谓。

②〔反锁〕极言久雨不能出门。〔衡门〕横木为门。〔环堵〕周围方丈之室。衡门和环堵都指说贫士之居。

③〔泥污句〕宋玉《九辩》:"皇天淫溢而秋霖兮,后土何时而得干。""后土",大地。

奉先刘少府新画山水障歌

堂上不合生枫树,怪底江山起烟雾①?闻君扫却赤县图②,乘兴遣画沧洲趣③。画师亦无数,好手不可遇。对此融心神,知君重毫素④。岂但祁岳与郑虔⑤,笔迹远过杨契丹⑥。得非县圃裂⑦?无乃潇湘翻⑧?悄然坐我天姥下⑨,耳边已似闻清猿。反思前夜风雨急,乃是蒲城鬼神入。元气淋漓障犹湿,真宰上诉天应泣⑩。野亭春还杂花远,渔翁暝踏孤舟立。沧浪水深青溟阔⑪,欹岸侧岛秋毫末。不见湘妃鼓瑟时⑫,至今斑竹临江活。刘侯天机精,爱画入骨髓。自有两儿郎,挥洒亦莫比。大儿聪明到,能添老树巅崖里。小儿心孔开,貌得山僧及童子。若耶溪⑬,云门寺⑭。吾独胡为在泥滓⑮?青鞋布袜从此始⑯。

【注释】

*　此诗《文苑英华》本有注云："奉先尉刘单宅作。"〔奉先〕唐时属同州，今陕西蒲城县。〔少府〕县尉的尊称。〔山水障〕画着山水画的屏障。杜甫于七五四年秋后，因长安米贵，把妻子送往奉先寄居，奉先杨县令是杜甫的近亲。七五五年九月又曾往奉先。这诗当作于七五四年或七五五年九月。

① 〔不合〕不应该。〔怪底〕惊怪或疑怪语。〔堂上二句〕枫树和江山烟雾都是画中景物，刘单的堂上添了这山水屏障，乍一见而惊怪，极言画的神妙。

② 〔扫却〕画好了。"扫"，用笔挥洒。〔赤县图〕中国古称赤县神州，赤县图指地理图。大概刘少府先画了一幅本地的山水地图。

③ 〔沧洲趣〕隐居山水者的趣味。画里面有沧洲之趣，指这一幅创造性的山水画。

④ 〔毫素〕毛笔与素绢。这里指书画艺术。

⑤ 〔祁岳、郑虔〕名画家，皆杜甫同时人。

⑥ 〔杨契丹〕隋朝名画家。

⑦ 〔县圃〕亦作"玄圃"，神话中昆仑山之巅，神仙所居。

⑧ 〔潇湘〕湘水至零陵北与营水会合，二水合流，谓之潇湘。

⑨ 〔天姥〕天姥山，在浙江省新昌县东五十里。杜甫曾经到过天姥山，因为见了这山水画，想起他的旧游。

⑩ 〔蒲城〕即奉先县。〔元气〕天地造化原始的气。〔真宰〕天神。〔反思四句〕说山水画的奇妙，竟像自然造化的笔墨，元气淋漓。这样巧夺天工，岂不为造化所忌，所以真神上诉，天为雨泣。前夜蒲城之风雨，恐是鬼神惊动之故。

⑪ 〔沧浪〕水名。〔青溟〕指海。

⑫ 〔湘妃〕舜的二妃。神话：舜死后，二妃啼哭，泪点洒在竹上，斑斑点点，成湘妃竹。又，《楚辞》："使湘灵鼓瑟。"

⑬〔若耶溪〕在浙江省绍兴县南二十里若耶山下，北流入镜湖。
⑭〔云门寺〕在绍兴县南，临若耶溪。
⑮〔泥滓〕泥浊。
⑯〔青鞋句〕从此以后当穿青鞋布袜追求山水胜迹。

后出塞五首

男儿生世间，及壮当封侯。战伐有功业，焉能守旧丘①？召募赴蓟门②，军动不可留。千金买马鞍，百金装刀头。闾里送我行③，亲戚拥道周④。斑白居上列，酒酣进庶羞⑤。少年别有赠，含笑看吴钩⑥。

朝进东门营①，暮上河阳桥②。落日照大旗，马鸣风萧萧。平沙列万幕，部伍各见招③。中天悬明月，令严夜寂寥。悲笳数声动④，壮士惨不骄。借问大将谁？恐是霍嫖姚⑤。

古人重守边，今人重高勋。岂知英雄主，出师亘长云①。六合已一家②，四夷且孤军③。遂使貔虎士④，奋身勇所闻。拔剑击大荒⑤，日收胡马群。誓开玄冥北⑥，持以奉吾君。

献凯日继踵①,两蕃静无虞②。渔阳豪侠地③,击鼓吹笙竽。云帆转辽海④,粳稻来东吴。越罗与楚练,照耀舆台躯⑤。主将位益崇⑥,气骄凌上都。边人不敢议,议者死路衢。

我本良家子,出师亦多门①。将骄益愁思,身贵不足论②。跃马二十年,恐辜明主恩③。坐见幽州骑④,长驱河洛昏。中夜间道归⑤,故里但空村。恶名幸脱免⑥,穷老无儿孙。

【注释】

* 安禄山为了夸耀边功,常和奚、契丹两蕃部作战。他身兼范阳、平卢、河东三镇节度使,盘踞东北,位高气骄,部下多用蕃将,阴谋反叛。《后出塞》歌唱从军东北的战士的生活感情。借一位老战士的口吻,由他亲身见闻,说出安禄山将谋叛乱的形势。此诗当作于七五五年(天宝十四载)。

〔第一首〕

①〔旧丘〕故乡。

②〔蓟门〕指幽州范阳郡。唐范阳节度使大都督府设在幽州,幽州城即古蓟城。"蓟门"为蓟的别称。唐幽州城址在今北京城西南广安门内外。

③〔闾里〕街坊邻居。

④〔道周〕道旁。

⑤〔庶羞〕众多的菜肴。"羞",同"馐"。

⑥〔吴钩〕刀名,传说是吴王阖庐时宝刀。这里一般地指刀、剑。

〔第二首〕

①〔东门营〕指洛阳城东门的军营。

②〔河阳桥〕河阳的浮桥。河阳即古孟津，今河南省孟县。

③〔部伍句〕各队伍的士兵们被召集起来，住在帐幕里。

④〔笳〕军队中的号角。

⑤〔霍嫖姚〕汉武帝时名将霍去病曾为剽姚校尉，从大将军卫青出塞，这里用来比拟召募统军之将。"嫖姚"同"剽姚"。

〔第三首〕

①〔亘长云〕形容大军进行时的情景。"亘"是绵延不断。

②〔六合〕指天下。

③〔四夷〕指外族。〔且孤军〕只是孤军罢了，言容易击破。

④〔貔（pí）虎〕比喻将士的勇猛。

⑤〔大荒〕边疆荒远之地。

⑥〔玄冥北〕即指北方。"玄冥"是北方之神。

〔第四首〕

①〔献凯〕胜利还师，献俘告捷。七五四年，安禄山奏闻朝廷：破奚、契丹，虏其王。七五五年，又奏破奚、契丹。

②〔两蕃〕奚、契丹。

③〔渔阳〕唐开元中分幽州三县置蓟州，蓟州渔阳郡治在今河北省蓟县。

④〔辽海〕辽东南面临着渤海，故曰辽海。

⑤〔舆台〕执贱役的人。执贱役的人都穿着华美衣服，极言禄山部下的奢侈。又，禄山部下靠侵掠奚、契丹战争的功劳，破格升擢，据《新唐书》，天宝十三载禄山奏请立功将士超授将军五百人，中郎将二千人。

⑥〔主将句〕七四八年禄山赐封柳城郡公，七五〇年进爵东平郡王，七五四年除三镇节度使外加授左仆射。

〔第五首〕

①〔多门〕《左传》："晋政多门"，"多门"有"多端"的意思。这位老战士大概在赴蓟门以前，已经从军多次。

②〔将骄两句〕主将如此的骄横，很可忧虑，自己的功名不愿再加考虑了。

③〔辜〕辜负。一本作"孤",意同。〔恐辜句〕怕对不起皇上。这里虽单说忠君,实可表见这位老战士的爱国热忱。
④〔幽州骑〕指安禄山的部下。
⑤〔间道〕小路。"间",读去声,间隙。
⑥〔恶名〕帮助叛逆的恶名。

自京赴奉先县咏怀五百字

杜陵有布衣①,老大意转拙②。许身一何愚,窃比稷与契③。居然成濩落④,白首甘契阔⑤。盖棺事则已,此志常觊豁⑥。穷年忧黎元⑦,叹息肠内热。取笑同学翁⑧,浩歌弥激烈。非无江海志⑨,萧洒送日月⑩。生逢尧舜君⑪,不忍便永诀。当今廊庙具⑫,构厦岂云缺?葵藿倾太阳⑬,物性固难夺。顾惟蝼蚁辈⑭,但自求其穴。胡为慕大鲸,辄拟偃溟渤⑮?以兹悟生理⑯,独耻事干谒。兀兀遂至今,忍为尘埃没?终愧巢与由,未能易其节⑰。沉饮聊自适,放歌破愁绝。

岁暮百草零,疾风高冈裂。天衢阴峥嵘⑱,客子中夜发⑲。霜严衣带断,指直不能结。凌晨过骊山⑳,御榻在嵽嵲㉑。蚩尤塞寒空㉒,蹴踏崖谷滑。瑶池气郁律㉓,羽林相摩戛㉔。君臣留欢娱,乐动殷胶葛㉕。赐浴皆长缨㉖,与宴非短褐㉗。肜庭所分帛㉘,本自寒女出。鞭挞其夫家,聚敛贡城阙㉙。圣人筐篚恩㉚,实欲邦国活。臣如忽至理,君岂弃此物?多士盈朝廷,仁者宜战栗㉛。况闻内金盘㉜,尽在卫霍室㉝。中堂有神仙㉞,烟雾蒙玉质。暖客貂鼠裘,悲管逐清瑟㉟。劝客驼蹄羹,霜橙压香橘。朱门酒肉臭,路有冻死骨!荣枯咫尺异㊱,惆怅难再述。

北辕就泾渭㊲,官渡又改辙。群水从西下,极目高崒兀。疑是崆峒来㊳,恐触天柱折㊴。河梁幸未拆㊵,枝撑声窸窣㊶。行旅相攀援,川广不可越。老妻寄异县㊷,十口隔风雪。谁能久不顾,庶往共饥渴㊸。入门闻号咷,幼子饥已卒!吾宁舍一哀,里巷亦呜咽。所愧为人父,无食致夭折。岂知秋禾登,贫窭有仓卒㊹。生常免租税,名不隶征伐㊺。抚迹犹酸辛,平人固骚屑㊻。默思失业徒,因念远戍卒。忧端齐终南㊼,澒洞不可掇㊽。

【注释】

* 七五五年(天宝十四载),杜甫做着右卫率府胄曹参军的官职。这年的十一月他从长安出发到奉先去探望他的家属。路上经过骊山,明皇和贵妃等正在骊山华清宫里过冬,饮酒作乐。这时安禄山已经在范阳起兵,消息尚未到达长安。杜甫在这首诗里指出了阶级矛盾,对于国事深抱忧虑。他把自己的抱负、旅途的见闻、到家后不幸的情况都写在诗里,用"咏怀"标题,表达了他的忧愤情怀。

① 〔杜陵〕见前《醉时歌》注。〔布衣〕见前《秋雨叹》注。

② 〔老大〕时杜甫年四十四岁。

③ 〔稷、契(xiè)〕传说中尧、舜时代的贤臣,杜甫理想中的政治家。

④ 〔濩(huò)落〕同"瓠落""廓落",空大而无所容,大而无当。

⑤ 〔契(qì)阔〕勤苦。

⑥ 〔觊豁〕希望能达到。

⑦ 〔黎元〕老百姓。

⑧ 〔取笑〕被人窃笑。

⑨ 〔江海志〕放浪江海之志。

⑩ 〔萧洒〕自由无拘束。

⑪ 〔尧舜君〕指唐玄宗。杜甫对他还存着这样的理想。

⑫ 〔廊庙具〕为朝廷担荷重任的栋梁之材。

⑬ 〔葵藿〕低贱的植物,杜甫自比。葵是向日葵,常倾向日光,比喻忠君。藿,草类,虽不向日,因葵而连类及之。诗人用谦抑的口气表达他忠爱的性格,并非自贱。杜甫不肯逍遥避世,乃是他对于国家有强烈的责任感。

⑭ 〔蝼蚁辈〕比喻目光浅近但顾自己的人们。

⑮ 〔大鲸、溟渤〕借用《庄子·逍遥游篇》的典故,改"鲲"作"鲸",同是大鱼。溟渤指大海。〔偃〕休息。大鲸非在大海中不能游息,比喻有大志大才的,不得地位,就无法施展他的才志。

⑯ 〔悟生理〕谓从蝼蚁、大鲸悟得人生的道理。一本作"误生理",说因为志愿宏大,反而误却求生的道路。

⑰ 〔终愧二句〕巢父与许由是传说中唐尧时两个避世隐居的贤人。杜甫感到抱愧的是志趣不同,不能学习他们,不愿改变自己的志节。

* 从开始到"放歌破愁绝"一段,自叙怀抱。

⑱〔天衢（qú）〕天空。〔峥嵘〕山高貌。这里说阴寒之气弥漫。

⑲〔客子〕杜甫自指。

⑳〔凌晨〕侵晨，天微明的时候。〔骊山〕在今陕西省临潼县。山上有华清宫，内有温泉，明皇和杨氏姊妹们常去游玩。这年的十月明皇到骊山，就逗留在那边。

㉑〔嶬嵲（dié niè）〕山高峻貌。

㉒〔蚩尤〕传说蚩尤与黄帝作战，兴大雾。这里借作大雾讲。（另说，蚩尤是蚩尤旗，天上赤气，乃是兵乱将兴之象。）

㉓〔瑶池〕神话传说中西王母宴会之地，这里指骊山温泉。〔郁律〕形容暖气蒸腾。

㉔〔羽林〕皇家禁卫队。〔摩戛（jiá）〕形容卫兵众多，兵仗相摩擦。

㉕〔殷〕震动。〔胶葛〕广大貌。

㉖〔长缨〕缨，帽带。长缨，指贵族和大臣们。

㉗〔短褐〕粗布短衣，贫贱者的衣服，指平民。

㉘〔彤（tóng）庭〕指朝廷。彤，朱红色。皇帝的宫殿多用朱红涂饰。〔分帛〕分别赏赐给臣子们的绢帛。

㉙〔城阙〕指京城。

㉚〔圣人〕称皇帝的习惯语。〔筐篚恩〕筐和篚都是竹器。古礼：皇帝宴会，用筐篚盛币帛赏赐给群臣。这种恩赐是希望群臣替国家尽忠心劳力的。

㉛〔仁者句〕有良心的应该知所警惕。

＊以上指斥统治阶级的剥削和享乐的罪恶，明里责备群臣，暗中讽刺皇帝赏赐的淫滥。

㉜〔内金盘〕宫内的金盘。

㉝〔卫霍室〕卫青、霍去病是汉武帝的外戚，借指杨国忠兄弟姊妹们。玄宗常把宫中珍宝器用大量赏赐杨家外亲。

㉞〔神仙〕指贵妃姊妹们。上面"有"字，一本作"舞"。

㉟〔悲管、清瑟〕丝竹合奏。"悲"和"清"都形容音乐之美。"悲"有音

调高激的意义。

㊱〔荣枯〕"荣"指朱门,"枯"指冻死骨,强烈的对比。

* 以上一段叙路过骊山时的感想。

㊲〔北辕〕车向北行。〔泾渭〕二水名。两水合流于昭应县（即今临潼）。

㊳〔崆峒〕山名,在今甘肃省境。泾渭二水,源出陇西,诗意说水势从上流汹涌而来。上文"群水",一本作"群冰"。

㊴〔天柱折〕古代神话：共工氏触不周之山,折天柱,绝地维。

㊵〔梁〕桥。〔拆〕冲毁。

㊶〔枝撑〕桥柱交木。

㊷〔异县〕指奉先。意思是说不在一处。

㊸〔庶〕希望。

㊹〔窭（jù）〕贫。〔卒（cù）〕同"猝"。"仓猝",急遽貌,引申为意外事故。

㊺〔生常二句〕杜甫出于官僚家庭,享受免租税和兵役的特权。

㊻〔平人〕平民。〔骚屑〕骚动不安。

㊼〔终南〕山名,在长安南。

㊽〔澒（hòng）洞〕浩大貌。〔掇〕拾取。

* 以上一段叙到家情况。

卷二

月　夜

今夜鄜州月①，闺中只独看②。遥怜小儿女，未解忆长安。香雾云鬟湿，清辉玉臂寒③。何时倚虚幌④，双照泪痕干⑤？

【注释】

＊七五六年（天宝十五载）五月，杜甫带领一家人从奉先到白水。六月，潼关失守，白水陷入混乱状态，他们流亡北行，最后杜甫把家安置在鄜州。七月，肃宗（李亨）即位于灵武（今宁夏灵武县）。杜甫单人出来，想出芦子关到灵武去，途中为安禄山部队所俘，带到长安。幸而因为他官职卑小，未被囚禁，他就在长安隐避一时。这首诗是他在秋天月夜想念他的妻子所写。

①〔鄜（fū）州〕今陕西鄜县。

②〔闺中〕原意是内室，用来指妻。

③〔香雾二句〕想象他的妻在鄜州望月的情景。"云鬟""雾鬟"通常用来指妇女的头发。清辉指月光。

④〔虚幌〕"幌"，帷。"虚幌"，通明的薄帷。

⑤〔双照〕月光照着两人在一起。

哀王孙

长安城头头白乌①，夜飞延秋门上呼②。又向人家啄大屋，屋底达官走避胡③。金鞭断折九马死④，骨肉不得同驰驱⑤。腰下宝玦青珊瑚⑥，可怜王孙泣路隅。问之不肯道姓名，但道困苦乞为奴。已经百日窜荆棘，身上无有完肌肤。高帝子孙尽隆准⑦，龙种自与常人殊。豺狼在邑龙在野⑧，王孙善保千金躯。不敢长语临交衢⑨，且为王孙立斯须⑩。昨夜东风吹血腥，东来橐驼满旧都⑪。朔方健儿好身手⑫，昔何勇锐今何愚！窃闻天子已传位⑬，圣德北服南单于⑭。花门剺面请雪耻⑮，慎勿出口他人狙⑯。哀哉王孙慎勿疏，五陵佳气无时无⑰。

【注释】

＊七五六年六月九日，潼关失守。杨国忠怂恿玄宗作出奔西蜀之计，命陈玄礼点调军马，假传要御驾亲征。十三日黎明，玄宗同少数亲贵出延秋门西去。长安大乱。连许多皇亲国戚，事前也并不知道，来不及跟随御驾。安禄山部将孙孝哲（契丹人）占领长安后，开始搜捕百官，杀戮宗室。前后杀戮皇孙、公主、驸马以下百余人，甚至剜心击脑，情形很惨。王孙们隐匿逃窜，十分狼狈。此诗当作于七五六年九月间。

①〔头白乌〕白头的老鸦。白头乌飞集城楼上和在人家屋顶上夜叫,照那时的迷信说法,这是预告不祥的。

②〔延秋门〕唐宫苑西门,出此门,有便桥渡渭水,往咸阳大道。

③〔达官〕大官。

④〔金鞭句〕"九马",九匹骏马,这里指皇帝御用的马。此句极言玄宗马上加鞭,逃奔得慌急。

⑤〔骨肉〕指王孙,他是李家的骨肉。"王孙",某帝、某王的后代,泛指李姓宗室贵族。

⑥〔玦(jué)〕玉佩,如环而有缺口的一种。

⑦〔隆准〕高鼻。《史记》上说汉高祖刘邦的相貌:"隆准而龙颜。""准",音拙。这里是借汉喻唐。

⑧〔豺狼在邑〕指安禄山在洛阳称帝。〔龙在野〕指唐玄宗在蜀,肃宗在灵武,均不在帝都。

⑨〔长语〕"长",读去声,同"多"字的意义。多说话。〔交衢〕交通的大路。

⑩〔斯须〕一会儿。

⑪〔橐(tuó)驼〕同骆驼。〔旧都〕当时玄宗在成都,肃宗在灵武即位,因而称长安为旧都。〔东来句〕当时胡人在长安劫掠财宝,用橐驼载往范阳,络绎不绝。

⑫〔朔方健儿〕指哥舒翰所带领守潼关的朔方军。

⑬〔传位〕玄宗在马嵬(wěi)驿时有传位给太子的意旨,未实行;七月,太子(李亨)在灵武(今宁夏灵武县),为群臣所拥戴,即位称帝。

⑭〔南单于〕后汉光武帝中兴,匈奴分裂为二,南单于服从汉朝。这里借用来指和肃宗结好的回纥(hé)王。

⑮〔花门〕指回纥。花门山堡在居延海北三百里,是回纥骑兵驻地;今借来称呼回纥人。〔剺(lí)面〕"剺",割。古匈奴俗割面流血,表示忠诚信义。

⑯〔狙(jū)〕猕猴之类;常伺伏攫食,因而借作"伺伏"意。暗中侦视。〔慎勿句〕杜甫把外面好消息告知王孙,叮嘱他勿多说,以免遭人暗算。当时降

贼诸人，方为贼耳目，告发邀功。

⑰〔五陵〕长安有五个汉朝陵墓：长陵、安陵、阳陵、茂陵、平陵，俗称"五陵"。这里借来称唐代先帝的陵墓；因为玄宗以前，李姓恰恰有五帝，即高祖、太宗、高宗、中宗、睿宗。说五陵有"佳气"，暗示唐室尚有中兴希望。"佳气"借望气家、堪舆家（即看风水的）的说法。

悲陈陶

孟冬十郡良家子①，血作陈陶泽中水。野旷天清无战声，四万义军同日死。群胡归来血洗箭，仍唱胡歌饮都市②。都人回面向北啼，日夜更望官军至。

【注释】

* 七五六年（至德元载）十月，肃宗从灵武进至彭原（今甘肃省宁县）。宰相房琯自己请求带兵讨贼，谋复两京，肃宗允许了他。房琯分兵三路：命杨希文将南军，从宜寿（即盩厔〔zhōu zhì〕县）进兵；刘贵哲将中军，从武功进兵；李光进将北军，从奉天（今陕西省乾县）进兵。十月二十一日，中军、北军与敌将安守忠遭遇，战于咸阳之陈涛斜。房琯是书生，没有实际作战经验，妄用古代车战法，被敌人纵火焚烧，兵阵大乱。结果惨败，士卒死亡四万多人，几乎全军覆没。时杜甫在长安，哀伤官军的惨败，愤怒群胡的得意放纵，作此诗。〔陈陶〕即陈涛斜，地名，一名陈陶泽，在咸阳东。

①〔十郡良家子〕朔方军、陇右军的旧部队，在潼关一役，断送殆尽。这时反攻安禄山的官军主要是在西北几郡里新招集的人民义军。

②〔血洗箭〕用血水洗箭，承上"血作陈陶泽中水"来。一本作"雪洗

箭"。〔群胡、胡歌〕安禄山本人是胡人,部下多用蕃将,整个是胡化的部队。

悲青坂

我军青坂在东门,天寒饮马太白窟①。黄头奚儿日向西②,数骑弯弓敢驰突。山雪河冰野萧瑟,青是烽烟白是骨。焉得附书与我军,忍待明春莫仓卒。

【注释】

＊青坂是房琯的官军驻扎之地,不知确定地点,当在武功、盩厔之东,咸阳的西南。陈涛斜败后,房琯持重不进,有中官(即监军的宦官)促之,率领南军再战,又败。杜甫认为官军受创伤极重,不宜仓猝再战,应该等待到明春,再作反攻。

①〔太白窟〕太白山在武功、盩厔的西南。古乐府有《饮马长城窟》诗,"窟"指泉水、水塘。

②〔黄头奚〕安禄山部下多奚人。奚是东夷的一个部族。黄头奚是奚的一个部落。

塞芦子

五城何迢迢①,迢迢隔河水。边兵尽东征,城内空荆杞。思明割怀卫②,秀岩西未已③。回略大荒来④,嵴函盖虚尔⑤。

延州秦北户⑥,关防犹可倚。焉得一万人,疾驱塞芦子⑦。岐有薛大夫⑧,旁制山贼起。近闻昆戎徒⑨,为退三百里。芦关扼两寇,深意实在此。谁能叫帝阍⑩,胡行速如鬼⑪!

【注释】

＊当是七五七年(至德二载)春天的作品。芦子关在唐延州境内,在今陕西安塞县西北。"塞芦子"的意思是说要派兵防守芦子关。七五七年正月,史思明、高秀岩、蔡希德合兵十万,围攻太原,想要长驱西进。芦子关是陕北的军防要地,需要调兵扼守。杜甫虽陷在长安贼中,对于军事,尽心谋虑,见于这首诗。

①〔五城〕朔方节度所领的五城:定远、丰安、三受降城,都在黄河北。定远在今宁夏平罗县东南。丰安在今宁夏中卫县境。三受降城:中城、西城、东城,都在今内蒙古境内。

②〔思明〕史思明,突厥人,本名窣(sū)干,玄宗命他改名思明。史思明与安禄山同乡里,禄山反,使他攻占河北。〔割怀、卫〕怀州(今河南沁阳)、卫州(今河南汲县),唐时皆属河北道。割弃怀、卫,移兵北向,攻取太原。

③〔秀岩〕高秀岩,本哥舒翰将,降贼后,为伪河东节度使。这时他从大同引兵与史思明、蔡希德合攻太原。

④〔回略大荒〕史思明等攻取太原,他们的意图是长驱西进,争取朔方、陇右之地,对关中包围。朔方边军既用于东征,那边是空虚的。

⑤〔崤函句〕"崤"是崤山,在河南陕县。"函"是函谷,从崤山到潼津,通名函谷;战国时秦国设有关,名函谷关。"崤函之固"是成语,言秦国地势险要,不易攻进;指从东方仰攻而言。假如掠取河套,则包围关中,"崤函之固"是虚话了。

⑥〔延州〕今陕西延安。

⑦〔塞〕堵塞。

⑧〔岐〕即扶风。〔薛大夫〕薛景仙。当玄宗西奔时,薛景仙为陈仓令。虢国夫人和她的儿子、合杨国忠的家属都从马嵬驿逃亡,是为薛景仙所追捕诛杀的。扶风失陷,也是他反攻克复的。此人甚得人民好感,豪杰归附。肃宗即位,命他做扶风太守,兼防御使。他遏止胡贼西进,使江淮和灵武的交通线始终不断,起极大作用。杜甫在这诗里赞美他。

⑨〔昆戎〕昆夷、犬戎,古胡族名。这里即指胡人。

⑩〔叫帝阍(hūn)〕急忙奏知皇上。

⑪〔胡行句〕说胡兵狡狯,行军迅速。

春　望

国破山河在,城春草木深。感时花溅泪①,恨别鸟惊心②。烽火连三月③,家书抵万金。白头搔更短,浑欲不胜簪④。

【注释】

* 七五七年三月,在长安作。

①〔感时句〕因为感伤国事,见到春日花开烂漫,反而使人流泪。

②〔恨别句〕和家人们离隔很久,听到春鸟和鸣,反而使人惊心。

③〔连三月〕指正月、二月、三月。这三个月中,史思明、蔡希德等围攻太原,受到了李光弼的抵御;郭子仪引兵从鄘州出击崔乾祐于河东;安守忠等从长安出兵西寇武功。各方战事紧张,杜甫家在鄜州,音信稀少。

④〔浑欲句〕"浑",简直。"簪",连发于冠所用物。头发日见其稀疏脱落,简直要穿插不上簪子了。

哀江头

少陵野老吞声哭①，春日潜行曲江曲②。江头宫殿锁千门，细柳新蒲为谁绿？忆昔霓旌下南苑③，苑中万物生颜色。昭阳殿里第一人④，同辇随君侍君侧⑤。辇前才人带弓箭，白马嚼啮黄金勒⑥。翻身向天仰射云，一箭正坠双飞翼⑦。明眸皓齿今何在⑧？血污游魂归不得⑨！清渭东流剑阁深⑩，去住彼此无消息⑪。人生有情泪沾臆⑫，江水江花岂终极⑬？黄昏胡骑尘满城⑭，欲往城南忘南北⑮。

【注释】

＊七五七年春天，杜甫偷偷地在曲江闲走，面对着一片荒芜冷落的景象，追想当时玄宗和杨贵妃在南苑游猎的盛况，写作此诗。从帝、妃们往日的欢乐说到马嵬驿血污游魂的悲剧结果和长安城遭胡骑蹂躏的惨景，此诗寄寓着深刻的和悲痛的教训意义。

①〔少陵野老〕杜甫曾在少陵北、杜陵西的一个地点居住，所以自称"少陵野老"。参看前《醉时歌》注。时杜甫年四十六岁。

②〔曲江〕在长安东南，都人游览胜地，参看《乐游园歌》注。那边有玄宗的行宫。

③〔霓旌〕仪仗中的一种旌旗，缀着五色的羽毛，望如虹霓。〔南苑〕即芙蓉苑，在曲江南部。

④〔昭阳殿〕汉成帝时宫殿名。〔第一人〕指汉成帝的美人赵飞燕,这里用来比拟杨贵妃。

⑤〔辇(liǎn)〕皇帝御坐的大车。〔才人〕宫中女官名。

⑥〔啗〕咬。

⑦〔双飞翼〕双飞鸟。

⑧〔明眸皓齿〕形容美人,指杨贵妃。

⑨〔血污游魂〕指杨贵妃缢死马嵬驿事。玄宗从长安出奔,准备入蜀,经过马嵬驿(在今陕西省兴平县),军士们先要求杀杨国忠,随后要求除掉杨贵妃。贵妃缢死马嵬驿佛堂梨树前。

⑩〔清渭〕马嵬驿南滨渭水。〔剑阁〕玄宗入蜀经由之地。

⑪〔去住句〕贵妃与玄宗一死一生永无消息。

⑫〔泪沾臆〕说杜甫自己因感情激动而流泪,"臆",胸膛。

⑬〔江水句〕见到江头水流花开,风景依然,难道长安便这样永久沦陷了吗?"岂终极"有《离骚》"余焉能忍与此终古"的意思。

⑭〔胡骑〕指安禄山的部队。

⑮〔忘南北〕心乱目迷,不辨南北。杜甫住在长安城南。一本作"望城北",一本作"忘城北"。

喜达行在所三首

西忆岐阳信,无人遂却回①。眼穿当落日②,心死着寒灰。茂树行相引,连山望忽开③。所亲惊老瘦,辛苦贼中来④。

愁思胡笳夕,凄凉汉苑春①。生还今日事,间道暂时人②。司隶章初睹，南阳气已新③。喜心翻倒极，呜咽泪沾巾！

死去凭谁报？归来始自怜。犹瞻太白雪，喜遇武功天①。影静千官里②，心苏七校前③。今朝汉社稷，新数中兴年④。

【注释】

＊七五七年二月，肃宗从彭原进至凤翔（即扶风郡所改名，今陕西凤翔县）。杜甫在四月中从长安出金光门，冒着极大的危险，从小路走到凤翔。此诗原有注云："自京窜至凤翔。"其时郭子仪与安守忠在长安西对垒，官军溃，子仪退保武功。〔行在所〕皇帝临时驻在之地。

〔第一首〕

① 〔西忆二句〕说西望凤翔，无消息。"岐阳"即凤翔，因在岐山之南，故称岐阳。"遂却回"，大概是说到那边去成而带回头信来的。

② 〔当落日〕望着西方。

③ 〔茂树二句〕杜甫几乎绝望以后，又决心西行。这二句描写身在道中。

④ 〔所亲二句〕描写到达凤翔以后，见到熟人。

〔第二首〕

① 〔愁思二句〕到达凤翔后，回想长安情况。"汉苑"，指长安的禁苑。

② 〔间道〕穿行间隙小路。〔暂时人〕形容随时有生命危险。

③ 〔司隶二句〕说到凤翔后看见有中兴希望的气象，把后汉光武帝刘秀来比拟唐肃宗。更始帝刘玄以刘秀为司隶校尉，刘秀入洛阳，使官属制度，恢

复汉朝规章。洛阳人说:"不图今日复见汉官威仪。"刘秀,南阳人,起兵春陵(今湖北枣阳)。有望气术士苏伯阿,受王莽的派遣,到南阳,遥望见春陵,曰:"气佳哉!郁郁葱葱然。"

〔第三首〕

①〔武功〕今陕西咸阳武功县。太白山在武功南。

②〔千官〕"古者天子千官"(见《荀子》),这里说肃宗的朝廷上人才不少,官制整肃。

③〔心苏〕心里宁静喜悦。〔七校〕汉武帝增设七校,有中垒、屯骑、步兵、越骑、长水、胡骑、射声、虎贲,凡八校尉,胡骑不常置,故言七校。这里指说武官整齐。

④〔中兴〕"中",这里读去声。

述　怀

去年潼关破,妻子隔绝久。今夏草木长,脱身得西走。麻鞋见天子,衣袖露两肘。朝廷愍生还①,亲故伤老丑。涕泪授拾遗②,流离主恩厚。柴门虽得去,未忍即开口。寄书问三川③,不知家在否?比闻同罹祸④,杀戮到鸡狗。山中漏茅屋,谁复依户牖?摧颓苍松根⑤,地冷骨未朽。几人全性命,尽室岂相偶⑥?嵚岑猛虎场⑦,郁结回我首。自寄一封书,今已十月后。反畏消息来,寸心亦何有?汉运初中兴,生平老耽酒。沉思欢会处⑧,恐作穷独叟。

【注释】

* 杜甫到凤翔后,因为鄜州一带遭过兵乱,久不得家人消息,极为忧念。他刚受左拾遗官职,未便即请求回家,于苦闷中作此诗。写在七五七年五六月间。按杜甫写此诗后,到七八月间,即得家信,知道家人齐全无恙,有《得家书》诗。

① 〔慜〕同"愍",哀怜。

② 〔拾遗〕杜甫在此年五月间在肃宗朝受左拾遗官职。左拾遗是从八品的谏官,得参与廷议,上疏言事。

③ 〔三川〕鄜州三川县,在今陕西省鄜县南。

④ 〔比〕读去声。近来。

⑤ 〔摧颓二句〕想象村落荒凉和新死者之多。

⑥ 〔尽室句〕全家哪能侥幸齐全无恙。杜甫忧虑着家中人恐有死亡。

⑦ 〔嶔岑(qīn cén)〕山高貌。

⑧ 〔欢会〕指以前和家人团聚。

玉华宫

溪回松风长①,苍鼠窜古瓦。不知何王殿,遗构绝壁下②。阴房鬼火青,坏道哀湍泻③。万籁真笙竽④,秋色正萧洒⑤。美人为黄土⑥,况乃粉黛假⑦?当时侍金舆⑧,故物独石马。忧来藉草坐⑨,浩歌泪盈把。冉冉征途间⑩,谁是长年者⑪?

【注释】

*七五七年闰八月,杜甫离开凤翔,往鄜州去探望家属,路过玉华宫,作此诗。玉华宫是唐太宗贞观二十一年(六四七年)所建,在宜君县西北,地极清幽,后靠山岩,旁引涧水,建筑朴素,正殿覆瓦,余皆茸茅。太宗曾经在那边住过,作为清凉避暑之所。到唐高宗时,六五一年,即废宫为佛寺,称玉华寺。杜甫在一百多年后见到它,已经荒废不堪了。

①〔回〕屈曲回绕。

②〔遗构〕留下来的建筑。〔绝壁〕指山的峭壁。

③〔坏道〕年久失修、已经毁坏的道。〔哀湍〕"湍",急流的溪水。"哀",形容水声幽咽。

④〔万籁〕一切自然的音响(出《庄子·齐物论》)。〔笙竽〕两种管乐名。把自然音响比拟于器乐。

⑤〔萧洒〕同"潇洒",原意是自由无拘碍,这里形容秋天的景色,有"萧疏""爽朗"的意思。

⑥〔美人句〕玉华宫是皇帝避暑行宫,想象当年有宫中美人,陪辇游住,今已化为黄土了。这是见古迹而兴起感叹的话。一说,或有宫中美人殁而葬于此者,因而有这样的话。

⑦〔粉黛〕妇女修饰容貌之物。"黛",画眉用的青黑色的颜料。

⑧〔金舆〕御用的车、轿。

⑨〔藉草〕垫着草。

⑩〔冉冉〕行貌。《离骚》:"老冉冉其将至兮","冉冉",行而渐进之意。

⑪〔长年者〕长寿、长生的人。

羌村三首

　　峥嵘赤云西①，日脚下平地②。柴门鸟雀噪，归客千里至③。妻孥怪我在④，惊定还拭泪。世乱遭飘荡，生还偶然遂⑤。邻人满墙头，感叹亦歔欷⑥。夜阑更秉烛⑦，相对如梦寐。

　　晚岁迫偷生①，还家少欢趣。娇儿不离膝，畏我复却去②。忆昔好追凉③，故绕池边树④。萧萧北风劲，抚事煎百虑⑤。赖知禾黍收，已觉糟床注⑥。如今足斟酌⑦，且用慰迟暮。

　　群鸡正乱叫，客至鸡斗争。驱鸡上树木，始闻叩柴荆①。父老四五人，问我久远行②。手中各有携，倾榼浊复清③。莫辞酒味薄，黍地无人耕。兵革既未息，儿童尽东征④。请为父老歌，艰难愧深情⑤。歌罢仰天叹，四座泪纵横。

【注释】

　　* 羌村在鄜州郊外，杜甫家所在。这三首诗描写他初到家时情况。七五七

年作。

〔第一首〕

①〔峥嵘〕山高耸貌，这里形容赤云。

②〔日脚〕太阳由云隙中射下来的光线。

③〔归客〕指杜甫自己。

④〔妻孥〕妻和子女。〔怪我在〕"怪"，疑怪。几乎不相信我还活着。

⑤〔遂〕如愿。

⑥〔歔欷（xū xī）〕气咽而抽泣。

⑦〔夜阑〕夜将尽，即深夜之意。

〔第二首〕

①〔晚岁〕晚年。时杜甫年才四十六岁。杜甫未老先衰，自己认为已到晚年。

②〔娇儿二句〕描摹小孩对父亲又亲热又害怕的情景。"却去"，退去，躲开。

③〔好追凉〕喜欢乘凉。上回杜甫在家时正值夏季。

④〔故〕常常。

⑤〔抚事〕"抚"有"按"字义，细按自己的经历。想着一切事情。

⑥〔糟床〕榨酒的器具。

⑦〔斟酌〕筛酒，用来指喝酒。

〔第三首〕

①〔柴荆〕柴门。

②〔问〕慰问，慰劳。

③〔榼（kē）〕盛酒器。〔浊复清〕浊酒与清酒。

④〔莫辞四句〕父老们的话。"兵革"是兵器和衣甲，作为"战争"的代用词。"儿童"，犹言孩子们。

⑤〔艰难〕在这艰苦困难的年代。

北　征

皇帝二载秋①，闰八月初吉②。杜子将北征，苍茫问家室③。维时遭艰虞④，朝野少暇日⑤。顾惭恩私被⑥，诏许归蓬荜⑦。拜辞诣阙下⑧，怵惕久未出⑨。虽乏谏诤姿⑩，恐君有遗失⑪。君诚中兴主⑫，经纬固密勿⑬。东胡反未已⑭，臣甫愤所切⑮。挥涕恋行在⑯，道途犹恍惚⑰。乾坤含疮痍⑱，忧虞何时毕！

靡靡逾阡陌⑲，人烟渺萧瑟⑳。所遇多被伤，呻吟更流血。回首凤翔县，旌旗晚明灭。前登寒山重，屡得饮马窟㉑。邠郊入地底㉒，泾水中荡潏㉓。猛虎立我前，苍崖吼时裂。菊垂今秋花，石戴古车辙㉔。青云动高兴，幽事亦可悦。山果多琐细，罗生杂橡栗㉕。或红如丹砂，或黑如点漆。雨露之所濡㉖，甘苦齐结实。缅思桃源内㉗，益叹身世拙㉘。坡陀望鄜畤㉙，岩谷互出没。我行已水滨，我仆犹木末㉚。鸱鸟鸣黄桑，野鼠拱乱穴。夜深经战场，寒月照白骨。潼关百万师，往者散何卒㉛！遂令半秦民㉜，残害为异物㉝！

况我堕胡尘㉞，及归尽华发㉟。经年至茅屋㊱，妻子衣百结。恸哭松声回，悲泉共幽咽。平生所骄儿㊲，颜色白胜雪。见耶背面啼，垢腻脚不袜。床前两小女，补绽才过膝㊳。海图拆波涛，旧绣移曲折㊴。天吴及紫凤㊵，颠倒在裋褐㊶。老夫情怀恶，呕泄卧数日。那无囊中帛，救汝寒凛栗？粉黛亦解苞㊷，衾裯稍罗列。瘦妻面复光，痴女头自栉。学母无不为，晓妆随手抹。移时施朱铅㊸，狼籍画眉阔㊹。生还对童稚，似欲忘饥渴。问事竞挽须，谁能即嗔喝㊺？翻思在贼愁㊻，甘受杂乱聒㊼。新归且慰意，生理焉得说㊽？

至尊尚蒙尘㊾，几日休练卒㊿？仰观天色改，坐觉妖氛豁(51)。阴风西北来，惨澹随回纥(52)。其王愿助顺(53)，其俗善驰突。送兵五千人，驱马一万匹。此辈少为贵(54)，四方服勇决(55)。所用皆鹰腾，破敌过箭疾。圣心颇虚伫(56)，时议气欲夺(57)。伊洛指掌收(58)，西京不足拔(59)。官军请深入，蓄锐可俱发。此举开青徐(60)，旋瞻略恒碣(61)。昊天积霜露(62)，正气有肃杀。

祸转亡胡岁，势成擒胡月。胡命其能久？皇纲未宜绝！忆昔狼狈初(63)，事与古先别。奸臣竟菹醢(64)，同恶随荡析(65)。

不闻夏殷衰，中自诛褒妲⁶⁶。周汉获再兴，宣光果明哲⁶⁷。桓桓陈将军⁶⁸，仗钺奋忠烈。微尔人尽非⁶⁹，于今国犹活！凄凉大同殿⁷⁰，寂寞白兽闼⁷¹。都人望翠华⁷²，佳气向金阙。园陵固有神⁷³，扫洒数不缺⁷⁴。煌煌太宗业，树立甚宏达。

【注释】

＊七五七年八月，杜甫从凤翔回到鄜州。这首长诗是他回家以后所写。鄜州在凤翔东北，因而题名为"北征"。〔征〕旅行。此诗题下原有注云："归至凤翔，墨制放往鄜州，作。"杜甫到凤翔后，任左拾遗职，因为上疏替房琯说话，触忤肃宗，幸得宰相张镐替他辩解，方得无罪。不久，得旨意，他可以回鄜州去走一趟。

① 〔皇帝二载〕肃宗（李亨）至德二载。

② 〔初吉〕月初。"吉"是好日子。

③ 〔苍茫〕匆匆忙忙。〔问家室〕回家看望妻和子女。"问"，探望。

④ 〔维〕发语辞。〔艰虞〕艰苦、危难。

⑤ 〔朝野〕做官的和不做官的。

⑥ 〔顾惭〕自己觉得很惭愧。〔恩私被〕蒙皇上私恩照顾。

⑦ 〔蓬荜〕蓬户荜门，形容草屋，贫贱者之居。一般用来作为对自己的家屋的谦称。

⑧ 〔阙〕宫前门楼。〔诣阙下〕指叩见皇帝。"诣"，去，到。

⑨ 〔怵惕〕惶惶恐恐，警惕畏惧。

⑩ 〔谏诤姿〕谏诤的品质和风度。"姿"原指体态和风度，这里主要同"资"字的意义，指资质、品质，包括品德和才能。"谏诤"，臣子对国君提意见，规劝他的错失。"谏"是下对上的规劝；"诤"，直言争论。〔虽乏句〕自谦

的话。

⑪〔恐君句〕怕皇上有些看不到的错失。杜甫做着左拾遗的官职,管对朝政提意见的。

⑫〔中兴主〕经过危难后复兴的君主。

⑬〔经纬〕纺织工作上纵线叫经,横线叫纬,用来比拟有条理、有组织地处理事务。这里指处理国家大事。〔密勿〕劳心勉力。特用于机要事务。

⑭〔东胡〕指安禄山的儿子安庆绪。七五七年正月,他把安禄山杀了,仍僭号称帝。

⑮〔切〕迫切。〔愤所切〕切心痛愤。

⑯〔涕〕眼泪。

⑰〔恍惚〕心神不安貌。

⑱〔疮痍〕创伤。〔乾坤句〕"乾坤"犹言天地,极言其大。天地间有了这样大的创伤,就是说人民遭受灾难的广大。

* 以上一段叙说得假回家,辞别肃宗,忧切国事的情怀。

⑲〔靡靡〕行道迟迟貌。〔阡陌〕田野间的道路;南北曰阡,东西为陌。

⑳〔渺〕远。〔萧瑟〕萧条,冷落。

㉑〔饮马窟〕古乐府诗有"饮马长城窟"句,这里指山间多军马经行之迹。

㉒〔邠(bīn)郊句〕唐邠州在今陕西邠县。泾水从州北流过,形成盆地。邠郊地低,从高岗下行,故曰"入地底"。

㉓〔荡潏(yù)〕水流波动貌。

㉔〔戴〕一本作"带",意同。

㉕〔橡栗〕果实名,也叫作橡子,是栎树的果实,其仁如老莲肉,可吃。

㉖〔濡〕沾湿。

㉗〔缅思〕远想。作悠远的念头。〔桃源〕即桃花源。陶渊明所作《桃花源记》描述一个和外界隔离而享有自由农村生活的乐土叫作桃源。

㉘〔拙〕拙笨。

㉙〔坡陀〕地势高低不平。〔鄜畤(zhì)〕即指鄜州。"畤",祭祀天神的祭

坛。春秋时秦国祭祀白帝的地点在鄜，设有畤，因而鄜州有"鄜畤"的别称。

㉚〔木末〕树木的末梢。〔我仆句〕形容仆人尚在高地上行走。

㉛〔潼关二句〕安禄山反，哥舒翰率领二十万大军扼守潼关，杨国忠促其出战，不得已出关迎敌，为安禄山部将崔乾祐所诱，战于灵宝，惨败，士卒死亡、溃散，全军覆没。这是七五六年六月的事。"往者"，指说过去时间的副词。"卒"，仓猝，快速。"百万"是文学上的夸饰，实是二十万。

㉜〔秦民〕关中老百姓。

㉝〔异物〕死亡者，鬼。

* 以上一段叙说从凤翔到鄜州一路上的经历和感想。

㉞〔堕胡尘〕去年八月，杜甫从鄜州出发，想到灵武去，途中被安禄山部下逮住，送往长安。

㉟〔华发〕头发花白。

㊱〔经年〕隔年。杜甫从去年秋天离家，到今年秋天回来，恰恰经过一个年头。〔茅屋〕指杜甫的家。

㊲〔骄〕宠爱。一本作"娇"。

㊳〔补绽句〕衣裳打着补绽，还是很短，足见贫居缺乏布帛。

㊴〔海图二句〕旧的绣货利用来修补衣服，把海面波涛的图案给拆散了，形容东拼西凑的样子。

㊵〔天吴〕神话中的水神，虎身人面，有八首、八足、八尾，背黄青色。这也是在刺绣的图案里的。

㊶〔裋（shù）褐〕小孩穿的粗布短衣。"裋"一本作"短"。

㊷〔苞〕同"包"。一本作"包"。包裹。指杜甫从凤翔带回来的东西。

㊸〔移时〕久时。花了好些时间。〔朱铅〕丹粉。

㊹〔狼籍〕散乱貌。乱七八糟。

㊺〔嗔（chēn）喝〕怒而呵责。

㊻〔翻思〕回想。

㊼〔聒（guō）〕吵闹。

㊽〔生理〕生活的路子。

* 以上一段叙说久别回家，看到妻室和小孩，十分欢喜的情况。

㊾〔至尊〕指皇帝。〔蒙尘〕奔走在外。

㊿〔练卒〕精练士兵。“休练卒”，指战争停止。

(51)〔妖氛〕妖气，指不正常的天变等。

(52)〔惨澹〕同“惨淡”。惨暗无色。〔回纥〕部族名，亦国名。处在唐帝国的正北，在今蒙古国的土地。后来在唐朝末年，往西方迁移，入今新疆境内。

(53)〔其王句〕回纥王葛勒可汗派他的儿子叶护带领四千多精兵到凤翔，表示愿意帮助唐皇收复两京。肃宗很高兴，使叶护帮助他的儿子李俶（chù），李俶和叶护结为兄弟。

(54)〔少为贵〕少而精悍；虽少胜多。

(55)〔勇决〕“决”有急、捷的意义。

(56)〔虚伫〕虚心期待。当时肃宗心里很依赖回纥的援助。

(57)〔时议句〕当时朝臣的意见有不赞成多借助外力的，但形势已经造成，不便多议。

(58)〔伊洛〕二水名，这里即指东京洛阳之地。

(59)〔不足拔〕极易收复。

(60)〔青徐〕青州、徐州，今山东省及江苏北部。

(61)〔恒碣〕恒山、碣石山，在今山西、河北境内。

(62)〔昊（hào）天〕同“颢天”，秋天。秋季配合五行为金，有肃杀之气。

* 以上至“皇纲未宜绝”为一段，谈论大局。杜甫殷切盼望即为收复两京，再请以官军为主力，一举而扫平敌人在东方和北方的各个据点。

(63)〔狼狈〕指潼关失守及玄宗奔蜀事。

(64)〔奸臣〕指杨国忠。〔菹醢（zǔ hǎi）〕砍作肉酱。国忠在马嵬坡被杀时，军人屠割他的肢体，揭首驿门。

(65)〔同恶〕主要指杨氏姊妹们。〔荡析〕“荡”，飘荡；“析”，离析，拆散。韩国夫人、秦国夫人同在马嵬驿被杀；虢国夫人逃到陈仓县，被捕下狱处死。

(66)〔夏殷衰〕夏、殷的衰世；夏朝、商朝的末代。旧史记载：夏桀为宠幸妹喜而亡国，商纣为宠幸妲己而亡国。〔褒妲〕“妲”即妲己，“褒”是褒姒。旧史记载：周幽王宠幸褒姒，不修朝政，惹起犬戎之祸。〔不闻二句〕说玄宗能顺民意，诛戮贵妃，毕竟与桀、纣、周幽王不同，还不是亡国之君，因而唐朝还有中兴希望。一本把“褒妲”改为“妹妲”，求与“夏殷”相应；一本云“夏殷”应为“殷周”；实则杜甫举“夏殷”以概括周，举“褒妲”以概括妹喜，参错用三朝史事，不必改。杜甫主要以褒姒比拟杨妃，以犬戎之祸比拟安禄山的叛变，所以“褒妲”胜于“妹妲”；同时下文就有“周汉”，因而上文不能不用“夏殷”。

(67)〔宣光〕周宣王、汉光武帝刘秀，皆中兴之主，杜甫以之期望于肃宗。

(68)〔桓桓〕威武貌。〔陈将军〕陈玄礼。在马嵬驿，他代表士兵和人民的要求，请诛戮国忠、贵妃等祸国殃民的罪首。

(69)〔微尔〕没有你。“微”，没有。

(70)〔大同殿〕在长安南内兴庆宫勤政楼北，玄宗常时朝见群臣的地方。

(71)〔白兽闼（tà）〕即白兽门，唐宫中宫门名。

(72)〔翠华〕指皇帝的仪仗。皇帝旗以翠羽为饰。

(73)〔园陵〕指太宗等陵墓。

(74)〔数〕礼数。

* 以上一段说唐朝有中兴希望。

彭衙行

忆昔避贼初，北走经险艰。夜深彭衙道，月照白水山。尽室久徒步①，逢人多厚颜。参差谷鸟吟②，不见游子还。痴女饥咬我，啼畏虎狼闻。怀中掩其口，反侧声愈嗔。小儿强解事③，故索苦李餐④。一旬半雷雨，泥泞相牵攀。既无御雨备，径滑衣又寒。有时经契阔⑤，竟日数里间。野果充餱粮⑥，卑枝成屋椽⑦。早行石上水，暮宿天边烟。少留同家洼⑧，欲出芦子关⑨。故人有孙宰⑩，高义薄曾云⑪。延客已曛黑⑫，张灯启重门。暖汤濯我足，剪纸招我魂⑬。从此出妻孥⑭，相视涕阑干⑮。众雏烂熳睡⑯，唤起沾盘餐⑰。誓将与夫子⑱，永结为弟昆。遂空所坐堂，安居奉我欢。谁肯艰难际，豁达露心肝。别来岁月周，胡羯仍构患⑲。何当有翅翎，飞去堕尔前⑳。

【注释】

*七五七年作。杜甫在上一年从白水县，同家眷避难北走，经过彭衙，一路很狼狈；到达同家洼，得到朋友孙宰的招待，稍稍安定。以后他把家眷就安顿在鄜（fū）州。这诗是回忆当日情况，热忱感谢孙宰的友谊，寄赠给他的。〔彭衙〕在白水县东北六十里，本汉朝彭衙县故地。

①〔尽室〕合家人。

②〔谷鸟吟〕一本作"谷鸟鸣"，意同。

③〔强解事〕不懂事而自信。

④〔故索句〕常常去采摘道边李树果实来吃，其实味苦难吃。"故"，常常。

⑤〔契阔〕劳苦。

⑥〔餱（hóu）粮〕干粮。

⑦〔卑枝句〕躲在树下过夜。

⑧〔同家注〕当在彭衙、鄜州间。疑在三川县境内。

⑨〔芦子关〕见前《塞芦子》注,在延安北。杜甫向北流亡,不知去处,还想一直北行。

⑩〔孙宰〕孙姓,称"宰",当是曾任县令者。

⑪〔薄曾云〕形容高。"薄",逼近。"曾"同"层"。

⑫〔曛(xūn)黑〕昏黑。

⑬〔剪纸句〕剪些白纸条儿贴在门外给行人招魂,大概是那时那地的风俗,因为行人在一路上受了许多惊恐之故。两句中的"我"字未必单指杜甫,包括杜甫家人。

⑭〔出妻孥〕孙、杜各使女眷、小孩们相见。

⑮〔阑干〕纵横貌。

⑯〔众雏〕儿童们。

⑰〔沾盘餐〕吃剩余的饭菜。

⑱〔夫子〕对孙宰的尊称。

⑲〔胡羯(jié)〕同羯胡,指安庆绪。羯胡本中亚月支种,安禄山父系出于羯胡。〔构患〕作乱。"患",读平声。

⑳〔何当二句〕愿化身为鸟,飞往孙宰处。极言想念之殷。

曲江二首

一片花飞减却春,风飘万点正愁人。且看欲尽花经眼①,莫厌伤多酒入唇②。江上小堂巢翡翠③,苑边高冢卧麒麟④。细推物理须行乐⑤,何用浮名绊此身?

朝回日日典春衣①，每日江头尽醉归。酒债寻常行处有②，人生七十古来稀。穿花蛱蝶深深见③，点水蜻蜓款款飞④。传语风光共流转，暂时相赏莫相违。

【注释】

* 七五七年九月，郭子仪等收复长安，十月，收复洛阳。肃宗及上皇先后还京都。杜甫在十一月中到长安，仍任左拾遗职。七五八年（肃宗乾元元年）暮春三月，作这两首诗。两首都是七言律诗体。〔曲江〕见《乐游园歌》《哀江头》注。

〔第一首〕

①〔欲尽〕花将落完。

②〔伤多〕多所感伤。

③〔翡翠〕鸟名，属鸣禽类，羽毛美丽。

④〔苑〕指芙蓉苑，在曲江西南。〔高冢〕指贵人的坟墓。〔麒麟〕指墓道上的石麒麟。〔江上二句〕小堂无主，翡翠为巢；高冢无人祭扫，石麟倒卧；说人事兴衰。

⑤〔推〕推寻。〔物理〕万物生灭变化之理。其实就是终归虚无之理。

〔第二首〕

①〔朝回〕上朝回来。

②〔行处〕到处。

③〔蛱蝶〕鳞翅类昆虫，蝶类的总名，即蝴蝶。

④〔款款〕缓缓。

偪侧行赠毕曜

偪侧何偪侧①,我居巷南子巷北。可怜邻里间,十日不一见颜色。自从官马送还官②,行路难行涩如棘。我贫无乘非无足③,昔者相过今不得。不是爱微躯,非关足无力。徒步翻愁官长怒④,此心炯炯君应识⑤。晓来急雨春风颠⑥,睡美不闻钟鼓传⑦。东家蹇驴许借我⑧,泥滑不敢骑朝天。已令请急会通籍⑨,男儿性命绝可怜⑩。焉能终日心拳拳⑪,忆君诵诗神凛然⑫。辛夷始花又已落⑬,况我与子非壮年。街头酒价常苦贵,方外酒徒稀醉眠⑭。速宜相就饮一斗,恰有三百青铜钱⑮。

【注释】

* 七五八年春天作。毕曜和杜甫同在长安,居处极相近,可是也不常见到,这诗是约他同出去喝酒的。毕曜亦能诗,年纪同杜甫差不多,当时也做着小官。

① 〔偪(bī)侧句〕摹仿民歌语气。"偪侧"即逼近的意思。

② 〔自从句〕因为战争未息,官家多征马用,节省分配,杜甫官卑职小,所以没有骑乘了。

③ 〔无乘〕没有私家的马乘。

④ 〔徒步句〕因为有官职,却又不便徒步自由往来。

⑤〔炯炯〕明亮。同"耿耿"意。
⑥〔颠〕同"癫",癫狂。
⑦〔钟鼓〕钟鼓楼的钟鼓声。官员们要听钟鼓报时,起来入朝。
⑧〔蹇(jiǎn)驴〕蹩脚驴子。
⑨〔请急〕请假。〔会〕语气词,"当应"之意。〔通籍〕登记在簿籍上。
⑩〔男儿〕这里指杜甫自己。
⑪〔焉能句〕"焉能",哪能。"拳拳",忠谨钦佩。全句说常时钦念不已,很想见面,对毕曜而言。
⑫〔凛然〕形容有精神。
⑬〔辛夷〕植物名,木兰科,落叶乔木,高二三丈,开六瓣大花,白色,有红晕。花初出时,苞长半寸而尖锐,像笔头,因而俗名木笔花。二月间开花。
⑭〔方外〕道教的用语,犹言"世外"。世俗礼教羁绊之外。
⑮〔恰有句〕三百钱约合长安斗酒之价。

瘦马行

东郊瘦马使我伤,骨骼硉兀如堵墙①。绊之欲动转欹侧,此岂有意仍腾骧②。细看六印带官字③,众道三军遗路旁。皮干剥落杂泥滓,毛暗萧条连雪霜。去岁奔波逐余寇,骅骝不惯不得将④。士卒多骑内厩马⑤,惆怅恐是病乘黄⑥。当时历块误一蹶⑦,委弃非汝能周防⑧。见人惨淡若哀诉,失主错莫无晶光⑨。天寒远放雁为伴,日暮不收乌啄疮。谁家且养愿终惠,更试明年春草长。

【注释】

* 大约七五八年在长安作。

① 〔骼〕骨头。特别指禽兽的骨。〔碑（lù）兀〕石头似的坚硬。

② 〔腾骧〕奔腾。

③ 〔六印〕唐朝内厩的马都打着官印，此马的左右颊、髀、髆，共打着六处官印。

④ 〔骅骝句〕"骅骝"是良马，这里泛指马。"不惯"言调习未惯，即没有训练好的意思。"不得将"即不能用到战场上。

⑤ 〔士卒句〕因此，出征将士们多骑着内厩调习好的良马。

⑥ 〔乘黄〕千里马的一种。古代神话："白民之国有乘黄，其狀如狐，背上有两角，乘之寿二千岁。"（见《山海经》）

⑦ 〔当时句〕王褒《圣主得贤臣颂》："过都越国，蹶如历块"，说千里马奔过几个城市好比跳跃过几个土丘。"蹶"，跳跃义。"蹶"字另有挫跌义。这里用"误一蹶"，谓一个跳跃中有了挫跌。

⑧ 〔委弃〕被抛弃无人收养。〔汝〕指马。

⑨ 〔错莫〕犹言落寞，无精神貌。

义鹘行

阴崖二苍鹰，养子黑柏颠。白蛇登其巢，吞噬恣朝餐①。雄飞远求食，雌者鸣辛酸。力强不可制，黄口无半存②。其父从西归③，翻身入长烟④。斯须领健鹘，痛愤寄所宣⑤。斗上捩孤影⑥，噭哮来九天⑦。修鳞脱远枝⑧，巨颡拆老拳⑨。高空得蹭蹬⑩,短草辞蜿蜒⑪。折尾能一掉⑫,饱肠皆已穿。生虽灭众雏,死亦垂千年⑬。物情有报复,快意贵目前。兹实鸷鸟最⑭,急难心炯然⑮。功成失所往,用舍何其贤⑯!近经滪水湄⑰,此事樵夫传。飘萧觉素发,凛欲冲儒冠⑱。人生许与分,只在顾盼间⑲。聊为义鹘行,用激壮士肝⑳。

【注释】

　　*大约七五八年在长安作。听滪(yú)水边樵夫讲说鹘(hú)击蛇的故事,为作此篇。〔鹘〕鹰类猛禽,又名隼。

　　①〔恣〕快意。

　　②〔黄口〕初生小孩。这里指小鹰。

　　③〔其父〕指雄鹰。

　　④〔长烟〕高空的云雾。

　　⑤〔痛愤句〕说苍鹰把自己所要宣泄的痛愤寄托希望在健鹘身上。鹰诉冤于鹘,使鹘替他报仇。

　　⑥〔斗上〕陡然飞上,指鹘。〔揿〕拗转。

　　⑦〔嚆哮(jiào xiào)〕厉声长鸣。

　　⑧〔修鳞〕指蛇身。

　　⑨〔颡(sǎng)〕额头。指蛇头。〔拆老拳〕为鹘翻下劲骨所击破。

　　⑩〔蹭蹬〕翻跌下来。

　　⑪〔短草句〕"辞",辞谢。"蜿蜒",蛇行走貌。说蛇被击落草地上,已不能行动。

　　⑫〔折尾句〕折断的尾巴只能动弹一下。

　　⑬〔垂千年〕对蛇嘲笑的话。说它也因此结束了生命。

⑭〔兹〕指鹘。
⑮〔急难〕急人之难。《诗经》:"兄弟急难。"说鹘对鹰有兄弟般的友谊。〔炯然〕光明貌。
⑯〔功成二句〕鹘击蛇后,在长空中消逝。《论语》:"用之则行,舍之则藏。"把鹘比拟义士仁人,功成不居。
⑰〔滻水〕在长安杜陵附近。〔湄〕水边。
⑱〔飘萧二句〕"飘萧",稀疏貌。发上冲冠,极言感情激动。指杜甫自己。
⑲〔人生二句〕"许与",相许诺。"分",情分。"顾盼间",目前。说人生应该见义勇为。
⑳〔聊为二句〕鹘的举动好比一位壮士,有肝胆,能急人之急,聊作此诗,用来激励人们的义气。

洗兵马

中兴诸将收山东,捷书夜报清昼同①。河广传闻一苇过②,胡危命在破竹中③。只残邺城不日得④,独任朔方无限功⑤。京师皆骑汗血马⑥,回纥喂肉葡萄宫⑦。已喜皇威清海岱⑧,常思仙仗过崆峒⑨。三年笛里关山月⑩,万国兵前草木风⑪。成王功大心转小⑫,郭相谋深古来少⑬。司徒清鉴悬明镜⑭,尚书气与秋天杳⑮。二三豪俊为时出,整顿乾坤济时了⑯。东走无复忆鲈鱼,南飞觉有安巢鸟⑰。青春复随冠冕入,紫禁正耐烟花绕⑱。鹤驾通宵凤辇备,鸡鸣问寝龙楼晓⑲。攀龙附凤势莫当，天下尽化为侯王⑳。汝等岂知蒙帝力㉑，时来不得夸身强㉒。关中既留萧丞相㉓，幕下复用张子房㉔。张公一生江海客㉕，身长九尺须眉苍。征起适遇风云会㉖，扶颠始知筹策良㉗。青袍白马更何有㉘，后汉今周喜再昌㉙。寸地尺天皆入贡，奇祥异瑞争来送。不知何国致白环㉚，复道诸山得银瓮。隐士休歌紫芝曲㉛，词人解撰河清颂㉜。田家望望惜雨干，布谷处处催春种㉝。淇上健儿归莫懒㉞，城南思妇愁多梦㉟。安得壮士挽天河㊱，净洗甲兵长不用！

【注释】

＊此诗原有注云："收京后作。"两京收复在七五七年九月及十月，此诗内容述及诸将在山东的捷报，实为七五八年冬天的事。杜甫于七五八年六月贬官出任华州（今陕西华县）司功参军。此年冬末，曾赴洛阳。此诗是他在华州或在洛阳所作。题名《洗兵马》，说胡乱即平，将净洗兵甲不用，见诗末结句。

①〔中兴二句〕洛阳收复后，安庆绪出走河北，退守邺郡（今河南安阳县），还据有七郡六十余城。七五八年九月，肃宗命郭子仪等九节度使合兵讨之。十月，郭子仪从杏园渡黄河，破安太清，克复卫州（今河南汲县），势如破竹。十一月，崔光远克复魏州（今河北大名县）。其余各处皆有捷报。"山东"，这里指河北，古称华山以东为山东。

②〔河广句〕说官军渡河之易。《诗经·卫风》："谁谓河广？一苇杭之。""苇"，草名。"一苇"比喻一只小船。

③〔破竹〕破竹之势，言官军克敌之易。

④〔只残句〕"只残",只剩。其时九节度兵已包围邺城。

⑤〔朔方〕指郭子仪,郭为朔方军节度使。

⑥〔京师句〕"汗血马"见前《高都护骢马行》注,中亚所产千里马。两京收复后,回纥王子叶护回国,说到北方再取马来助战。七五八年八月,回纥又派骁骑三千来助讨安庆绪。因此京师多回纥良马。

⑦〔回纥句〕"葡萄宫",汉元帝时,单于来朝,居住在上林苑葡萄宫,这里借来指回纥人在长安的住所。"喂肉",即"饱肉"意。杜甫《留花门》诗:"饱肉气勇决",亦指回纥人。此句说回纥人在长安受厚待。

⑧〔海岱〕东海及泰山,指今山东省地。

⑨〔常思句〕"常思",这里是回想的意思。"仙仗",皇帝的仪仗。"崆峒",山名,在今甘肃省境。回想当初肃宗最初在灵武即位时的艰苦危难。

⑩〔三年句〕说士兵们三年来从征之苦。"关山月",汉横吹曲名,成兵伤离别、怀念家乡的曲调。

⑪〔万国句〕说各方遭战乱的惊扰。"万国"即万方。"草木风"即"风声鹤唳,草木皆兵"意(用淝水之战的故事)。

⑫〔成王〕肃宗太子广平王李俶,七五八年二月封成王。〔心转小〕小心谨慎之意。

⑬〔郭相〕即郭子仪,时郭子仪加中书令。

⑭〔司徒〕官名。指李光弼。时李光弼加检校司徒。〔鉴〕识见。〔明镜〕比喻清鉴。

⑮〔尚书〕官名,指王思礼。〔气〕气度。〔秋天杳〕形容明朗高远。

⑯〔济时〕救济时危。〔了〕完毕。

⑰〔东走二句〕说离乡的人民皆得还乡,定居安乐。晋朝时吴人张翰在洛阳,因秋风起,想吃家乡的莼羹、鲈鱼,便辞官东归。古诗:"越鸟巢南枝。"又,曹操诗:"月明星稀,乌鹊南飞。绕树三匝,何枝可依!"诗意说想东归的人便可东归,不必老念着鲈鱼滋味了;想南归的人便可南归,再没有无枝可依的嗟怨了。

⑱〔青春二句〕"冕",古时候大夫以上的礼帽。"紫禁",皇宫。"耐",相称,配合着。二句说百官上朝,皇宫的新气象与明媚的春光相称。

⑲〔鹤驾二句〕"鹤驾",太子的车。周朝王子晋乘白鹤仙去,故后世称太子之驾为鹤驾。一本作"鹤禁","鹤禁"指太子之居。"凤辇",皇帝的车。"鸡鸣",五更时候。"问寝",问候起居。"龙楼",皇帝所居。二句述宫内的情况,谓肃宗迎太上皇回宫后,复修儿子对父亲的礼节。

⑳〔攀龙二句〕指李辅国等一个官僚集团,靠着当初在灵武拥戴肃宗之功,回京后气势飞扬,肃宗对他们进官极滥。

㉑〔汝等句〕说你们贪天之功。

㉒〔时〕时运。

㉓〔萧丞相〕汉朝萧何。未知所指。有指房琯、杜鸿渐、萧华三说。

㉔〔张子房〕汉朝张良。这里指张镐。

㉕〔江海客〕说张镐向来没有做官。

㉖〔征起〕被征召而起来做官。天宝十四载,张镐自布衣召拜左拾遗。〔风云会〕风云际会。《易经》:"云从龙,风从虎。"动乱时期贤臣与明主的遇合叫作"风云际会"。

㉗〔扶颠〕扶持国家的颠危。两京收复都在张镐做宰相的时候。

㉘〔青袍句〕说叛乱即将平灭。把安禄山之乱比梁朝侯景之乱。侯景作乱,乘白马,衣青袍,想要应合当时童谣谶语。

㉙〔后汉今周〕用周、汉中兴比唐。

㉚〔白环〕宝物。神话传说:虞舜时,西王母来朝,献白环玉玦。〔银瓮(wèng)〕宝物。神话传说:神灵滋液有银瓮,不汲自满。

㉛〔隐士句〕说隐士们都应该出来。《紫芝曲》,西汉初年隐士商山四皓所作歌。

㉜〔河清颂〕歌颂太平的诗文。黄河水本混浊,古时候以黄河清为太平的象征。

㉝〔布谷〕鸟名,即鸤鸠,鸣声如呼布谷。

㉞〔淇〕淇水，在河北卫州，与邺城相近。〔健儿〕指围攻邺城的兵士。〔归莫懒〕望其早归。

㉟〔思妇〕指出征者的妻子。

㊱〔天河〕天上的银河。

㊲〔洗甲兵〕古史传说：武王伐纣，遇大雨，武王曰：此天洗甲兵。

赠卫八处士

人生不相见，动如参与商①。今夕复何夕，共此灯烛光。少壮能几时，鬓发各已苍。访旧半为鬼，惊呼热中肠。焉知二十载，重上君子堂。昔别君未婚，儿女忽成行。怡然敬父执②，问我来何方。问答乃未已，儿女罗酒浆。夜雨剪春韭，新炊间黄粱③。主称会面难，一举累十觞。十觞亦不醉，感子故意长。明日隔山岳，世事两茫茫！

【注释】

＊卫八处士未详其名，是杜甫的一个老朋友。"八"，兄弟排行的次第。"处士"是读书人而不曾应举，从未出仕者，亦即是隐士。杜甫在七五八年六月贬官出任华州司功参军，此年冬，赴洛阳。七五九年（肃宗乾元二年）春从洛阳回华州。卫处士所居或在洛阳，或在杜甫所经过之旅途中。此诗是七五九年春天作。

①〔动〕动辄，往往。〔参（shēn）与商〕两星名。参星即二十八宿中的

参宿(相当于猎户星座),商星即心宿(相当于天蝎星座),东西相对,在天体上的距离约有一百八十度,当此宿上升地面,彼宿即下沉地平线下,故曰不相见。

②〔父执〕父亲的朋友。

③〔间黄粱〕掺着黄粱。黄粱粗于白粱,但味香可口。

新安吏

客行新安道①,喧呼闻点兵。借问新安吏,县小更无丁。府帖昨夜下,次选中男行②。中男绝短小,何以守王城③?肥男有母送,瘦男独伶俜。白水暮东流,青山犹哭声④。莫自使眼枯⑤,收汝泪纵横。眼枯即见骨,天地终无情。我军取相州⑥,日夕望其平。岂意贼难料,归军星散营⑦。就粮近故垒⑧,练卒依旧京⑨。掘壕不到水,牧马役亦轻⑩。况乃王师顺,抚养甚分明。送行勿泣血,仆射如父兄⑪。

【注释】

*七五九年三月,围攻邺城的九节度使官军溃退,郭子仪退守洛阳。杜甫从洛阳到华州途中,经过新安县(在今河南省)见到征丁役的事,写作这首诗。这首《新安吏》同后面的《潼关吏》《石壕吏》《新婚别》《垂老别》《无家别》一共六首,成为一组,是同时写作的。后人称它们为"三吏""三别"。同《兵车行》《丽人行》《前出塞》《后出塞》等一样,它们都是新的现实内容的乐府诗，也是在杜甫诗集里表现高度人道主义的名篇。

①〔客〕杜甫自称。

②〔借问四句〕客问新安吏，下面三句都是吏的答词。"中男"，未成丁者。天宝初兵役制度：十八岁以上为中男，二十三岁以上成丁。

③〔中男二句〕客感叹的话。"王城"，指洛阳。

④〔肥男四句〕描写当时情景。"伶俜"，孤零貌。

⑤〔莫自句〕从这句以下至诗末是杜甫对被征者和送行者要说的一篇同情和宽慰的话。

⑥〔相州〕即邺城。

⑦〔归军句〕九节度师围攻邺城，久不下，史思明引兵救援安庆绪，不时抄掠官军。官军久亦乏食，与思明决战。忽起大风，吹沙拔木，天地昏黑，不辨方向，官军与贼军各自溃散。"归军"指官军后退。"星散"说溃退时军营的散乱。

⑧〔就粮〕收兵以就后方的存粮。〔故垒〕旧阵地。

⑨〔练卒〕操练士兵。〔旧京〕指东都洛阳。

⑩〔掘壕二句〕说被征者的工役不太重，宽慰中男的话。

⑪〔仆射〕官名，职位等于宰相。这里是指郭子仪。〔如父兄〕说他待士兵们厚，能够体恤他们。这也是宽慰的话。

潼关吏

士卒何草草①，筑城潼关道。大城铁不如②，小城万丈余。借问潼关吏，修关还备胡③。要我下马行④，为我指山隅。连云列战格⑤，飞鸟不能逾。胡来但自守，岂复忧西都⑥。丈人视要处⑦，窄狭容单车。艰难奋长戟，万古用一夫⑧。哀哉桃林战⁹,百万化为鱼⁰!请嘱防关将,慎勿学哥舒。

【注释】

＊邺城败后,恐洛阳失守,潼关又修筑防事,以备万一。
①〔草草〕形容劳苦。《诗经》:"劳人草草。"
②〔铁不如〕形容坚固。
③〔借问二句〕客问潼关吏,下句是吏的答词。
④〔要〕平声,同"邀"字意。
⑤〔连云句〕这句以下至"万古用一夫"句只是潼关吏指点杜甫看潼关形势时所发的议论。"战格"即战栅,用以防御敌人进攻。
⑥〔西都〕指长安。
⑦〔丈人〕对长者的尊称。吏对杜甫的称谓。〔要处〕险要的地方。
⑧〔用一夫〕即俗语"一夫当关,万夫莫开"之意。
⑨〔哀哉句〕此下四句是杜甫看了潼关形势以后,对吏所发的感慨和议论。灵宝以西至潼关一带皆称桃林塞。潼关本来利于坚守,七五六年六月,潼关守将哥舒翰出关迎敌,与崔乾祐军战于灵宝,大败,丧师二十万。
⑩〔百万句〕哥舒翰溃兵坠黄河死者无数。

石壕吏

暮投石壕村,有吏夜捉人。老翁逾墙走,老妇出看门①。吏呼一何怒,妇啼一何苦。听妇前致词,三男邺城戍②。一男附书至,二男新战死。存者且偷生,死者长已矣③！室中更无人，惟有乳下孙④。有孙母未去⑤，出入无完裙。老妪力虽衰，请从吏夜归。急应河阳役⑥，犹得备晨炊。夜久语声绝，如闻泣幽咽。天明登前途，独与老翁别⑦。

【注释】

* 石壕，陕州陕县的石壕镇，在今河南省陕县东。杜甫经过那里，向农民家中借宿，见到县吏在村中拉夫役的事。

① 〔看门〕一本作"门看"。

② 〔三男句〕三个儿子都在围攻邺城的队伍里。从这句以下到"犹得备晨炊"是老妇对吏诉说的话。

③ 〔长已矣〕感叹词。永久完了。

④ 〔乳下孙〕正在吃乳的孙儿。

⑤ 〔母〕小孩的妈。老妇人指自己的媳妇。

⑥ 〔河阳役〕到河阳兵营中去服役。河阳在黄河北，洛阳的对面，即孟津，在今河南孟县。

⑦ 〔独与句〕表明那天夜里老妇人竟然被吏捉去了。

新婚别

兔丝附蓬麻，引蔓故不长①。嫁女与征夫，不如弃路旁。结发为妻子，席不暖君床。暮婚晨告别，无乃太匆忙②？君行虽不远，守边赴河阳。妾身未分明③，何以拜姑嫜④？父母养我时，日夜令我藏⑤。生女有所归⑥，鸡狗亦得将⑦。君今往死地，沉痛迫中肠。誓欲随君去，形势反苍黄⑧。勿为新婚念，努力事戎行⑨。妇人在军中，兵气恐不扬⑩。自嗟贫家女，久致罗襦裳⑪。罗襦不复施⑫，对君洗红妆。仰视百鸟飞，大小必双翔。人事多错迕⑬，与君永相望！

【注释】

*写一个新婚的人在结婚的第二天便被征去河阳守防。全篇作为新妇别丈夫的话。

①〔兔丝二句〕"兔丝"即菟丝子，蔓生植物，多缠络在别的植物上生长。古人用以比喻出嫁的女子。菟丝附着于蓬麻，自然蔓不能长，比喻不得好依靠。这两句是"比兴"的作法，兴起下二句。

②〔无乃〕疑问语气，岂不是。

③〔未分明〕古礼：妇人嫁三日，告庙上坟，谓之成婚。婚礼既明，名分始定。现在结婚刚一天，婚礼尚未分明。

④〔姑嫜（zhāng）〕丈夫的父母，即公婆。"嫜"亦写作"章"。

⑤〔藏〕古礼：闺女不出外乱走。

⑥〔归〕女子出嫁曰归。

⑦〔鸡狗句〕即"嫁鸡随鸡，嫁狗随狗"之意。"将"是跟随同行之意。

⑧〔苍黄〕苍，青色；黄，黄色。可青可黄，形容形势翻覆多变。

⑨〔戎行〕军队。

⑩〔妇人二句〕妇女不宜在军队里，怕士兵作战不勇。"不扬"，不振作。用《汉书·李陵传》典故。

⑪〔久致句〕"致",备办。"襦"短衣。说娘家贫穷,出嫁的衣服是好久才置办齐全的。

⑫〔施〕穿着的意思。

⑬〔错迕〕不如意。

垂老别

四郊未宁静,垂老不得安。子孙阵亡尽,焉用身独完①?投杖出门去,同行为辛酸。幸有牙齿存,所悲骨髓干。男儿既介胄②,长揖别上官。老妻卧路啼,岁暮衣裳单。孰知是死别?且复伤其寒。此去必不归,还闻劝加餐。土门壁甚坚③,杏园度亦难④。势异邺城下⑤,纵死时犹宽⑥。人生有离合,岂择衰盛端⑦?忆昔少壮日,迟回竟长叹⑧。万国尽征戍,烽火被冈峦。积尸草木腥,流血川原丹。何乡为乐土,安敢尚盘桓⑨?弃绝蓬室居,塌然摧肺肝⑩。

【注释】

＊写一个被征调去当兵的老人。全篇作为老人的自述。〔垂老〕临老。

①〔焉用〕何用?哪用?

②〔介胄〕甲胄,军服。"胄"即是头盔。

③〔土门〕当在河阳附近。

④〔杏园〕镇名,在河南省汲县东南。〔度亦难〕杏园逼近黄河,有渡口,称杏园渡。说敌人要从杏园渡河也不容易。

⑤〔势异句〕说这次是我们防守,与邺城之战取攻势,劳逸不同。

⑥〔纵死句〕说目前还不至于死。

⑦〔人生二句〕说人生不免有离合悲欢,哪管在壮年与老年呢?"盛",盛年,即壮年。一本"衰盛"作"衰老"。

⑧〔迟回〕徘徊。

⑨〔盘桓〕留恋不肯行的意思。

⑩〔塌然〕崩坏貌。

无家别

寂寞天宝后,园庐但蒿藜。我里百余家,世乱各东西。存者无消息,死者为尘泥。贱子因阵败①,归来寻旧蹊②。久行见空巷,日瘦气惨凄③。但对狐与狸,竖毛怒我啼。四邻何所有?一二老寡妻。宿鸟恋本枝,安辞且穷栖④。方春独荷锄,日暮还灌畦⑤。县吏知我至,召令习鼓鞞⑥。虽从本州役,内顾无所携⑦。近行止一身,远去终转迷⑧。家乡既荡尽,远近理亦齐⑨。永痛长病母,五年委沟溪⑩。生我不得力,终身两酸嘶⑪。人生无家别,何以为蒸黎⑫。

【注释】

* 写一个刚从战场上回来又被征去的人。全篇作为本人的自述。

① 〔贱子〕老兵自称。〔阵败〕指邺城之败。

② 〔旧蹊〕旧路。亦即是他的家乡旧里。

③ 〔日瘦〕日色无光。

④ 〔安辞〕我哪敢辞去?

⑤ 〔灌畦〕灌溉田亩。习惯用于种蔬菜的田亩。

⑥ 〔习鼓鞞(pí)〕练习做军中鼓手,亦即再征入伍之意。"鞞"同"鼙",骑鼓。

⑦ 〔内顾句〕说他一无所有。

⑧ 〔终转迷〕迷不辨方向。

⑨ 〔远近句〕"齐",等同。原已无家,去近去远,没有什么分别。

⑩ 〔五年句〕母亲已经死了五年不得好好安葬。"委",委弃。

⑪ 〔两酸嘶〕母子二人终身挨着痛楚。

⑫ 〔蒸黎〕"蒸",众。"黎",平民。即老百姓。

卷三

留花门

花门天骄子①，饱肉气勇决②。高秋马肥健，挟矢射汉月③。自古以为患，诗人厌薄伐④。修德使其来⑤，羁縻固不绝⑥。胡为倾国至⑦？出入暗金阙⑧。中原有驱除⑨，隐忍用此物⑩。公主歌黄鹄⑪，君王指白日⑫。连云屯左辅⑬，百里见积雪⑭。长戟鸟休飞⑮，哀笳曙幽咽。田家最恐惧，麦倒桑枝折。沙苑临清渭，泉香草丰洁。渡河不用船，千骑常撇烈⑯。胡尘逾太行，杂种抵京室⑰。花门既须留，原野转萧瑟⑱。

【注释】

＊七五九年（肃宗乾元二年）的夏天，关内饥荒。杜甫在七月中辞去华州司功参军职，携同家眷西行，到秦州（在今甘肃省天水县）住下。这诗是七五九年九月后在秦州时所作。〔花门〕称回纥兵。根据《唐书·地理志》，居延海北三百里有花门山堡，又东北千里至回纥衙帐。居延海在今宁夏西北，回纥衙帐即回纥首都，在郁督军山，在今蒙古乌兰巴托西南，杭爱山北。唐政府在花门山置堡，目的在控制北方外族。天宝时花门沦入回纥领域，为回纥兵驻

所。花门就成为回纥兵的俗称。时回纥战兵,留居沙苑(在今陕西大荔县南),骚扰农桑,为农民害。杜甫在这诗里表达了他对回纥的态度。

①〔天骄子〕《汉书·匈奴传》里说,胡人是天之骄子。言其种族强悍。

②〔勇决〕见前《北征》注。

③〔射汉月〕汉时胡人在边塞挑衅,常在有月光时,月亏则退去。

④〔薄伐〕《诗经·六月》:"薄伐猃狁。"猃狁是周时北方外族。"薄伐"即征伐。上面的"诗人"指周代诗人。

⑤〔修德句〕言天子修德睦邻,用怀柔政策,使其归顺。

⑥〔羁縻〕马络头曰羁,牛靷(yìn)曰縻。羁縻是联络而加以约束。

⑦〔倾国至〕言回纥兵来者之多。当洛阳收复时,回纥兵进城大掠三日,收括府库财物。人民不得已,以缯锦万匹犒赏之,方止。这批回纥兵留居沙苑,未回国。后来回纥又派一批兵来。回纥兵踊跃来助战,为了待遇之善及有利可图。

⑧〔金阙〕指长安的宫阙。

⑨〔驱除〕指驱除安、史叛贼。

⑩〔隐忍句〕"隐忍",不得已,忍痛。"此物"指回纥军。

⑪〔公主句〕七五八年七月,肃宗以幼女宁国公主嫁回纥可汗,以结好回纥。汉武帝时以公主嫁乌孙王,公主在乌孙国,悲愁作歌曰:"愿为黄鹄兮归故乡。"此句说肃宗以公主远嫁。

⑫〔指白日〕指白日以为盟誓。

⑬〔连云〕极言骑兵之多。〔左辅〕都城的左旁。沙苑在长安东,故曰左辅。

⑭〔积雪〕回纥兵衣帽旗帜皆白,一望如雪。

⑮〔长戟句〕说回纥人打猎。

⑯〔渡河二句〕乘马以渡河。"撇烈"形容马渡河时摆跃之状。一本作"灭没"。

⑰〔胡尘二句〕史思明是突厥杂种胡,七五九年正月,自立为燕王,引兵

救援邺城后,杀安庆绪,还范阳。秋,引兵南下渡河,攻下汴州(今开封)。九月,西进至洛阳。(其后为李光弼所击退。)

⑱〔花门二句〕说寇乱未平,回纥兵还留着,但并不助战,反而出扰农田,使原野萧瑟。"萧瑟",凄凉衰落貌。

佳 人

绝代有佳人①,幽居在空谷。自云良家子②,零落依草木。关中昔丧乱③,兄弟遭杀戮。官高何足论④,不得收骨肉。世情恶衰歇⑤,万事随转烛⑥。夫婿轻薄儿,新人美如玉⑦。合昏尚知时⑧,鸳鸯不独宿⑨。但见新人笑,那闻旧人哭?在山泉水清⑩,出山泉水浊。侍婢卖珠回,牵萝补茅屋。摘花不插发,采柏动盈掬⑪。天寒翠袖薄,日暮倚修竹。

【注释】

* 七五九年秋天在秦州作。写一个在战乱时被遗弃的女子。

①〔绝代句〕汉乐府《李延年歌》:"北方有佳人,绝世而独立。"绝代即绝世,形容女子美貌出众,世上少有。

②〔良家子〕好人家的儿女。

③〔关中丧乱〕指安禄山陷长安事。

④〔论〕读平声。

⑤〔世情句〕说一般人情趋奉势利,因为她的母家遭遇不幸,衰歇失势了,

她也为人所厌恶了。

⑥〔转烛〕风中的烛光,闪烁转移不定。

⑦〔新人句〕说夫婿另有所欢,恋着新欢美色。

⑧〔合昏〕植物名,豆科,乔木,高丈余,叶为羽状复叶,由多数小叶组成,入夜即合,故名合昏,亦名夜合,亦名合欢。夏月,梢头开小花,雄蕊多而长,红色,状似马缨,亦名马缨花。"知时",指小叶的早开夜合。诗人以叶的对合比拟夫妇的感情。

⑨〔鸳鸯〕水鸟名,属游禽类,羽毛美丽,雌雄不离,常同游宿。诗人用以比拟男女配偶。

⑩〔泉水清〕这里借来比喻女性的贞洁。

⑪〔采柏〕柏常绿不凋,因而也视作为有坚贞不移的德行。〔盈掬〕就是"满把"。"掬"是两手承取。

＊"在山"以下八句描写那个女子的清苦生活,并表出她的坚贞的品德。

梦李白二首

死别已吞声,生别常恻恻①。江南瘴疠地②,逐客无消息③。故人入我梦,明我长相忆④。恐非平生魂,路远不可测⑤!魂来枫林青⑥,魂返关塞黑⑦。君今在罗网⑧,何以有羽翼?落月满屋梁,犹疑照颜色⑨。水深波浪阔,无使蛟龙得⑩!

浮云终日行,游子久不至①。三夜频梦君,情亲见君意。

告归常局促，苦道来不易②。江湖多风波，舟楫恐失坠③。出门搔白首，若负平生志④。冠盖满京华⑤，斯人独憔悴⑥。孰云网恢恢？将老身反累⑦。千秋万岁名，寂寞身后事！

【注释】

＊李白因为曾经参加过永王李璘的幕府工作，在七五八年被判罪，得流放夜郎（在今贵州桐梓县）的处置。他走上道路，从洞庭到巫山，没有到夜郎，在七五九年春夏之交，遇赦放还。杜甫在北方知道李白被流放事，不知他中途遇赦，常时怀念这位老友，不知他生死如何，积想成梦。这两首诗大约是七五九年秋天在秦州时所作。

〔第一首〕

① 〔恻恻〕形容心中悲痛。

② 〔瘴疠地〕南方湿热蒸郁多疾病流行的地区。

③ 〔逐客〕被放逐者，指李白。

④ 〔长相忆〕"长"同"常"。

⑤ 〔恐非二句〕杜甫梦见李白，心中担忧，不知李白生死如何。"平生魂"说生人的魂。

⑥ 〔枫林青〕江南景物。用《楚辞·招魂》："湛湛江水兮上有枫，目极千里兮伤春心，魂兮归来哀江南"诗意，设想李白魂来时经过江南一带青青的枫树林。

⑦ 〔关塞黑〕设想李白魂返时经过秦陇的关塞。

⑧ 〔在罗网〕说李白得罪被流，好比鸟在罗网，自己不能来去自由。

⑨ 〔落月二句〕描写天微明时梦醒，而梦境宛然逼真。"颜色"指李白的声容笑貌。

⑩〔水深二句〕长江水深浪阔，中多蛟龙。默祝李白的魂能够安然回去，不要给蛟龙攫取。

〔第二首〕

①〔浮云二句〕用《古诗》："浮云蔽白日，游子不顾返"诗意。

②〔告归二句〕"告归"，告别辞归。"局促"，匆匆不安貌。李白再三道说来去的不易。

③〔江湖二句〕作为梦中李白说的话。

④〔出门二句〕描写李白告别时的姿态。好像李白在表示惋惜他已年老，没有能抒展他一生的志愿。

⑤〔冠盖句〕说长安多新贵人。"盖"是古时候官僚和贵人们车上所张的伞。此句以下都是杜甫感叹的话。

⑥〔斯人〕指李白。〔憔悴〕不得志。

⑦〔孰云二句〕"网恢恢"，成语"天网恢恢"，"恢恢"是宽广的意思。说天网本来宽广，岂知李白以将老之身，反而牵累在网里。

有怀台州郑十八司户

天台隔三江①，风浪无晨暮。郑公纵得归，老病不识路②。昔如水上鸥，今为罝中兔③。性命由他人，悲辛但狂顾④。山鬼独一脚，蝮蛇长如树⑤。呼号傍孤城，岁月谁与度？从来御魑魅，多为才名误⑥。夫子嵇阮流⑦，更被时俗恶。海隅微小吏⑧，眼暗发垂素。鸠杖近青袍⑨，非供折腰具⑩！平生一杯酒，见我故人遇。相望无所成⑪，乾坤莽回互⑫。

【注释】

*这首诗是怀念郑虔的,当是七五九年在秦州时所作。郑十八即郑虔,是杜甫的老友,见前《醉时歌》注。长安沦陷时,郑虔被囚送洛阳,安禄山命他做水部郎中,他装病没有就职。两京收复后,郑虔以次三等论罪,贬为台州司户参军。〔台州〕在今浙江省临海县。〔司户〕县佐小官名。

①〔天台〕山名,在台州北。这里用来泛指台州的地区。〔隔三江〕说台州远在长江、浙江、曹娥江外。

②〔郑公二句〕说郑虔年老多病,远贬台州,怕要死在那边,不见得还能回来。

③〔罝(jū)〕捕兔的网。

④〔狂顾〕屈原放逐汉北,作《抽思》,里面有"狂顾南行,聊以娱心"的话。屈原是在南望郢都;这里说郑虔北怀长安。"狂顾"是作浪漫的游览而瞻望故国的意思。

⑤〔山鬼二句〕极言台州山地荒僻,多鬼物为害。独脚的山鬼见《述异记》。蝮蛇是毒蛇的一种。

⑥〔从来二句〕从来有才名的人往往被窜谪到边远的地方。魑魅(chī mèi),山林、水泽间的精怪。"御魑魅"是被放逐到远地和山精水怪搏斗。

⑦〔嵇阮〕嵇康、阮籍。他们是魏朝的名士,喜欢喝酒,弹琴,作诗,在政治上和当朝派不合,为权贵所忌刻。

⑧〔海隅〕指台州。台州靠近东海。

⑨〔鸠杖〕后汉时礼仪,在仲秋八月,使州县选择年老的人民,年七十以上者,赐以玉杖,长一尺,端以鸠鸟为饰,表示敬老。〔青袍〕官职卑小者所服。

⑩〔折腰〕陶渊明做彭泽县令,有督邮(视察官)来,衙吏告诉他应该官

服束带,恭敬见礼。渊明不乐,叹曰:"我不能为了五斗米官俸,向一年轻后辈折腰",遂辞官去。"折腰"是弯腰行礼。〔鸠杖二句〕说郑虔年已七十,还做着地方小官吏,向人折腰,不得告老,实在可怜。"非供折腰具"意思是说"不是专供折腰的材料!"

⑪〔相望句〕说杜甫与郑虔两人,南北相望,都不得志,没有什么成就。

⑫〔莽〕莽莽,原野广阔、草木生长貌。〔回互〕交互回环,远望远念。

遣兴五首

朔风飘胡雁①,惨澹带砂砾②。长林何萧萧,秋草萋更碧③。北里富薰天④,高楼夜吹笛。焉知南邻客,九月犹絺绤⑤。

长陵锐头儿①,出猎待明发②。驿弓金爪镝③,白马蹴微雪。未知所驰逐,但见暮光灭。归来悬两狼,门户有旌节④。

漆有用而割,膏以明自煎。兰摧白露下,桂折秋风前。府中罗旧尹①,沙道尚依然②。赫赫萧京兆③,今为时所怜。

猛虎凭其威①,往往遭急缚②。雷吼徒咆哮,枝撑已在脚③。忽看皮寝处④,无复睛闪烁。人有甚于斯⑤,足以劝元恶⑥。

朝逢富家葬,前后皆辉光。共指亲戚大,缌麻百夫行①。送者各有死,不须羡其强。君看束缚去②,亦得归山冈。

【注释】

　　*"兴",感兴;有所感触。读去声。"遣",排遣,用诗来排遣情绪。这五首是杂感性质的诗,多取材于长安的社会现实。写作年代不能确定,向来编在秦州时期的作品里,假定为七五九年所写。

〔第一首〕

①〔朔风〕北风。

②〔惨澹〕同惨淡,阴暗无光。

③〔萋〕草盛貌。

④〔北里〕长安城北部的几条里巷里多豪富者的第宅,亦多歌妓之居。

⑤〔绨绤(chī xì)〕葛布。

*此首记长安秋日,北里歌舞,见贫富不平,生活迥别。

〔第二首〕

①〔长陵〕汉高祖陵墓,在咸阳东。其地共有汉帝陵墓五个,合称五陵。五陵为豪族聚居之所。〔锐头儿〕战国时平原君赵胜说:"武安君(即白起)小头而锐,瞳子黑白分明,难与争锋,惟廉颇足以当之。"把锐头作为狠勇的形相。

②〔明发〕天发亮时。

③〔骍(xīng)弓〕《诗经》:"骍骍角弓","骍骍"形容弓的调顺良好。〔金爪镝〕镝,箭镞。箭镞锐利,如金爪般。

④〔旌节〕旌节有时是一种东西,古代使臣所执,竹竿上有三重旄饰,亦称旄节。有时分别为二,旌像旗,采羽为饰,节即是旄节;将军出征时所用。据《唐书·百官志》:节度使出行,赐双旌双节。"门户有旌节",指示此为节度使或将军之家。

*此首记武人游猎。

〔第三首〕

①〔府中句〕"府"指丞相府。"罗",罗致。"尹"指京兆尹。在天宝年间,京兆尹这个官成为宰相的私党,用宰相所罗致的人物。例如萧炅是李林甫私党,鲜于仲通是杨国忠的私党。

②〔沙道〕从宰相私第到城东街有沙道,是沙砾铺好的马路。另说,天宝三载(七四四年),因京兆尹萧炅奏请,于长安要路,筑甬道,载沙实之,达于朝堂。

③〔萧京兆〕萧炅在天宝初为京兆尹,媚事李林甫,其后杨国忠得势,炅贬官汝阴太守。萧炅亦有才能,开元末年,曾为河西节度留后,击败吐蕃。虽然他赫赫有名,因为是李林甫的私党,为人所鄙。

*此首讽刺一般依附权贵的官僚。

〔第四首〕

①〔凭〕恃。

②〔急缚〕紧缚。

③〔枝撑〕木柱子。

④〔皮寝〕虎被杀后,剥取其皮作卧具。

⑤〔人有句〕残暴、贪酷的官吏比虎更凶恶。

⑥〔劝〕警戒。〔元恶〕穷凶极恶的人。

*此首为吉温辈酷吏而作。吉温是李林甫的爪牙,专意仰承林甫意旨,诬害善良,锻炼大狱,杀人无数。李林甫十分重用他。吉温凶狠成性,无所畏惧,尝对李林甫说:"若遇知己,南山白额虎,不足缚!"同时他又结交安禄山,常把朝廷动静密告范阳。杨国忠恶其结交安禄山,排除之,及李林甫死,国忠遣人杀吉

温。另一酷吏罗希奭(shì),亦李林甫私党,常与吉温同谋治狱,凶残略同。
〔第五首〕
①〔缌(sī)麻〕细麻布。丧服最轻者。〔百夫〕百人。言为死者服丧之多。
②〔束缚〕极言薄殓。一本作"束练"。
* 此首讽刺富家丧葬的夸耀奢侈。

秦州杂诗二十首(选八首)

满目悲生事,因人作远游。迟回度陇怯①,浩荡及关愁②。水落鱼龙夜③,山空鸟鼠秋④。西征问烽火⑤,心折此淹留⑥。

州图领同谷①,驿道出流沙②。降虏兼千帐③,居人有万家。马骄朱汗落④,胡舞白题斜⑤。年少临洮子⑥,西来亦自夸。

鼓角缘边郡①,川原欲夜时。秋听殷地发②,风散入云悲。抱叶寒蝉静,归山独鸟迟。万方声一概③,吾道竟何之④!

西使宜天马①,由来万匹强②。浮云连阵没③,秋草遍山长。闻说真龙种,仍残老骕骦④。哀鸣思战斗,迥立向苍苍⑤。

莽莽万重山,孤城山谷间。无风云出塞,不夜月临关。属国归何晚①?楼兰斩未还②。烟尘独长望,衰飒正摧颜③。

闻道寻源使,从天此路回。牵牛去几许,宛马至今来①。一望幽燕隔②,何时郡国开?东征健儿尽③,羌笛暮吹哀。

地僻秋将尽,山高客未归。塞云多断续,边日少光辉。警急烽常报①,传闻檄屡飞②。西戎外甥国③,何得迕天威④?

唐尧真自圣①,野老复何知②?晒药能无妇?应门亦有儿。藏书闻禹穴③,读记忆仇池④。为报鸳行旧⑤,鹡鸰在一枝⑥。

【注释】

＊唐时秦州天水郡属陇右道,今甘肃省天水县。杜甫以七五九年秋天同家属在秦州住下。"杂诗",魏晋间诗人常用此题,内容不一,随有所感而作。

〔第一首〕

①〔度陇〕陇山亦名陇坂,绵亘于陕西省宝鸡、陇县及甘肃省清水、天水、秦安等县。杜甫从关中到秦州,正度着陇坂西行。

②〔及关〕到了关口。陇关,一名大震关,在陕西省陇县西陇山下。

③〔鱼龙〕川名。鱼龙川一名龙鱼川,今名北河,源出陇县西北,南流至陇县东,入汧水。川中出五色鱼,俗以为龙,莫敢采捕。(见《水经注》)

④〔鸟鼠〕山名。古代地理志说渭水源出鸟鼠同穴之山。今甘肃省渭源县有鸟鼠山。

⑤〔西征〕西行。〔问烽火〕问前途有无边警。参看第七首注。

⑥〔心折〕江淹《别赋》:"心折骨惊",即惊心动魄之意。

＊这一首记叙入秦州事,并概括写及陇山景物。

〔第二首〕

①〔州图〕秦州的版图。〔领同谷〕秦州天水郡,其南界为成州同谷郡。秦州属陇右道,成州属山南西道,州图原不相领,唯在军事上秦州都督府总管天水、陇西、同谷三郡。又,秦州领县中有长道县,本属同谷郡,今并入天水郡。

②〔流沙〕泛指陇右道西北玉门关外西域的沙漠。

③〔降虏〕指西方胡戎归顺于唐和唐人杂处秦州者。〔帐〕戎人所居帐幕。

④〔朱汗〕即血汗。传说西域千里马中有汗血马,见《高都护骢马行》注。

⑤〔白题〕"题",额。胡俗有以白垩涂其头额者,名"白题"。

⑥〔临洮〕唐洮州临洮郡,故治在今甘肃省临潭县西南。

＊这一首记述秦州的形势和居民胡汉杂处的情况。

〔第三首〕

①〔鼓角〕鼓声和号角声。〔缘〕沿。〔边郡〕指秦州。秦州接近西北边陲。

②〔殷地〕如雷声震地殷殷然。

③〔声一概〕说鼓角声到处皆同,极言国家不安靖。

④〔吾道句〕"道",道路;这里兼指具体的旅途与抽象的生活道路、个人理想而言。杜甫虽西行到秦州,仍感不安,茫茫然不知所之。

＊这首是黄昏时听鼓角声有感而作。

〔第四首〕

①〔西使句〕汉朝张骞出使西域,从乌孙国与大宛国得天马东来。天马是西域的宝马,汉人以神骏目之,故称天马。

②〔由来句〕汉朝开通西域后,屡遣使求良马。唐时良马也都从西域来,数以万计。

③〔浮云句〕说良马在战阵中丧失之多。如邺城之围,九节度之师溃退,战马万匹,只存三千。

④〔残〕留。〔骕骦〕良马的一种,色白如霜。

⑤〔迥〕远。

＊秦州是从西域到关中的要道,多良马经过,本州亦有牧养,这首是因见战马而兴感。

〔第五首〕

①〔属国〕指苏武。汉武帝时苏武出使匈奴,留匈奴甚久,其后回到汉朝,官拜典属国。

②〔楼兰句〕"楼兰",汉时西域国名。汉昭帝时楼兰通匈奴,不亲汉,傅介子至楼兰,斩楼兰王首以归。

③〔衰飒〕衰落之意。

＊这首是远望塞外,怀想汉朝国力开张时,苏武、傅介子等立功异域,怅然有自伤衰老的情绪。

〔第六首〕

①〔闻道四句〕"寻源使",指张骞等。汉武帝时曾遣博望侯张骞等出使西域,寻黄河源头,名河所出山曰昆仑山。另外,晋张华《博物志》中曾记载一个民间故事如下:"旧说天河与海通连。有海边居民,见年年八月,海上有浮槎去来,不失期。此人发奇想,立阁楼上,多赍粮,乘槎去。久之,芒忽不觉昼夜,至一处,有城郭状,遥望宫中有织女,另一丈夫牵牛饮水边。牵牛者惊问此人从何得来,此人问:'此是何处?'牵牛者答:'君还至蜀郡访严君平,当知

之.'此人竟不上岸,随槎复返海边,不失期。其后至蜀郡访严君平,君平曰:'某年月日,有客星犯牵牛宿。'计算年月,即此人到天河时。"后人又把这个故事与张骞寻河源事牵合,谓黄河源与天河通,张骞至大夏,乘浮槎泛至牵牛宿畔云云。杜甫在这首诗里隐约用了这个民间故事。"宛马"指大宛国马,张骞通西域后,大宛国的良马便继续不断地到中国来。

②〔幽燕隔〕这时河北为史思明所据有。"幽燕",指河北,是古代幽州及燕国的地域。

③〔健儿尽〕陇右军精锐调去东征安、史,死亡几尽,现在留驻的,都是老弱。

*这一首前半章怀古,后半章感伤时事;以汉时郡国开通,近时关塞闭塞作对比。

〔第七首〕

①〔烽〕边塞上每隔若干里,设有烽墩,寇来时,举火为号,递相警告,叫作烽火。

②〔檄〕军中调召军马的文书,古代用长一尺二寸的木简。

③〔西戎〕这里指吐蕃而言。〔外甥国〕唐太宗曾以宗室女文成公主嫁吐蕃王,唐中宗又以金城公主嫁吐蕃王,开元时吐蕃愿与唐和好,赞普(吐蕃王的称谓)上表,自称是唐皇帝的外甥,尊卑有礼,不敢背盟。

④〔迕〕触犯。〔天威〕天朝的威严。

*这一首说吐蕃常寇边境,陇右不安。

〔第八首〕

①〔唐尧〕恭维皇帝的用语。

②〔野老〕杜甫自指。

③〔禹穴〕古代传说:禹登委宛之山,发石,得金简玉字之书。山中有一穴,深不见底,谓之禹穴。委宛山相传在浙江会稽。

④〔读记〕"记",指《山水记》一类地志的书。〔仇池〕山名,在甘肃省成县西,高二十余里,绝壁峭拔,其上有池百顷,如世外桃源。

⑤〔鹭行〕同"鹓行",朝廷上官僚的行列。
⑥〔鹪鹩〕小鸟名,常以茅苇等营巢于林间或树穴。《庄子·逍遥游》:许由愿意隐居,他说:"鹪鹩巢于深林,不过一枝;偃鼠饮河,不过满腹。"
＊这是杜甫《秦州杂诗二十首》的末章,叙说他愿意弃官隐居的一个理想的志愿。

月夜忆舍弟

戍鼓断人行①,边秋一雁声。露从今夜白,月是故乡明。有弟皆分散,无家问死生。寄书长不达,况乃未休兵②。

【注释】

＊七五九年秋夜,在秦州作。"舍弟"即家弟。杜甫忆念他的分散在河南、山东的几位弟弟。
①〔戍鼓〕戍楼上的更鼓。秦州城楼上有戍兵守夜,定时击鼓。
②〔未休兵〕其时史思明从范阳引兵南下,攻陷汴州,西进至洛阳,李光弼同他交战。

天末怀李白

凉风起天末,君子意如何?鸿雁几时到,江湖秋水多。文章憎命达①,魑魅喜人过②。应共冤魂语③,投诗赠汨罗④。

【注释】

＊七五九年秋日，在秦州作。杜甫设想李白在流放夜郎途中，经行长江、洞庭湖诸地。

①〔文章句〕"文章"，即文学。一般以文学著名的人往往命运困厄，好像文章憎厌命运的通达似的。

②〔魑魅句〕山精水怪喜人经过，便出而吞食。

③〔冤魂〕指屈原。屈原被谗，放逐江南，自沉汨罗江中，含冤莫白。

④〔赠汨罗〕汨罗江在今湖南省湘阴县东北，屈原自沉在这条江里。西汉时贾谊迁谪到长沙，经过汨罗，作文吊屈原。后代文人经过汨罗的大都作诗文吊祭屈原。

发秦州

我衰更懒拙，生事不自谋。无食问乐土①，无衣思南州②。汉源十月交③，天气凉如秋。草木未黄落，况闻山水幽。栗亭名更嘉④，下有良田畴。充肠多薯蓣⑤，崖蜜亦易求⑥。密竹复冬笋，清池可方舟⑦。虽伤旅寓远，庶遂平生游。此邦俯要冲⑧，实恐人事稠。应接非本性，登临未销忧。溪谷无异石⑨，塞田始微收⑩。岂复慰老夫，惘然难久留。日色隐孤戍，乌啼满城头。中宵驱车去，饮马寒塘流。磊落星月高，苍茫云雾浮。大哉乾坤内，吾道长悠悠。

【注释】

＊此诗题下原有注云："乾元二年，自秦州赴同谷纪行。"杜甫在秦州作客，停留了一个秋季，种种不如理想，生活很困难。七五九年十月，他从秦州出发，携同家属南行，到同谷去。（唐时成州同谷郡，郡治在今甘肃省成县。）在旅途中，他写作了十二篇纪游诗，这是第一篇。

① 〔问乐土〕访求土地美好、安乐可居之地。

② 〔思南州〕向往于南方气候较暖和的州郡。

③ 〔汉源〕成州同谷郡有三个属县：同谷、上禄、汉源。汉源县在甘肃省西和县北，因为处于西汉水之源，故名汉源。诗中虽然单举汉源，实在概括说成州同谷郡，那边的气候和山水比秦州好。

④ 〔栗亭〕在成州东五十里，属同谷县。

⑤ 〔薯蓣（shǔ yù）〕即山药，可供食用。

⑥ 〔崖蜜〕山岩和石壁间一种黑色野蜂所酿的蜜糖，一名石蜜，采者用长竿刺取之。

⑦ 〔方舟〕"方"，比并。原意是两舟并行，这里不必拘泥，即泛舟以游之意。

⑧ 〔此邦〕指秦州天水郡。

⑨ 〔溪谷句〕说秦州没有什么奇异的山水。

⑩ 〔塞田句〕说秦州是关塞屯戍之地，田稼收成不足。

赤　谷

天寒霜雪繁，游子有所之。岂但岁月暮，重来未有期！晨发赤谷亭，险艰方自兹。乱石无改辙①，我车已载脂②。山深苦多风,落日童稚饥。悄然村墟迥③,烟火何由追？贫病转零落,故乡不可思。常恐死道路,永为高人嗤。

【注释】

＊赤谷在秦州西南七里,登上陇山山路。

①〔乱石句〕形容山路艰险,车行乱石中,但除此以外,别无他道。"改辙",改变道路。"辙",车轮所碾之迹。

②〔载脂〕在车轴上加油,使它滑润易转。《诗经·泉水》:"载脂载辖",意思是用脂膏涂车辖,使它滑润;车辖即是车轴。

③〔村墟〕村落。

铁堂峡

山风吹游子,缥缈乘险绝①。峡形藏堂隍②,壁色立积铁。径摩穹苍蟠③,石与厚地裂。修纤无垠竹④,嵌空太始雪⑤。威迟哀壑底⑥,徒旅惨不悦。水寒长冰横,我马骨正折。生涯抵弧矢⑦,盗贼殊未灭。飘蓬逾三年⑧,回首肝肺热！

【注释】

＊铁堂山在秦州东南七十里,山峰环抱的峡谷名铁堂峡。

①〔缥缈〕形容凌空高远的境界。

②〔藏堂隍〕铁堂峡四山环抱,中间有铁堂庄,高平如台,又像殿堂。殿

堂没有四壁称"堂皇","堂隍"即"堂皇"。

③〔穹苍〕天空。

④〔无垠〕没有尽头。

⑤〔太始雪〕积年不融化的雪。"太始"的意义是原始时期,极言雪的终古不化。

⑥〔威迟〕远行曲折貌。

⑦〔抵弧矢〕"抵",当着。"弧矢",弓箭。这句说我的一生适当着战乱的时代。

⑧〔飘蓬〕像蓬草似的飘飞,形容流浪转徙的生活。

盐 井

卤中草木白①,青者官盐烟。官作既有程②,煮盐烟在川。汲井岁掮掮③,出车日连连④。自公斗三百⑤,转致斛六千⑥。君子慎止足,小人苦喧阗⑦。我何良叹嗟?物理固自然!

【注释】

*盐井在成州长道县东三十里,当在今甘肃省礼县东南。唐时有官盐井六百四十,这是在成州的一处。

①〔卤〕盐地。〔草木白〕因卤气浸渍,草木凋枯。

②〔程〕规定的生产数量和一定的限期。

③〔掮(hú)掮〕汲水用力貌。一本作"楉楉"。

④〔连连〕运输不断。

⑤〔自公〕指官价。

⑥〔转致〕商贩转卖。〔斛〕古时以十斗为一斛。
⑦〔喧阗(tián)〕大声嘈杂。

石 龛

熊罴哮我东,虎豹号我西。我后鬼长啸,我前狨又啼①。天寒昏无日,山远道路迷。驱车石龛下,仲冬见虹蜺②。伐竹者谁子?悲歌上云梯③。为官采美箭④,五岁供梁齐⑤。苦云直榦尽⑥,无以充提携⑦。奈何渔阳骑⑧,飒飒惊蒸黎⑨!

【注释】

* "石龛",凿山壁所成的石室或石洞,通常有石佛像的雕刻。这里大概是一小地名,杜甫旅途中所经过的,因其地有一石龛,故名。

①〔狨(róng)〕猿的一类,尾巴带金色,俗名金线狨。

②〔仲冬句〕仲冬是夏历十一月。"虹蜺",同"虹霓"。在冬季见虹霓是特异的。

③〔云梯〕为爬高所设的梯架。或者是直上高岭的石级路。

④〔为官〕为了供应官家的需要。"为",读去声。

⑤〔五岁〕从安禄山叛乱到乾元二年,即七五五年到七五九年,跨着五年。〔供梁齐〕梁、齐,今河南、山东之地。这里所采的竹箭材料供应官军在东方作战的需要。

⑥〔榦(gǎn)〕小竹,特别适宜于做箭杆的。

⑦〔充〕一本作"应"。〔提携〕这里就是采取的意思。

⑧〔渔阳骑〕"渔阳",见前《后出塞》诗注。"渔阳骑"指安禄山、史思

明的叛军。

⑨〔蒸黎〕见前《无家别》诗注。

积草岭

连峰积长阴，白日递隐见①。飕飕林响交，惨惨石状变。山分积草岭，路异明水县②。旅泊吾道穷，衰年岁时倦③。卜居尚百里④，休驾投诸彦⑤。邑有佳主人⑥，情如已会面。来书语绝妙，远客惊深眷⑦。食蕨不愿余⑧，茅茨眼中见⑨。

【注释】

＊积草岭在同谷县的北界。

①〔递隐见〕时隐时现。"见"，同"现"。

②〔路异句〕明水县即鸣水县，属兴州，在今陕西省略阳县西。"路异"是分道的意思。从积草岭往东南分道便入鸣水县界；从西南则入同谷县。

③〔衰年句〕"衰年"，老年，暮年。"岁时倦"，这时又在冬季，值岁暮，更感到疲倦。

④〔尚百里〕从积草岭到同谷县城应不足百里，大概是山路曲折迂回，加以杜甫旅途疲乏，故而尚觉有百里之遥。

⑤〔诸彦〕"彦"是士的美称。指在同谷的几位士绅，与杜甫相知的。杜甫指望他们可以招待他。

⑥〔佳主人〕指同谷县令。

⑦〔眷〕照顾，爱念。

⑧〔蕨〕羊齿类植物，一种野菜。〔食蕨句〕甘于清苦的生活，不愿有余，亦即不求其余之意。

⑨〔茅茨〕茅草盖的屋。〔眼中见〕如在目前。杜甫想望到同谷后可以有一茅屋，安居下来，采薇蕨而食。

泥功山

朝行青泥上，暮在青泥中。泥泞非一时，版筑劳人功①。不畏道途永，乃将汩没同②。白马为铁骊，小儿成老翁③。哀猿透却坠，死鹿力所穷④。寄语北来人，后来莫匆匆⑤！

【注释】

* 这里的泥功山大概是青泥岭的别名，在同谷县东北境，杜甫从秦州到同谷县旅途中所经过的。另有泥公山，在同谷西境，不是一处。

①〔版筑〕筑墙用两板相夹，置土其中，而以杵筑之，故曰"版筑"。"版筑"也用作土木营建的统称。这里大概是指筑路的工程。因为泥功山道路泥泞，当时或有兴工筑路事。

②〔汩没〕沦陷入泥淖里。人的志气不得伸展，好比沦陷泥淖，亦称"汩没"。诗意双关。

③〔白马二句〕白马为泥浆所污，变成黑马。"骊（lí）"，纯黑色马。小孩本来是活泼轻捷的，但是经过泥功山时，也走不动路，像老头儿了。

④〔哀猿二句〕形容动物越过泥功山之难。猿猴跳跃而跌落。"透"，跳。

奔鹿因力乏而死陷泥中。

⑤〔匆匆〕快速行走貌。

凤凰台

亭亭凤凰台，北对西康州①。西伯今寂寞，凤声亦悠悠②。山峻路绝踪，石林气高浮。安得万丈梯，为君上上头。恐有无母雏③，饥寒日啾啾。我能剖心血，饮啄慰孤愁。心以当竹实，炯然无外求。血以当醴泉④，岂徒比清流⑤。所重王者瑞⑥，敢辞微命休⑦？坐看彩翮长⑧，举意八极周⑨。自天衔瑞图⑩，飞下十二楼⑪。图以奉至尊，凤以垂鸿猷⑫。再光中兴业，一洗苍生忧。深衷正为此，群盗何淹留？

【注释】

*凤凰山在同谷东南十里，是同谷县的一个名胜。山高峻，人不能至高顶。有二石双高，其形如"阙"，传说汉朝时有凤凰栖息其上，故名凤凰台。山腰有瀑布，名迸玑泉。

①〔西康州〕唐初有西康州，其后废，改为同谷县。这里用作同谷县的别称。

②〔西伯二句〕周文王姬昌，在商朝纣王时为西伯。传说：周文王时，有凤鸣于岐山。凤鸣是有王者兴的祥瑞。今西伯既殁，凤声也久绝了。"今寂寞"，指西伯死了已很久。这里离岐山很远，杜甫借题发挥，因为台名凤凰，联想到

周文王。

③〔无母雏〕杜甫设想凤凰台上或有凤雏。以下都是假想之词。

④〔竹实、醴泉〕竹不常开花,尤其难得结实。"醴泉"是甘美如甜酒般的泉水,古代宗教信仰,逢太平之世,则有醴泉自地涌出。据传说,凤凰非竹实不食,非醴泉不饮。杜甫愿以自己的心血作为凤雏的养料,喂其成长。

⑤〔岂徒句〕"清流"比喻贤人的洁身自好,"岂徒比清流"表示自己的宏愿尚不止此。

⑥〔王者瑞〕指凤凰。

⑦〔微命休〕牺牲自己的生命。

⑧〔彩翮(hé)〕美丽的羽翼。

⑨〔举意〕高举逞意,即自由飞翔之意。一本作"纵意"。〔八极〕八方极远之地。"八极周"是周遍世界。

⑩〔衔瑞图〕据古代传说:黄帝游于洛水,有凤凰从天飞下,衔图置帝前,黄帝再拜受图。

⑪〔十二楼〕据神仙传说,昆仑山上神仙所居,有金台五所,玉楼十二所。

⑫〔鸿猷(yóu)〕大谋,大功业。

* 旧来注解杜诗的,或以为"无母雏"当有所指,所说穿凿附会。凤凰本是神鸟,作为太平的象征。杜甫愿以自己的心血喂养凤雏,表示他渴望太平,不惜牺牲微命以祈求海宇澄清、苍生得救的这个伟大的愿望。全篇用"寓言"的写作方法。

乾元中寓居同谷县作歌七首

有客有客字子美①,白头乱发垂过耳。岁拾橡栗随狙公②,天寒日暮山谷里。中原无书归不得,手脚冻皴皮肉死③。呜呼一歌兮歌已哀,悲风为我从天来!

长镵长镵白木柄①,我生托子以为命②。黄独无苗山雪盛③,短衣数挽不掩胫④。此时与子空归来,男呻女吟四壁静。呜呼二歌兮歌始放,邻里为我色惆怅⑤。

有弟有弟在远方①,三人各瘦何人强?生别展转不相见,胡尘暗天道路长。前飞䴔鹅后鹙鸧②,安得送我置汝旁?呜呼三歌兮歌三发,汝归何处收兄骨!

有妹有妹在钟离①,良人早殁诸孤痴②。长淮浪高蛟龙怒,十年不见来何时?扁舟欲往箭满眼,杳杳南国多旌旗③。呜呼四歌兮歌四奏,林猿为我啼清昼!

四山多风溪水急,寒雨飒飒枯树湿。黄蒿古城云不开,白狐跳梁黄狐立①。我生何为在穷谷?中夜起坐万感集。呜呼五歌兮歌正长,魂招不来归故乡②。

南有龙兮在山湫①,古木巃嵸枝相摎②。木叶黄落龙正蛰,蝮蛇东来水上游③。我行怪此安敢出,拔剑欲斩且复休。呜呼六歌兮歌思迟④,溪壑为我回春姿⑤!

男儿生不成名身已老,三年饥走荒山道。长安卿相多少年,富贵应须致身早①!山中儒生旧相识,但话宿昔伤怀抱。呜呼七歌兮悄终曲,仰视皇天白日速!

【注释】

* 七五九年(乾元二年)十一月,杜甫居住同谷县时作。同谷县,今甘肃省成县。

〔第一首〕

①〔子美〕杜甫字。

②〔橡栗〕亦名橡子,栎树的果实,其仁如老莲肉,可以充饥。〔狙(jū)公〕养猴狙的人。"狙",猴的一种。狙公用橡子喂猴的故事见《庄子·齐物论》。

③〔皴(cūn)〕皮肤冻裂。

〔第二首〕

①〔镵(chǎn)〕铁制掘土器。

②〔子〕你,指长镵。

③〔黄独〕薯蓣科植物,一名土芋,一名土卵,肉白皮黄,可蒸食。一本作"黄精",黄精属百合科植物,地下茎可食,亦可供药用。

④〔数〕屡屡。

⑤〔惆怅〕悲哀。

〔第三首〕

①〔有弟句〕杜甫有四弟：杜颖、杜观、杜丰、杜占。只有杜占跟着杜甫西行，其余三人散居在东方。

②〔驾鹅〕野鹅，大于雁。〔鹙鸧（qiū cāng）〕"鹙"，秃鹙，似鹤而大。"鸧"，鹤类，苍色。

〔第四首〕

①〔有妹句〕杜甫有妹嫁韦氏。"钟离"，唐濠州钟离郡，故治在今安徽省凤阳县东北。

②〔良人〕丈夫。〔痴〕痴小，年幼不懂事。

③〔箭满眼、多旌旗〕言有兵火战乱，道路阻塞。

〔第五首〕

①〔跳梁〕骚动无忌惮。

②〔魂招句〕《楚辞·招魂》："魂兮归来，返故居些！"这句说远客他乡，魂魄不安；魂离形体，不能招来，使之同归故乡。

〔第六首〕

①〔湫（qiū）〕水池，潭。上有悬瀑者曰龙湫、龙潭。同谷县东南七里有龙峡，峡旁有潭，其深莫测，名万丈潭，俗传有龙自潭飞出。

②〔巃嵷（lóng cóng）〕高耸貌。〔樛〕纠结，交缠。

③〔蝮蛇〕毒蛇。《有怀台州郑十八司户》诗云："蝮蛇长如树"，这里也是指大毒蛇。

④〔思〕读去声。"歌思"即歌意。〔迟〕迟留。曲折舒缓。

⑤〔回春姿〕回放春光。

〔第七首〕

①〔致身〕委身，竭身。〔富贵句〕意思说干求富贵应该在少壮时即委身竭力。杜甫在《赴奉先咏怀》诗中说"以兹悟生理，独耻事干谒"，"居然成濩落，白首甘契阔"，表现他早年的志节即在不干求名利。上面"长安卿相多少年"句，亦慨叹时事。当时肃宗的朝廷上，有李辅国弄权，排斥老臣，援引新进。

发同谷县

贤有不黔突①,圣有不暖席②。况我饥愚人,焉能尚安宅③?始来兹山中,休驾喜地僻。奈何迫物累④,一岁四行役⑤。忡忡去绝境⑥,杳杳更远适。停骖龙潭云⑦,回首虎崖石⑧。临歧别数子,握手泪再滴。交情无旧深,穷老多惨戚⑨。平生懒拙意,偶值栖遁迹⑩。去住与愿违,仰惭林间翮⑪。

【注释】

＊杜甫在同谷逗留不到一个月,七五九年十二月一日,携带家人起程赴成都。他在旅途中,又写了纪行诗十二首,这是第一首。诗题下有原注:"乾元二年十二月一日,自陇右赴剑南纪行。"

①〔贤〕指墨翟。〔黔〕黑。〔突〕灶突,就是烟囱。

②〔圣〕指孔丘。〔贤有二句〕墨翟的灶突还没有黑,孔丘的坐席还没有暖,便又他去。言二人奔走无定居。

③〔安宅〕安居。

④〔物累〕"物",事情。"累",牵累。

⑤〔一岁句〕杜甫这一年内有四次旅行:从洛阳回华州,从华州去秦州,从秦州至同谷,如今又从同谷赴成都。

⑥〔忡忡〕忧思。

⑦〔停骖〕"骖",原指在车子两旁的两匹马。"停骖",就是停下了马车。〔龙潭〕在同谷县东南,见《同谷七歌》第六首注。

⑧〔虎崖〕当在同谷附近。杜甫《寄赞上人》诗有云:"徘徊虎穴上",虎穴在同谷县西;这里的虎崖,可能就是指虎穴。一本作"白崖"。

⑨〔惨戚〕忧伤。

⑩〔栖遁〕隐居,指这次在同谷的逗留。

⑪〔翮〕鸟羽的茎,这里泛指鸟。

木皮岭

首路栗亭西①,尚想凤凰村②。季冬携童稚,辛苦赴蜀门③。南登木皮岭,艰险不易论。汗流被我体,祁寒为之暄④。远岫争辅佐⑤,千岩自崩奔。始知五岳外,别有他山尊。仰干塞大明⑥,俯入裂厚坤⑦。再闻虎豹斗,屡局风水昏。高有废阁道⑧,摧折如短辕⑨。下有冬青林⑩,石上走长根。西崖特秀发,焕若灵芝繁。润聚金碧气,清无沙土痕。忆观昆仑图,目击玄圃存⑪。对此欲何适⑫?默伤垂老魂。

【注释】

* 木皮岭在同谷县东二十里。

①〔首路〕开始起身上路。〔栗亭〕地名。在成州东五十里。杜甫这次旅行,从栗亭西出发。

②〔凤凰村〕当与凤凰台相近（参看《凤凰台》注），在同谷。
③〔蜀门〕指剑门。
④〔祁寒〕大寒。
⑤〔远岫句〕"辅佐"，就是辅助。木皮岭在群山里是最高的一座，群山对它好像臣子们辅佐帝王。
⑥〔仰干句〕言山势高峻，蔽塞日光。"干"，干犯。
⑦〔坤〕指地。
⑧〔阁道〕就是栈道。在悬崖绝壁上凿石架木而成的道路。
⑨〔短辕〕一本作"断辕"。
⑩〔冬青〕常绿乔木，高丈余，多生于山中。
⑪〔目击〕亲眼看见。〔玄圃〕传说在昆仑山顶，是神仙所住的地方。
⑫〔适〕往。

白沙渡

畏途随长江①，渡口下绝岸②。差池上舟楫③，杳窕入云汉④。天寒荒野外，日暮中流半。我马向北嘶⑤，山猿饮相唤。水清石礧礧⑥，沙白滩漫漫。迥然洗愁辛，多病一疏散。高壁抵欹崟⑦，洪涛越凌乱。临风独回首，揽辔复三叹⑧。

【注释】

＊白沙渡是嘉陵江上游的一个渡口。
①〔畏途〕可怕的险路。〔长江〕指嘉陵江。
②〔绝岸〕陡峭的岸。

③〔差池〕参差不齐。
④〔杳窕〕深远貌。〔云汉〕天河。嘉陵江又名西汉水,故以云汉相比。
⑤〔我马句〕马亦怀恋故地。
⑥〔礧(léi)礧〕形容大石众多。
⑦〔嶔崟(qīn yín)〕形容山高貌。
⑧〔揽辔〕扣住马缰绳。

水会渡

山行有常程①,中夜尚未安。微月没已久,崖倾路何难!大江动我前②,汹若溟渤宽③。篙师暗理楫④,歌笑轻波澜⑤。霜浓木石滑,风急手足寒。入舟已千忧,陟巘仍万盘⑥。回眺积水外⑦,始知众星乾。远游令人瘦,衰疾惭加餐⑧。

【注释】

* 水会渡亦是嘉陵江上游的一个渡口。
①〔常程〕一定的路程。
②〔大江〕指嘉陵江。
③〔溟渤〕大海。
④〔篙师〕撑船的人。
⑤〔轻〕看轻。
⑥〔陟巘(zhì yǎn)〕攀登高山。
⑦〔回眺二句〕在舟中时觉得水天合一,满江都是星,现在登岸后回眺,方始知道星在天上而不在水中,故云"众星乾"。"回眺",一作"迥眺"。

⑧〔衰疾句〕远游应该努力加餐,但是很惭愧,因为衰老多病,饭量不佳。

飞仙阁

土门山行窄,微径缘秋毫①。栈云阑干峻②,梯石结构牢③。万壑欹疏林④,积阴带奔涛。寒日外淡泊⑤,长风中怒号。歇鞍在地底,始觉所历高。往来杂坐卧,人马同疲劳。浮生有定分,饥饱岂可逃⑥?叹息谓妻子,我何随汝曹!

【注释】

*飞仙阁在兴州(今陕西略阳县)东南飞仙岭,阁道百余间,为入蜀要道。
①〔秋毫〕鸟兽的毫毛到秋天新生最细,这里用秋毫比喻微径。
②〔栈云〕栈道高与云连。
③〔梯石〕石磴道。
④〔欹〕欹斜。
⑤〔淡泊〕形容寒日无光。
⑥〔浮生二句〕人生饥与饱都有定命。

龙门阁

清江下龙门,绝壁无尺土。长风驾高浪,浩浩自太古①。危途中萦盘,仰望垂线缕②。滑石欹谁凿,浮梁袅相拄③。目眩陨杂花，头风吹过雨④。百年不敢料，一坠那得取⑤？饱闻经瞿塘，足见度大庾⑥。终身历艰险，恐惧从此数⑦。

【注释】

＊龙门阁在利州绵谷县（今四川广元县）东北龙门山。此处的阁道，比他处阁道更险。

①〔长风二句〕江中风浪险恶，从古以来如此。

②〔垂线缕〕栈道在仰望时，好像垂下来的线缕一样。

③〔袅〕缭绕上升貌。这里形容架空的浮梯。〔拄〕用木支持。

④〔目眩〕眼花。〔头风〕头晕。〔目眩二句〕见杂花陨落，目为之眩；细雨吹过，头为之晕。形容过阁道时的恐惧。

⑤〔百年二句〕如果一跌下去，哪能保百年之寿？

⑥〔饱闻〕犹言久闻。〔瞿塘〕又作瞿唐，峡名，在今四川奉节县东。长江从峡中流过，水势湍急，船只经过极危险。〔大庾〕岭名，在今江西、广东交界处，岭路险峻。〔饱闻二句〕把龙门阁的险比拟瞿塘和大庾。

⑦〔从此数〕从此处数起。

剑　门

惟天有设险，剑门天下壮。连山抱西南，石角皆北向。两崖崇墉倚①，刻画城郭状。一夫怒临关，百万未可傍②。珠玉走中原③，岷峨气凄怆④。三皇五帝前，鸡犬各相放⑤。后王尚柔远⑥，职贡道已丧⑦。至今英雄人，高视见霸王⑧。并吞与割据，极力不相让。吾将罪真宰⑨，意欲铲叠嶂⑩。恐此复偶然，临风默惆怅。

【注释】

＊剑门亦名剑阁、剑门关，在剑州（今四川剑阁县）大剑山、小剑山之间，有阁道三十里，形势险要，为蜀地的门户。

①〔崇墉〕高的城墙。这里形容两崖。

②〔百万句〕百万人未可迫近。

③〔中原〕今陕西的东部，河北、山西的南部，河南、山东的西部，都是古时所谓中原之地。这里指剑门以北皇都所在的一带地方。

④〔岷峨〕指岷山、峨眉山，都在今四川。这里用"岷峨"作为蜀地的代称。

⑤〔三皇二句〕"三皇五帝"，是古代传说中的帝王，从来说法不同，一般的指燧人、伏羲、神农为三皇，黄帝、颛顼、帝喾、帝尧、帝舜为五帝。"三皇五帝前"，指人类原始时代。在那个时代里，没有人我之分，鸡犬也为大家所共有。

⑥〔尚柔远〕用怀柔远方的政策。

⑦〔职贡句〕封建王朝派遣的官员向远方人民榨取生产物品进贡给封建王朝，叫作职贡。这种职贡制度的建立，已经丧失了治道。

⑧〔霸王〕割据叫作霸，统一天下叫作王。"王"，读去声。

⑨〔罪〕责。〔真宰〕指天。古时人认为天主宰万物，故用"真宰"代表天。

⑩〔意欲句〕因为英雄割据，都是凭恃山川的险要，所以要铲除掉叠嶂。

成都府

翳翳桑榆日①,照我征衣裳②。我行山川异,忽在天一方。但逢新人民,未卜见故乡。大江东流去③,游子日月长。曾城填华屋④,季冬树木苍。喧然名都会,吹箫间笙簧⑤。信美无与适⑥,侧身望川梁⑦。鸟雀夜各归,中原杳茫茫。初月出不高,众星尚争光。自古有羁旅,我何苦哀伤。

【注释】

* 七五九年十二月末,杜甫到达了成都。他这次的长途旅行,至此告一结束。这首诗是十二首纪行诗中最后的一首。

① 〔翳(yì)翳〕朦胧貌。〔桑榆〕指西方。日落西方的时候,阳光常照在桑树、榆树之上,因借用作为西方的别称。

② 〔征〕行役。

③ 〔大江〕指岷江。

④ 〔曾城〕"曾"同"层"。成都有大城、少城。

⑤ 〔间〕夹杂。〔笙簧〕"笙",古乐器,有十三管。"簧",是乐器中发音的薄叶。

⑥ 〔信美〕王粲《登楼赋》:"虽信美而非吾土兮",表示客地虽好,总不是我的家乡。〔无与适〕犹言"意不自适",心里面不自然,没有着落。

⑦ 〔川梁〕河桥。

卷四

蜀　相

丞相祠堂何处寻？锦官城外柏森森①。映阶碧草自春色，隔叶黄鹂空好音②。三顾频烦天下计③，两朝开济老臣心④。出师未捷身先死⑤，长使英雄泪满襟！

【注释】

＊约在七六〇年（上元元年）的春天，杜甫曾往访在成都城西北的诸葛亮祠堂，因写了这首诗。〔蜀相〕指诸葛亮。

①〔锦官城〕成都城的别称。〔柏森森〕诸葛亮祠前有大柏树，相传是诸葛亮手植。

②〔黄鹂〕鸟名。就是黄莺。

③〔三顾〕"顾"，访问。诸葛亮隐居隆中（在今湖北襄阳县西）时，刘备曾经三次访问他，商量天下大事。〔频烦〕屡次劳烦。

④〔两朝〕诸葛亮经历刘备（先主）、刘禅（后主）父子两朝。〔开济〕开创大业、匡济时危的意思。

⑤〔出师句〕二三四年，诸葛亮伐魏，病死在五丈原（在今陕西郿县西南）军中。

堂　成

背郭堂成荫白茅①，缘江路熟俯青郊②。桤林碍日吟风叶③，笼竹和烟滴露梢④。暂止飞乌将数子⑤，频来语燕定新巢。旁人错比扬雄宅⑥，懒惰无心作解嘲⑦。

【注释】

* 七六〇年春天，杜甫在成都西郊外浣花溪畔建筑了草堂，定居下来。这首诗是草堂落成时所作。

①〔荫白茅〕用白茅盖覆。

②〔江〕指锦江。锦江是岷江的支流，自四川郫县流经成都城西南。杜甫的草堂临近锦江。

③〔桤（qī）〕木名。成都最多。这木很容易长大，三年便能成荫。

④〔笼竹〕蜀人称大竹为"笼竹"。

⑤〔将〕带领。

⑥〔扬雄宅〕在成都少城西南，亦称"草玄堂"。

⑦〔解嘲〕是扬雄作的一篇文章。在汉哀帝时候，扬雄闭门草《太玄经》，有人嘲笑他，他因作了那篇《解嘲》。

江　村

清江一曲抱村流，长夏江村事事幽。自去自来堂上燕，相亲相近水中鸥。老妻画纸为棋局,稚子敲针作钓钩。多病所须唯药物①,微躯此外更何求②?

【注释】

*这首诗是杜甫居住成都草堂时写的。

①〔须〕需要。

②〔微躯〕微贱的身体。

题壁上韦偃画马歌

韦侯别我有所适①,知我怜君画无敌②。戏拈秃笔扫骅骝③,欻见骐驎出东壁④。一匹龁草一匹嘶⑤,坐看千里当霜蹄⑥。时危安得真致此,与人同生亦同死⑦。

【注释】

*这诗题一本作《题壁画马歌》。韦偃,唐代的名画家,京兆(长安)人,流寓在蜀中。

①〔适〕往。

②〔怜〕爱。

③〔骅骝〕骏马名。

④〔欻(xū)〕忽然。

⑤〔龁(hé)〕咬。

⑥〔坐看句〕将要看见画中的马落地远跑。
⑦〔人〕指马的主人。

戏题王宰画山水图歌

十日画一水,五日画一石。能事不受相促迫①,王宰始肯留真迹。壮哉昆仑方壶图②,挂君高堂之素壁。巴陵洞庭日本东③,赤岸水与银河通④,中有云气随飞龙。舟人渔子入浦溆⑤,山木尽亚洪涛风⑥。尤工远势古莫比,咫尺应须论万里⑦。焉得并州快剪刀,剪取吴淞半江水⑧。

【注释】

＊王宰,蜀人,一说流寓在蜀中。他是杜甫同时代的山水画家,喜描绘蜀中山水。"宰"未必是其名,当是王姓而曾做县令者。参看前《彭衙行》诗孙宰注。

①〔能事〕擅长的技能。

②〔昆仑、方壶〕都是古代神话传说中的仙山,这里用来比方王宰画里的山水。

③〔巴陵〕山名,在今湖南岳阳县境,下临洞庭湖。〔日本东〕指日本东面的海。

④〔赤岸〕泛指江海的岸。郭璞《江赋》:"鼓洪涛于赤岸。"

⑤〔浦溆(xù)〕水边。

⑥〔山木句〕"亚"与"压"同。树木都被挟带着波涛的大风吹得低压下来。

⑦〔咫尺〕极近的距离。周尺八寸叫作咫。
⑧〔焉得二句〕用晋索靖故事:索靖看见名画家顾恺之的画,十分欣赏地说:"恨不带并州快剪刀来,剪松江半幅纹练归去。""并州",今山西太原,以出剪刀著称。"松江",即吴淞江,在今江苏省境。

恨 别

洛城一别四千里①,胡骑长驱五六年②。草木变衰行剑外③,兵戈阻绝老江边。思家步月清宵立,忆弟看云白日眠。闻道河阳近乘胜④,司徒急为破幽燕⑤。

【注释】

* 七六〇年秋天,杜甫在成都作。

①〔洛城句〕"洛城",指洛阳。杜甫于七五九年的春天别了洛阳,辗转到成都,约四千里。

②〔胡骑句〕指安、史之乱。

③〔剑外〕剑门以南称剑外。蜀地在剑门南,所以用剑外作为蜀地的代称。

④〔闻道句〕这年三月,李光弼击破安太清于怀州(今河南沁阳县);四月,又击破史思明于河阳(今河南孟县)。

⑤〔司徒〕官名。这里指李光弼。至德二载(七五七年),加李光弼检校司徒。〔幽燕〕指河北安、史根据地。"燕",读平声。

后　游

寺忆曾游处，桥怜再渡时①。江山如有待，花柳更无私。野润烟光薄，沙暄日色迟。客愁全为减，舍此复何之②？

【注释】

* 七六一年（上元二年）春天，杜甫两次游新津县（在成都西南）的修觉寺，此诗是他重游时写的。在此诗前面曾有一篇《游修觉寺》诗，所以这里题为"后游"。

① 〔怜〕爱。

② 〔之〕往。

春夜喜雨

好雨知时节，当春乃发生。随风潜入夜，润物细无声。野径云俱黑，江船火独明。晓看红湿处，花重锦官城①。

【注释】

* 这首诗大约是七六一年的春天，杜甫居成都时所作。

① 〔花重〕花因着雨而加重。

春水生二绝（选一首）

二月六夜春水生，门前小滩浑欲平。鸂鶒鸂鶒莫漫喜①，吾与汝曹俱眼明②。

【注释】

＊约作于七六一年。〔绝〕绝句，是唐代近体诗的一种。杜甫到成都以后，很欢喜写绝句，并且欢喜用口语来写。

①〔鸂鶒、鸂鶒（xī chì）〕皆水鸟名。鸂鶒似鸳鸯，毛羽紫色，极美丽。
②〔汝曹〕你们。这里是指鸂鶒鸂鶒。

江上值水如海势聊短述

为人性僻耽佳句，语不惊人死不休！老去诗篇浑漫与①，春来花鸟莫深愁。新添水槛供垂钓②，故着浮槎替入舟③。焉得思如陶谢手④，令渠述作与同游⑤。

【注释】

＊大约作于七六一年。〔江〕指锦江。
①〔漫与〕犹言随便对付。
②〔槛〕窗下的木栏。

③〔故〕旧。〔浮槎〕浮在水上的木筏。
④〔陶、谢〕指晋代诗人陶渊明和宋代诗人谢灵运。
⑤〔令渠〕叫他们。〔述作〕写作。

水槛遣心二首（选一首）

去郭轩楹敞①，无村眺望赊。澄江平少岸，幽树晚多花。细雨鱼儿出，微风燕子斜。城中十万户，此地两三家。

【注释】

＊大约作于七六一年。〔水槛（jiàn）〕指草堂水亭之槛。
①〔去郭〕意思说这里离城郭很远。〔轩楹〕廊柱。这里泛指轩廊。

江畔独步寻花七绝句（选五首）

江上被花恼不彻①，无处告诉只颠狂。走觅南邻爱酒伴②，经旬出饮独空床。

东望少城花满烟①，百花高楼更可怜②。谁能载酒开金盏，唤取佳人舞绣筵。

黄师塔前江水东①,春光懒困倚微风。桃花一簇开无主,可爱深红映浅红。

黄四娘家花满蹊①,千朵万朵压枝低。留连戏蝶时时舞,自在娇莺恰恰啼。

不是爱花即欲死,只恐花尽老相催。繁枝容易纷纷落,嫩叶商量细细开。

【注释】

＊大约作于七六一年。

〔第一首〕

①〔恼〕撩拨。〔不彻〕不尽。

②〔酒伴〕句下有原注云:"斛斯融吾酒徒。"斛斯融在成都以卖文为生。杜甫曾有《闻斛斯六官未归》一诗。

〔第二首〕

①〔少城〕在成都西。

②〔百花楼〕一说少城酒楼名,一说在百花潭上。〔可怜〕可爱。

〔第三首〕

①〔黄师塔〕大概是僧墓。蜀人称僧为"师",称僧的葬所为"塔"(见陆游《老学庵笔记》)。

〔第四首〕

①〔黄四娘〕杜甫的邻居。〔蹊〕小路。

进 艇

南京久客耕南亩①,北望伤神坐北窗②。昼引老妻乘小艇,晴看稚子浴清江。俱飞蛱蝶元相逐,并蒂芙蓉本自双③。茗饮蔗浆携所有④,瓷罂无谢玉为缸⑤。

【注释】

* 大约作于七六一年。

① 〔南京〕指成都。七五六年,唐玄宗避安禄山之乱到了成都,因称成都为南京。玄宗在成都停留过一年多。

② 〔北望〕北望中原。

③ 〔芙蓉〕荷花的别称,不是木本芙蓉。

④ 〔茗饮〕就是茶。

⑤ 〔罂(yīng)〕小口大肚的瓶。即指盛"茗饮""蔗浆"之器。〔无谢〕犹言不让。〔玉为缸〕富贵人家常用玉做缸。〔瓷罂句〕意思是说,瓷罂并没有比玉缸差。

茅屋为秋风所破歌

八月秋高风怒号,卷我屋上三重茅①,茅飞渡江洒江郊②。高者挂罥长林梢③,下者飘转沉塘坳④。南村群童欺我老无力，忍能对面为盗贼⑤？公然抱茅入竹去，唇焦口燥呼不得⑥。归来倚杖自叹息。俄顷风定云墨色⑦，秋天漠漠向昏黑。布衾多年冷似铁⑧，娇儿恶卧踏里裂⑨。床头屋漏无干处，雨脚如麻未断绝。自经丧乱少睡眠⑩，长夜沾湿何由彻⑪！安得广厦千万间，大庇天下寒士俱欢颜，风雨不动安如山！呜呼何时眼前突兀见此屋⑫，吾庐独破受冻死亦足！

【注释】

* 大约作于七六一年。〔茅屋〕指成都草堂。

① 〔卷〕卷起。

② 〔洒〕散落。

③ 〔罥（juàn）〕挂的意思。

④ 〔塘坳〕积水之地。

⑤ 〔能〕如此，这样。

⑥ 〔唇焦句〕呼喊得唇焦口燥也制止他们不住。

⑦ 〔俄顷〕极短的时间，犹言一霎时。

⑧ 〔衾〕大被。

⑨ 〔恶卧〕睡态很恶。〔里〕布衾的里。

⑩ 〔丧乱〕指安禄山、史思明之乱。

⑪ 〔彻〕彻晓，到天亮的意思。

⑫ 〔突兀〕高耸貌。〔见〕同"现"。

石笋行

君不见益州城西门①,陌上石笋双高蹲。古来相传是海眼②,苔藓蚀尽波涛痕。雨多往往得瑟瑟③,此事恍惚难明论④。恐是昔时卿相墓,立石为表今仍存。惜哉俗态好蒙蔽,亦如小臣媚至尊。政化错迕失大体⑤,坐看倾危受厚恩⑥。嗟尔石笋擅虚名,后来未识犹骏奔⑦。安得壮士掷天外,使人不疑见本根。

【注释】

* 大约作于七六一年。成都西门外有两株石笋,一南一北。北笋长一丈六尺,围九尺五寸;南笋长一丈三尺,围一丈二尺。

① 〔益州〕就是成都。成都为汉代益州旧治。

② 〔海眼〕蜀人从来有这样传说:石笋是镇着海眼的,动则洪水泛滥。

③ 〔瑟瑟〕碧珠。传说石笋所在地,雨后常有小珠。

④ 〔恍惚〕不真实貌。

⑤ 〔政化〕政治、教化。〔迕〕违逆。

⑥ 〔倾危受厚恩〕倾侧危害国家,反而受恩宠。承上"小臣"而言。杜甫暗有所指,指斥肃宗朝廷上弄权的宦官李辅国一类人。

⑦ 〔骏奔〕快跑。此形容惑于传说而来看石笋的人。

石犀行

君不见秦时蜀太守,刻石立作五犀牛。自古虽有厌胜法①,天生江水向东流。蜀人矜夸一千载②,汛溢不近张仪楼③。今年灌口损户口④,此事或恐为神羞。终藉堤防出众力,高拥木石当清秋。先王作法皆正道,诡怪何得参人谋。嗟尔五犀不经济⑤,缺讹只与长川逝⑥。但见元气常调和,自免洪涛恣凋瘵⑦。安得壮士提天纲⑧,再平水土犀奔茫⑨!

【注释】

＊七六一年的秋天,成都附近发生水灾,杜甫有感于土人之迷信,因写了这首诗。〔石犀〕传说秦孝文王用李冰做蜀太守,冰做石犀五头来镇压江水。

①〔厌胜〕"厌"同"压"。用咒诅厌伏他人叫作"厌胜"。是古时一种迷信巫术。

②〔蜀人句〕蜀人从来相信石犀可以镇压江水的说法。

③〔张仪楼〕传说张仪筑成都城,后人因称城西南楼为张仪楼。

④〔灌口〕山名。在今四川灌县西北。

⑤〔不经济〕犹言不能有利民生。

⑥〔缺讹〕石犀本有五个,后来失去其二,故云缺;又移故处,故云讹。

⑦〔恣凋瘵(zhài)〕肆为灾患。

⑧〔提天纲〕掌握国家的纲领。

⑨〔奔茫〕犹言逃之夭夭。

百忧集行

忆年十五心尚孩,健如黄犊走复来①。庭前八月梨枣熟,一日上树能千回。即今倏忽已五十,坐卧只多少行立。强将笑语供主人②,悲见生涯百忧集。入门依旧四壁空,老妻睹我颜色同③。痴儿未知父子礼,叫怒索饭啼门东。

【注释】

* 当作于七六一年(上元二年),时杜甫年五十。
① 〔犊〕小牛。
② 〔主人〕指杜甫所依赖的一位地方官。
③ 〔老妻句〕夫妻俩都有憔悴的颜色。

戏作花卿歌

成都猛将有花卿,学语小儿知姓名。用如快鹘风火生①,见贼惟多身始轻。绵州副使着柘黄②,我卿扫除即日平。子璋髑髅血模糊,手提掷还崔大夫③。李侯重有此节度④,人道我卿绝世无。既称绝世无,天子何不唤取守京都?

【注释】

*七六一年四月,梓州(四川三台)刺史段子璋赶走绵州(四川绵阳)的东川节度使李奂,自称梁王,改元黄龙,以绵州为黄龙府。五月,成都尹崔光远率西川牙将花敬定攻克绵州,斩段子璋。事后,敬定的部下恃功大掠东川,崔光远不能制,因而得罪罢任,敬定亦遂不见重用于国家。这首《戏作花卿歌》乃是杜甫有感于其事而作的。〔花卿〕指花敬定。"卿"这里作男子的称呼词。

①〔鹘(hú)〕猛禽。羽翮甚健。〔风火生〕用南北朝曹景宗故事:曹景宗说自己骑快马,觉耳后风生,鼻端火出。

②〔绵州副使〕指段子璋。时子璋以梓州刺史兼领绵州副使。〔着柘黄〕"柘黄",柘木所染的颜色。从前封建时代的帝王穿黄色衣服。这里的"着柘黄"是指段子璋僭号称王。

③〔崔大夫〕指崔光远。时光远为成都尹。

④〔李侯句〕"李侯"指东川节度使李奂。奂因段子璋乱逃往成都,及子璋乱平,奂复镇守东川,所以这里说"李侯重有此节度"。

赠花卿

锦城丝管日纷纷①,半入江风半入云。此曲只应天上有,人间能得几回闻②?

【注释】

*这首诗亦是写给花敬定的,大概是在花卿饮宴席上闻音乐而作。

①〔锦城〕就是成都。〔丝管〕弦乐、管乐的统称。

②〔此曲二句〕极言音乐歌曲的美妙，如天上仙乐一般。这是普通的意义。"天上曲"的特殊意义是指皇帝宫禁中的乐曲。玄宗曾到过成都，所以梨园法曲、长安教坊大曲等在成都必定有流传的。在花卿饮宴席上，很有可能蜀伎歌奏此类乐曲。杜甫从长安流寓在蜀地，听到这类乐曲，很有感叹。

病　橘

群橘少生意，虽多亦奚为。惜哉结实小，酸涩如棠梨①。剖之尽蠹虫，采掇爽其宜②。纷然不适口，岂只存其皮。萧萧半死叶，未忍别故枝。玄冬霜雪积③，况乃回风吹④。尝闻蓬莱殿⑤，罗列潇湘姿⑥。此物岁不稔⑦，玉食失光辉⑧。寇盗尚凭陵⑨，当君减膳时⑩。汝病是天意⑪，吾愁罪有司⑫。忆昔南海使，奔腾献荔支。百马死山谷，到今耆旧悲⑬。

【注释】

* 大约作于七六一年。

①〔棠梨〕亦名白棠、甘棠，俗称野梨。味甘酸。

②〔爽〕失。

③〔玄冬〕"玄"，黑色。古时阴阳五行家的说法，以黑色配北方，以北方配冬。所以这里称冬天为"玄冬"。

④〔回风〕就是旋风。

⑤〔蓬莱殿〕汉时宫殿名。唐时亦有蓬莱殿。皆在长安。

⑥〔潇湘姿〕"潇湘"二水名，在今湖南省境。潇湘一带向来以产橘著称。

⑦〔稔〕熟，丰收。

⑧〔玉食〕就是美食。《尚书》："惟辟（天子诸侯通称）玉食。"后来因称皇帝之食为"玉食"。

⑨〔凭陵〕纵横猖獗的意思。

⑩〔减膳〕从前封建皇帝遇着国家有灾患，照例减膳撤乐。用这虚伪的方式表示自责。

⑪〔汝〕指橘。

⑫〔罪〕责。〔有司〕官吏。〔吾愁句〕愁怕朝廷责望官吏贡橘，害及人民。

⑬〔忆昔四句〕"南海"，唐时属岭南道，今广州。"耆旧"，老辈。汉和帝时，南海献龙眼荔枝，用快马驰送，死者满路（见《后汉书·和帝纪》）。这里借讽唐玄宗时事。玄宗为了杨贵妃爱吃鲜荔枝，命南海和涪州（今四川涪陵县）每年按时进贡鲜荔枝，也用飞骑送长安，人马死者无数。

枯 棕

蜀门多棕榈①，高者十八九。其皮割剥甚②，虽众亦易朽。徒布如云叶，青黄岁寒后。交横集斧斤，凋丧先蒲柳③。伤时苦军乏④，一物官尽取。嗟尔江汉人⑤，生成复何有？有同枯棕木，使我沉叹久。死者即已休，生者何自守？啾啾黄雀啅⑥，侧见寒蓬走⑦。念尔形影干，摧残没藜莠⑧。

【注释】

＊大约作于七六一年。

① 〔棕榈〕植物名。通称棕，也名栟榈。是常绿乔木，高三丈余，有雄株、雌株之分。叶基部有毛，包在茎上，称棕毛，宜于制绳、帚等物。

② 〔皮〕指棕毛。

③ 〔蒲柳〕就是水杨，亦名蒲杨，生在水边的落叶乔木，易生易衰。古人常用它来比喻人早衰。

④ 〔军乏〕军用缺乏。

⑤ 〔江汉〕"汉"，指西汉水，就是嘉陵江。这里用"江汉"作为蜀中的代称。

⑥ 〔啾啾〕形容众声相杂。〔啅（zhuó）〕与啄同。

⑦ 〔走〕形容蓬飞。

⑧ 〔念尔二句〕"尔"，指棕。用棕作比方，极言民不聊生。

不　见

不见李生久，佯狂真可哀①。世人皆欲杀，吾意独怜才。敏捷诗千首，飘零酒一杯。匡山读书处②，头白好归来！

【注释】

＊诗题下有原注："近无李白消息。"七五八年（乾元元年），李白以从永王璘事被长流夜郎。第二年，在流放途中遇赦而还。此后往来岳阳、江夏（今武昌）、浔阳（今九江）、金陵（今南京）一带。七六二年，往依当涂（今安徽省

内)县令族人李阳冰,就死在他那里。这首诗是杜甫在蜀中写的,约在李白流夜郎之后。

①〔佯狂〕假装疯癫。商朝末年的贤人箕子曾经"被发佯狂"。

②〔匡山〕就是庐山。庐山亦称匡庐。在今江西省境。李白在从永王璘以前,曾经居住庐山。他的诗集中有《赠王判官时余归隐庐山屏风叠》诗。

野　望

西山白雪三城戍①,南浦清江万里桥②。海内风尘诸弟隔,天涯涕泪一身遥。唯将迟暮供多病③,未有涓埃答圣朝④。跨马出郊时极目,不堪人事日萧条!

【注释】

＊这首诗当是七六二年(宝应元年)冬天,杜甫从梓州回成都时所作。

①〔西山〕亦称雪岭,为岷山主峰,在今四川松潘县南。这里或泛指岷山。〔三城戍〕"三城",就是松(今四川松潘县)、维(故城在今四川理县西)、保(故城在今四川理县新保关西北)三州。"戍",防守。当时蜀边屡受吐蕃侵扰,所以在松、维、保一带驻军防守。

②〔南浦〕南郊外水边地。〔清江〕指锦江。〔万里桥〕在今四川华阳县境。

③〔迟暮〕犹言老年。

④〔涓埃〕比喻微末。"涓"是水的细流。"埃"是轻微的尘土。〔圣朝〕见前《乐游园》注。〔未有句〕言自己对国家没有尽一分力量。

遭田父泥饮美严中丞

步屧随春风①，村村自花柳。田翁逼社日②，邀我尝春酒。酒酣夸新尹③，畜眼未见有④。回头指大男，渠是弓弩手⑤。名在飞骑籍⑥，长番岁时久⑦。前日放营农⑧，辛苦救衰朽⑨。差科死则已，誓不举家走⑩。今年大作社⑪，拾遗能住否⑫？叫妇开大瓶，盆中为吾取。感此气扬扬⑬，须知风化首⑭。语多虽杂乱，说尹终在口。朝来偶然出，自卯将及酉。久客惜人情，如何拒邻叟⑮？高声索果栗，欲起时被肘⑯。指挥过无礼，未觉村野丑。月出遮我留，仍嗔问升斗⑰。

【注释】

＊当作于七六二年春天。〔严中丞〕指严武。严武与杜甫交情非常密切，严武的父亲严挺之，是杜甫的旧友，在政治上都属于房琯一派。七六一年十二月，严武以京兆少尹兼御史中丞出为成都尹，他对杜甫生活很照顾。七六二年七月，严武被召还京，杜甫送他一直到绵州才分手。〔田父〕对老农的称呼。〔泥饮〕强之饮酒。〔美〕赞美。指田父赞美严武。

①〔屧（xiè）〕草鞋。

②〔逼〕近。〔社〕指春社。古时有春、秋二社，是农人欢乐的节日。

③〔夸〕夸说。〔新尹〕指严武。

④〔畜眼〕具有眼睛。〔畜眼句〕述田父的话,意思是说:从来未见过这样的好府尹。

⑤〔渠〕他。

⑥〔飞骑〕唐代军队名。弓弩手属于飞骑。

⑦〔长番〕"番",唐代兵役名词,士兵分番以次更代。"长番",长无更代的兵役。

⑧〔放营农〕从军队里放回来种田。这是新尹的德政。

⑨〔衰朽〕田父自称。

⑩〔差科二句〕"差科",杂色差役在长番以外的。田父说对新尹很感激,他家里的人愿受差役,死不逃避。

⑪〔作社〕"社",春社。

⑫〔拾遗〕田父称杜甫。杜甫曾做左拾遗的官。

⑬〔气扬扬〕指田父的意气扬扬,豪爽高兴。

⑭〔风化〕风教。〔首〕首要。

⑮〔邻叟〕指田父。

⑯〔时被肘〕"时",时常。"被肘",被他(田父)捉肘邀留。

⑰〔遮〕遮拦。〔嗔〕怒貌。〔升斗〕酒具。〔月出二句〕晚上月已出来了,田父还不肯放我回去,还要他的家人拿大斗小升的酒来。

戏为六绝句

庾信文章老更成①,凌云健笔意纵横②。今人嗤点流传赋③,不觉前贤畏后生④。

王杨卢骆当时体①,轻薄为文哂未休②。尔曹身与名俱灭③,不废江河万古流④。

纵使卢王操翰墨①,劣于汉魏近风骚②。龙文虎脊皆君驭③,历块过都见尔曹④。

才力应难跨数公①,凡今谁是出群雄?或看翡翠兰苕上②,未掣鲸鱼碧海中③。

不薄今人爱古人①,清词丽句必为邻②。窃攀屈宋宜方驾③,恐与齐梁作后尘④。

未及前贤更勿疑,递相祖述复先谁①?别裁伪体亲风雅②,转益多师是汝师③。

【注释】

* 大约作于七六二年。杜甫在这六首绝句里,表示自己对文艺批评和文艺创作的意见,主要在于反对当时某些文人轻率地对待前代文学遗产的倾向,并且指出了虚心学习文学遗产的正确方向。

〔第一首〕

①〔庾信〕南北朝时诗人及辞赋家,见前《春日忆李白》注。〔老更成〕到了晚年更有成就。

②〔凌云〕形容高超。

③〔嗤点〕嗤笑、指点别人的毛病。〔流传赋〕流传下来的辞赋,指庾信的作品。

④〔前贤〕指庾信。〔后生〕指嗤点者。

〔第二首〕

①〔王杨卢骆〕王勃(六四七—六七五)、杨炯(六五〇—六九五?)、卢照邻(六五〇?—六八九?)、骆宾王(?—六八四?),都是初唐时期的诗人和文章家,称"四杰"。〔体〕文章的体制。

②〔轻薄句〕"哂",就是嗤笑。后生们对王、杨、卢、骆不断地加以轻薄的批评。

③〔尔曹〕你们,指"轻薄为文"的人。

④〔不废句〕说王、杨、卢、骆自有他们的地位,不能抹煞。这里用"江河万古流"来比方历代文学的不朽的传统。

〔第三首〕

①〔操翰墨〕"操",持。"翰墨",笔墨。指文艺写作。

②〔劣〕不如,不及。〔风骚〕举《诗经》的《国风》和《楚辞》的《离骚》来概括《诗经》和《楚辞》。〔劣于句〕不及汉魏时期的作品之接近风骚。

③〔龙文虎脊〕指千里马。千里马中有龙文、虎脊。〔君〕这里泛指御马者。〔龙文句〕说王、杨、卢、骆有超越的才能,他们的文学作品是伟丽的,好比善御者驾着龙文、虎脊的千里马,在文坛上驰骋。

④〔历块过都〕"历块",经历土堆儿。"过都",越过大城市。王褒《圣主得贤臣颂》:"过都越国,蹶(跳跃貌)若历块",形容善御者驾驭着良马,跑得飞快,追风逐电,跨过几个城池,好比跳跃过几个土堆儿。〔历块句〕意思说你们不要光是批评,也请驰骋一下试试看,比之卢、王等怕要望尘莫及了吧!杜

136

甫着重创作实践，把文学创作的艺术比之于驭马。

〔第四首〕

①〔跨〕超越。〔数公〕指上面说的庾信和王、杨、卢、骆。

②〔或看句〕"翡翠"，鸟名，羽毛美丽。"兰苕"，兰花和苕花。郭璞《游仙诗》："翡翠戏兰苕，容色更相鲜。"这里用来比喻当时一些文人所作的秾丽纤巧的诗，好像翡翠飞翔在兰苕上一样。

③〔未掣句〕"掣"，曳取。此说当时文艺界的创作还没有像掣取鲸鱼于碧海那样雄健的才力和阔大的气魄的。杜甫有隐然自命之意；亦有指示方向使作家们共同策励的用意。

〔第五首〕

①〔薄〕轻视。〔不薄句〕对今人、古人的成就都应该尊重。

②〔清词句〕"邻"，接近的意思。论到清词丽句，今人与古人应该是相接近的。

③〔窃攀〕私自追攀。"窃"，包含有自谦的意思。〔屈宋〕屈原、宋玉。〔方驾〕并驾，即并驾齐驱。

④〔后尘〕行在后面。〔恐与句〕恐怕落在齐梁文学的后面。

〔第六首〕

①〔递〕接替。〔祖述〕继承前人而有所述作。〔先谁〕以谁为先？

②〔别裁〕区别和裁汰。〔伪体〕指专事形式摹拟而没有真实内容的作品。〔亲〕接近。〔风雅〕《国风》和大、小《雅》。也概括指《诗经》。

③〔转益句〕说后生们应该多向前人学习，不局限于一家，务使眼界广阔，以求大成。

卷五

大麦行

大麦干枯小麦黄,妇女行泣夫走藏。东至集壁西梁洋①,问谁腰镰胡与羌②。岂无蜀兵三千人,部领辛苦江山长③。安得如鸟有羽翅,托身白云还故乡。

【注释】

* 上元(肃宗年号)、宝应(代宗年号)年间(七六一、七六二年),党项、奴剌、吐蕃等屡次侵扰陇蜀。麦子熟时,便来掠取。杜甫这首诗当为其事而作。

①〔集、壁、梁、洋〕皆唐代州名。"集",今四川南江县。"壁",今四川通江县。"梁",今陕西褒城。"洋",今陕西洋县。

②〔腰镰〕农人收割庄稼时把镰刀插在腰里。〔胡与羌〕指吐蕃等。

③〔部领〕部曲统领,犹言部队。一本作"簿领",指军中调度文书。〔岂无二句〕说虽有蜀兵三千,无奈寇来东抄西掠,调度辛苦,疲于奔走,不及策应。

光禄坂行

山行落日下绝壁,西望千山万山赤。树枝有鸟乱鸣时,暝色无人独归客。马惊不忧深谷坠,草动只怕长弓射①。安得更似开元中②,道路即今多拥隔③。

【注释】

＊七六二年七月,成都少尹兼御史徐知道叛乱,蜀中局面很混乱。杜甫带了家眷避乱到梓州(今四川三台县)。这首诗是他自述当日在路途上的经过。〔光禄坂〕在梓州铜山县,在今四川中江县南。

①〔长弓射〕指山贼乘险劫人。〔马惊二句〕不忧坠马而忧盗贼,极言当时行路的艰难。

②〔开元〕唐玄宗年号(七一三—七四一)。开元时国内太平,道路安靖。杜甫在开元时曾漫游吴、越、齐、赵。

③〔拥隔〕障碍隔绝。"拥"一本作"壅",意同。

去秋行

去秋涪江木落时①,臂枪走马谁家儿?到今不知白骨处,部曲有去皆无归②。遂州城中汉节在③,遂州城外巴人稀④。战场冤魂每夜哭,空令野营猛士悲。

【注释】

＊七六一年四月,段子璋杀遂州(今四川遂宁县)刺史,陷绵州(今四川绵阳县),后来花敬定斩了子璋,才平定这次变乱。此诗是七六二年杜甫回忆那次变乱情形写下来的。

①〔涪(fú)江〕一名内江,源出四川松潘县东北雪栏山,至合川县与嘉

陵江合。这里指段子璋变乱时的作战区域。

②〔部曲〕军队。指讨段子璋的部队。

③〔汉节〕"节",是古时使臣拿作凭信之物。"汉节",指遂州刺史。"汉节在",伤悼遂州刺史李巨殉于段子璋之乱。

④〔巴人〕三巴之人。巴郡、巴东、巴西称三巴,亦简称巴。其地相当于现在四川省的东部。

闻官军收河南河北

剑外忽传收蓟北①,初闻涕泪满衣裳。却看妻子愁何在②,漫卷诗书喜欲狂③。白日放歌须纵酒,青春作伴好还乡。即从巴峡穿巫峡④,便下襄阳向洛阳⑤。

【注释】

＊七六三年(广德元年)正月,史朝义兵败缢死,他的部下田承嗣、李怀仙等投降,河南、河北相继收复。时杜甫寓居梓州,他听到了这个消息,在惊喜中写出这首诗。

①〔剑外〕见前《恨别》注。〔蓟北〕泛指唐幽州、蓟州一带地,即今河北省北部,是安、史叛军的根据地。

②〔愁何在〕犹言不再有愁。

③〔漫卷〕胡乱地收卷。

④〔巴峡〕在湖北巴东县西。〔巫峡〕三峡之一,在四川巫山县东。绝壁夹峙在长江两岸,遮蔽天日。

⑤〔洛阳〕句下有原注云:"余田园在东京。""东京",就是洛阳。

涪城县香积寺官阁

寺下春江深不流，山腰官阁迥添愁。含风翠壁孤云细，背日丹枫万木稠。小院回廊春寂寂，浴凫飞鹭晚悠悠①。诸天合在藤萝外②，昏黑应须到上头③。

【注释】

　*七六三年在梓州时所作。〔涪城县〕属梓州。在今四川三台县西北六十里。〔香积寺〕涪城县东南三里有香积山，北临涪江。香积寺就在山上。
　①〔凫〕俗称水鸭。
　②〔诸天〕佛书把天界分为许多阶层，统名诸天。这里指在山顶的佛殿。〔合〕应该。
　③〔昏黑句〕官阁在山腰，佛殿在山顶，预计跑到上头，天应昏黑了。

上牛头寺

青山意不尽，衮衮上牛头①。无复能拘碍，真成浪出游②。花浓春寺静，竹细野池幽。何处莺啼切，移时独未休③。

【注释】

　*七六三年，在梓州时所作。〔牛头寺〕梓州郪县（在今四川三台县南）西

南二里有牛头山,形似牛头,四面孤绝。"寺"当在牛头山。

① 〔衮衮〕接连的意思。
② 〔浪〕放任。
③ 〔移时〕好些时,好久。

舟前小鹅儿

鹅儿黄似酒,对酒爱新鹅。引颈嗔船逼,无行乱眼多①。翅开遭宿雨,力小困沧波。客散层城暮,狐狸奈若何②?

【注释】

＊杜甫在七六三年春到过汉州(今四川广汉县),这首诗就是那时候写的。诗题下有原注云:"汉州城西北角官池作。"官池,即房公池,亦名房公湖。为房琯罢相后做汉州刺史时所疏凿。
① 〔无行〕没有行列。〔乱眼〕乱人眼目。
② 〔狐狸句〕"奈",难对付的意思。"若",你。这里指鹅。狐狸出来,你将如何对付它?

寄题江外草堂

我生性放诞,雅欲逃自然①。嗜酒爱风竹,卜居必林泉。遭乱到蜀江,卧疴遭所便②。诛茅初一亩,广地方连延。经营上元始,断手宝应年③。敢谋土木丽,自觉面势坚④。台亭随高下，敞豁当清川。惟有会心侣⑤，数能同钓船。干戈未偃息⑥，安得酣歌眠。蛟龙无定窟，黄鹄摩苍天⑦。古来达士志，宁受外物牵⑧。顾惟鲁钝姿，岂识悔吝先⑨。偶携老妻去，惨淡凌风烟⑩。事迹无固必⑪，幽贞愧双全⑫。尚念四小松⑬，蔓草易拘缠。霜骨不甚长⑭，永为邻里怜。

【注释】

＊这诗题下有原注云："梓州作，寄成都故居。"当作于七六三年。

①〔雅欲〕很想。〔逃自然〕逃向自然。

②〔疴（kē）〕病。〔便〕安。

③〔上元、宝应〕"上元"，唐肃宗的年号。"宝应"，唐代宗的年号。杜甫自上元元年（七六〇年）开始建筑草堂，暮春时落成，以后续有所经营，开辟园地，栽竹栽桃，茅亭水槛，果园药栏，连年劳动不息，直至宝应元年（七六二年）方才停手，规模完成。〔断手〕停手。

④〔面势〕方向及形势，建筑工程上的名称。〔坚〕一本作"贤"。

⑤〔会心侣〕精神契合的朋友。

⑥〔干戈句〕指忽然有徐知道的叛乱。

⑦〔蛟龙、黄鹄〕比喻达人。

⑧〔外物牵〕为外物所牵累。全句说草堂虽好，不可为此而牵累。

⑨〔姿〕资质。〔悔吝〕事后追悔与愧惜。"吉凶悔吝"是《易经》中的名词，人能预辨吉凶则无悔吝。〔顾惟二句〕说自分禀性鲁钝，不能预察先机，明知吉凶，所以只能临事安排，仓皇应付。

⑩〔偶携二句〕指杜甫接取家眷到梓州。

⑪〔固必〕拘泥固执。

⑫〔幽贞〕隐居守正。〔愧双全〕杜甫与严武交情甚厚,且素有名望,倘不离开成都,将为徐知道所迫辱,欲隐居守正,必不可得,事难两全,因此不能不走。

⑬〔四小松〕杜甫在草堂园里所手种的。

⑭〔霜骨〕形容松树的本干。

喜 雨

春旱天地昏,日色赤如血。农事都已休①,兵戎况骚屑②。巴人困军须③,恸哭厚土热④。沧江夜来雨,真宰罪一雪⑤。谷根小苏息⑥,渗气终不灭⑦。何由见宁岁⑧,解我忧思结。峥嵘群山云,交会未断绝⑨。安得鞭雷公⑩,滂沱洗吴越⑪。

【注释】

*这首诗大约作于七六三年的春天,时杜甫在梓州。因亢旱喜雨,联想到浙右的多故而作。

①〔农事句〕久旱,田地都不能耕种。

②〔兵戎〕指战乱。〔骚屑〕骚扰不安。

③〔军须〕就是军需。

④〔厚土热〕极言旱灾严重。

⑤〔真宰句〕"真宰",见前《剑门》注。"雪",洗刷。造成旱灾,罪属"真宰",现在既下了雨,他的罪就洗刷了。

⑥〔苏息〕复活有生机。
⑦〔沴(lì)气〕阴阳不和之气。
⑧〔宁岁〕犹言太平年。
⑨〔交会〕欲雨的云,来来往往,好像交会一样。
⑩〔鞭〕鞭打。〔雷公〕古代传说司雨之神。
⑪〔滂沱〕大雨貌。〔吴越〕浙江及江苏西南部一带地方旧称吴越。〔滂沱句〕就是天雨洗兵的意思。句下有原注云:"时闻浙右多盗贼。"

送陵州路使君赴任

王室比多难①,高官皆武臣②。幽燕通使者③,岳牧用词人④。国待贤良急,君当拔擢新。佩刀成气象,行盖出风尘⑤。战伐乾坤破,疮痍府库贫⑥。众寮宜洁白⑦,万役但平均。霄汉瞻佳士⑧,泥途任此身⑨。秋天正摇落,回首大江滨。

【注释】

* 这首诗大约作于七六三年的秋天。〔陵州〕今四川仁寿县。〔路使君〕生平未详。

①〔比〕近来。
②〔高官句〕当时多以武将兼领刺史。
③〔幽燕句〕指河北已克复。"幽燕",见前《秦州杂诗》注。
④〔岳牧〕相传唐尧、虞舜时有四岳、十二牧的官,后来泛称州郡的官为"岳牧"。〔词人〕文人,指路使君。
⑤〔佩刀、行盖〕指路使君的服饰、仪仗。"盖",车盖。

⑥〔乾坤、疮痍（yí）〕见《北征》诗注。
⑦〔寮〕官，同"僚"。〔洁白〕廉洁清白。
⑧〔霄汉〕比喻高贵。指路使君。
⑨〔泥途〕比喻低贱。杜甫自指。

对　雨

莽莽天涯雨①，江边独立时。不愁巴道路，恐湿汉旌旗②。雪岭防秋急③，绳桥战胜迟④。西戎甥舅礼⑤，未敢背恩私⑥。

【注释】

＊七六三年（广德元年）七月，吐蕃攻陷陇右，边警甚急。这首诗是杜甫在对雨时忧念国事之作。

①〔莽莽〕形容雨大。

②〔巴〕指梓州、阆州等地。〔汉〕借指唐朝。〔不愁二句〕说这样大雨滂沱，自己倒不愁巴路崎岖，但念着前方作战，大雨沾湿了官军的旌旗。

③〔雪岭句〕"雪岭"，即西山。见前《野望》注。这时西山一带地方加紧防备。

④〔绳桥〕约在茂州（今四川茂县）西北岷江上。

⑤〔甥舅礼〕唐贞观（太宗年号）、景龙（中宗年号）年间，文成公主、金城公主先后遣嫁吐蕃，吐蕃与中国以甥舅之礼朝聘。参看《秦州杂诗》注。

⑥〔未敢句〕"未敢"，这里是希望语气词。杜甫希望吐蕃仍修甥舅之礼，勿背弃旧恩。

九 日

去年登高郪县北①,今日重在涪江滨②。苦遭白发不相放,羞见黄花无数新。世乱郁郁久为客,路难悠悠常傍人。酒阑却忆十年事③,肠断骊山清路尘④。

【注释】

＊九日,就是农历九月九日的重九节,亦称重阳节。这里指七六三年的重九日。杜甫于七六二年避徐知道乱入梓州,到了七六三年已经在梓州两度重九。

① 〔郪(qī)县〕属梓州,在今四川三台县南。
② 〔涪江〕经梓州东南流。见前《去秋行》注。
③ 〔酒阑〕犹言酒罢、酒后。
④ 〔骊山〕见前《自京赴奉先县咏怀五百字》注。

严氏溪放歌行

天下甲马未尽销①,岂免沟壑常漂漂。剑南岁月不可度②,边头公卿仍独骄③。费心姑息是一役④,肥肉大酒徒相要。呜呼古人已粪土⑤,独觉志士甘渔樵。况我飘转无定所,终日戚戚忍羁旅。秋宿霜溪素月高,喜得与子长夜语。东游西还力实倦,从此将身更何许⑥?知子松根长茯苓⑦,迟暮有意来同煮⑧。

【注释】

* 七六三年的秋天,杜甫曾到过阆州(今四川阆中县)。这首诗当是他在阆州写的。〔严氏溪〕当在阆州。阆州严姓为大族,即用姓氏名溪。据旧注引颜真卿《离堆记》,疑严氏溪在阆州东之新政县(故治在今四川南部县东南)境内离堆斗山中。

①〔甲马〕一本作"兵马",意同。

②〔剑南〕指蜀地。蜀在剑门之南。

③〔边头公卿〕指当时蜀中军政大员。

④〔费心句〕或费心,或姑息,没有什么不同。"姑息",苟且求安,无远谋。"役",事。

⑤〔古人、粪土〕真能爱士的古人已死归泉壤,不可复见。

⑥〔将身、何许〕犹言寄身何处。

⑦〔茯苓〕菌类植物,寄生在大松树根,成块球状,可供药用。据神仙家说,久食茯苓可以延年。

⑧〔迟暮〕比喻老年,杜甫自指。

警　急

才名旧楚将①,妙略拥兵机。玉垒虽传檄②,松州会解围③。和亲知计拙④,公主漫无归。青海今谁得⑤?西戎实饱飞⑥。

【注释】

＊诗题下有原注云："时高公适领西川节度"。七六三年，高适代替严武领西川节度。这年秋，吐蕃陷陇右，逼近长安。高适曾发兵临吐蕃南境，牵制他的兵力。不久松州（今四川省松潘县）被围。杜甫在阆州听到这消息，因写了《警急》《王命》《征夫》《西山三首》等诗。

① 〔旧楚将〕高适曾经做过扬州左都督府长史、淮南节度使等官，扬州和淮南，都属古代楚国的疆域，故云"旧楚将"。

② 〔玉垒〕山名。玉垒山有二，一在四川理番县东南新保关，一在四川灌县西北。此指在理番县的玉垒，为蜀中通往吐蕃的要道。"玉垒传檄"说蜀西北边军情紧急。

③ 〔会解围〕"会"，会当，将然的语气。杜甫写这诗时松州被围未陷，其后为吐蕃所攻陷。

④ 〔和亲计拙〕唐与吐蕃和亲，但吐蕃反覆背盟，一无信义；因知和亲只是一条拙计。唐中宗以金城公主嫁吐蕃，其后吐蕃索取河西九曲之地作为公主的陪嫁土地，遂益与唐逼近。

⑤ 〔青海句〕这时青海之地已全入吐蕃。

⑥ 〔西戎〕指吐蕃。〔饱飞〕鹰饱则飞扬。此比喻吐蕃已不可制。

王 命

汉北豺狼满①，巴西道路难②。血埋诸将甲，骨断使臣鞍③！牢落新烧栈④，苍茫旧筑坛⑤。深怀喻蜀意⑥，恸哭望王官。

【注释】

*《诗经》有"王命南仲""王命召伯""王命申伯"等句,是王朝命将、命臣之意。此篇题为《王命》,盼望王朝命将以镇抚西蜀。

① 〔汉北句〕七六二、七六三年吐蕃攻陷临洮,取秦、成、渭、兰、河等州,陇右全亡,并继续东侵,其地在汉水源之北,故云汉北。

② 〔巴西〕古郡名,包括阆州等地。

③ 〔使臣〕大概指李之芳、崔伦等。七六三年,李、崔等使吐蕃,被扣留。

④ 〔牢落〕这里形容零乱参差。〔新烧栈〕指剑阁栈道,可能是因吐蕃入寇而烧断的。

⑤ 〔旧筑坛〕"坛",将坛;古时筑坛拜将。这句可能是怀念严武的话。严武于七六一年十二月为成都尹、剑南节度使,兼领两川军事,七六二年七月召还京师。严武去蜀后,蜀多变乱。另说,指郭子仪。因吐蕃入寇,思念旧帅郭子仪。

⑥ 〔喻蜀〕汉武帝时,唐蒙奉命通夜郎(南彝国名,今贵州省西境),征发巴蜀士兵,并诛杀当地官民,造成地方不安情绪。于是武帝使司马相如谴责唐蒙,并且告喻巴蜀人士,说唐蒙所作,不是朝廷本意。这里杜甫希望朝廷能派遣一个有才能的使臣来镇抚巴蜀。

征 夫

十室几人在?千山空自多!路衢唯见哭,城市不闻歌。漂梗无安地①,衔枚有荷戈②。官军未通蜀③,吾道竟如何!

【注释】

＊征夫，指士兵。
① 〔漂梗〕枝梗在水里漂流。这里用来比喻征夫的东奔西走。
② 〔衔枚〕古时行军，常令士兵衔枚。枚状如箸，横衔口中，止言语喧哗。
③ 〔未通蜀〕其时长安到西蜀的道路为吐蕃兵所遮断。

西山三首

夷界荒山顶，蕃州积雪边。筑城依白帝①，转粟上青天②。蜀将分旗鼓③，羌兵助铠铤④。西戎背和好，杀气日相缠。

辛苦三城戍①，长防万里秋。烟尘侵火井②，雨雪闭松州。风动将军幕，天寒使者裘。漫山贼营垒，回首得无忧③！

子弟犹深入①，关城未解围②。蚕崖铁马瘦③，灌口米船稀④。辩士安边策⑤，元戎决胜威⑥。今朝乌鹊喜，欲报凯歌归。

【注释】

＊西山，这里泛指岷山。岷山从四川西北绵亘西南，为全蜀屏障。

〔第一首〕

①〔白帝〕指西方。古时阴阳五行家说，西方属白帝。

②〔转粟〕输运军粮。

③〔分旗鼓〕分兵应敌。

④〔羌兵〕这里指服属于唐的羌人。〔铠铤（chán）〕"铠"，甲。"铤"，矛。

〔第二首〕

①〔三城〕指松、维、保三城。见前《野望》注。

②〔火井〕地名，在邛州（今四川邛崃县治）。

③〔得无忧〕哪得无忧。"得"，这里是反问语气词。

〔第三首〕

①〔子弟〕指士兵。

②〔关城〕指松州。

③〔蚕崖〕关名，在导江县（今四川灌县东）。〔铁马瘦〕铁比喻战马的强悍。"瘦"言久战力疲。

④〔灌口〕亦在导江县境。〔米船稀〕见军粮匮乏。

⑤〔辩士〕指军幕中参谋人物。

⑥〔元戎〕元帅，指高适。

＊末四句是盼望语。此年冬，三城为吐蕃所攻陷。

早　花

西京安稳未？不见一人来。腊日巴江曲①，山花已自开。

盈盈当雪杏,艳艳待春梅。直苦风尘暗,谁忧客鬓催!

【注释】

＊七六三年十月,吐蕃攻陷长安。代宗先期逃往陕州(今河南陕县),起用闲废已久的郭子仪。赖郭子仪艰苦作战,长安克复。吐蕃入长安时,大肆焚掠,洗劫一空。到十二月时,局面已稳定,代宗还都。此年冬,杜甫在阆州,知道这样一件大事,因为交通隔绝,直到冬末,还不知道长安安稳与否。蜀地地气暖,山花已开,春梅待放。

①〔腊〕农历十二月。腊本是祭名。古代人民在十二月举行腊祭,因此,后来就用腊作为十二月的代称。

有感五首(选一首)

洛下舟车入①,天中贡赋均②。日闻红粟腐③,寒待翠华春④。莫取金汤固⑤,长令宇宙新⑥。不过行俭德⑦,盗贼本王臣⑧。

【注释】

＊《有感五首》当是七六三年冬,随有所感而作。这里所选出的一首是为了听说当时有人建议要迁都而作。吐蕃入寇,焚掠长安,代宗逃在陕州,程元振建议迁都洛阳,郭子仪上疏力言其不可。杜甫亦不赞成。

①〔洛下〕即洛阳。

②〔天中〕旧时谓洛阳居天下之中。〔贡赋均〕四方进献赋税的路线平均。

③〔红粟腐〕说城中积米之多。粟米久积,变成红腐。
④〔寒待句〕久望皇帝的临幸。"翠华",皇帝仪仗,已见《北征》注。
⑤〔莫取句〕建都不应单取地理形势。"金汤",金城、汤池,形容城池坚固。
⑥〔长令句〕要使宇内有更新气象。
⑦〔不过句〕只要皇帝肯躬行俭德。其时代宗渐有奢侈之心,因以讽谕。
⑧〔盗贼句〕所谓"盗贼"本来是皇帝的良民。

发阆中

前有毒蛇后猛虎,溪行尽日无村坞。江风萧萧云拂地,山木惨惨天欲雨。女病妻忧归意速,秋花锦石谁复数?别家三月一得书①,避地何时免愁苦②?

【注释】

* 七六三年冬末,杜甫由阆州回到梓州。此诗当是在途中所作。
①〔别家〕时杜甫的家眷在梓州。
②〔避地〕为避难而迁移转徙。

冬狩行

君不见东川节度兵马雄①,校猎亦似观成功②。夜发猛士三千人,清晨合围步骤同。禽兽已毙十七八,杀声落日回苍穹。幕前生致九青兕③,驮驼巃嵸垂玄熊④。东西南北百里间,仿佛蹴踏寒山空。有鸟名鸲鹆⑤,力不能高飞逐走蓬。肉味不足登鼎俎⑥,何为见羁虞罗中⑦?春蒐冬狩侯得同⑧,使君五马一马骢⑨。况今摄行大将权⑩,号令颇有前贤风。飘然时危一老翁⑪,十年厌见旌旗红。喜君士卒甚整肃,为我回辔擒西戎。草中狐兔尽何益,天子不在咸阳宫⑫。朝廷虽无幽王祸⑬,得不哀痛尘再蒙⑭!呜呼得不哀痛尘再蒙!

【注释】

* 诗题下有原注云:"时梓州刺史章彝兼侍御史,留后东川。"("留后",义同留守。唐代官制,如节度使有事故,可令部下用"留后"的名义统辖其众。)七六三年夏,章彝任梓州刺史兼东川留后。他在这年的冬天,曾举行一次大规模的打猎。时杜甫正客居在梓州,写了这首诗,劝勉他应该尽力国事。〔狩〕冬季打猎叫作狩。

① 〔东川节度〕指章彝。

② 〔校猎〕用阑校(木栅)遮止禽兽打猎叫作校猎。〔观成功〕凯旋奏功。

③ 〔生致〕活活猎得。〔九〕极言其多。〔兕(sì)〕雌的犀牛。头上有一只角,青色。皮坚厚,可以制甲。

④ 〔驮(tuō)驼〕骆驼。〔巃嵸(lǘ wéi)〕高貌。〔垂〕挂下来。〔玄熊〕黑熊。〔驮驼句〕骆驼负了很多猎得的黑熊。

⑤ 〔鸲鹆(qú yù)〕也作鸲鹆,属鸟类鸣禽类。修剪其舌尖,可教以人言。俗名八哥。

⑥ 〔鼎俎〕"鼎",古铜器,三足,可以煮肉。"俎",形似几,可以搁肉。

⑦〔见羁〕被拘禁。〔虞罗〕"虞",是掌管山泽的官。"罗",是张鸟的网。

⑧〔蒐〕春天打猎叫作蒐。〔侯〕指章彝。〔春蒐句〕春蒐冬狩本是"天子"之事,唯古代诸侯亦得同用。唐刺史当一诸侯。"同",一本作"用",读平声。

⑨〔五马一马骢(cōng)〕"五马",汉时太守驾车用五匹马。"一马骢",后汉桓典为侍御史,常骑骢马(骢,青白杂色的马)。这里用来指说章彝以刺史兼侍御史。

⑩〔摄行大将权〕言章彝留后东川。

⑪〔老翁〕杜甫自指。

⑫〔天子句〕指七六三年十月吐蕃陷长安,代宗逃往陕州之事。"咸阳宫"借喻长安宫殿。咸阳在长安西北。

⑬〔幽王祸〕周幽王被犬戎杀死在骊山下。

⑭〔尘再蒙〕再一次蒙尘("蒙尘"见《北征》注)。安禄山反,玄宗奔蜀,今吐蕃入寇,代宗奔陕州,故云"尘再蒙"。

桃竹杖引赠章留后

江心蟠石生桃竹,苍波喷浸尺度足。斩根削皮如紫玉,江妃水仙惜不得①。梓潼使君开一束②,满堂宾客皆叹息。怜我老病赠两茎,出入爪甲铿有声。老夫复欲东南征,乘涛鼓枻白帝城③。路幽必为鬼神夺,拔剑或与蛟龙争。重为告曰④:杖兮杖兮,尔之生也甚正直⑤,慎勿见水踊跃学变化为龙⑥,使我不得尔之扶持,灭迹于君山湖上之青峰⑦。噫!风尘澒洞兮豺虎咬人⑧,忽失双杖兮吾将曷从?

【注释】

＊大约写在七六三年的冬天，杜甫在梓州准备离蜀东下的时候，章彝送给他桃竹杖两支，因写了这首诗，借桃竹杖暗寓对章彝的规讽。〔桃竹〕一名桃枝竹。叶如棕，茎如竹，密节而实中，可以为杖，今名棕竹。蜀中产此竹最多。〔引〕是歌曲的一种。

① 〔江妃、水仙〕都是古代传说的江水之神。

② 〔梓潼使君〕指章彝。

③ 〔鼓枻（yì）〕打桨。〔白帝城〕在夔州（今四川奉节县）东白帝山上，下临长江。

④ 〔重〕平声（chóng）。歌辞中用语。意有未尽，再有所申说。

⑤ 〔尔〕指桃竹杖。

⑥ 〔变化为龙〕用《神仙传》典故：费长房从壶公学道，将归，壶公赠以竹杖，告诉他说：骑着这茎竹杖，你就可以回家了。长房骑上竹杖，忽然如同睡眠一样，便到了家中。把竹杖丢在葛陂，化作一条青龙。这里说"慎勿变化"，别有深意。杜甫深恐章彝有拥兵叛乱的意图，特在这里警诫他。

⑦ 〔君山〕在洞庭湖中。

⑧ 〔颎洞〕广远无涯际貌。

＊章彝待杜甫特厚，唯为人颇骄纵，所为多不法，杜甫屡有规讽。七六四年二月，严武再镇蜀，章彝罢东川留后，将入朝，严武因事杀之。

释 闷

四海十年不解兵①，犬戎也复临咸京②。失道非关出襄野③，扬鞭忽是过湖城④。豺狼塞路人断绝，烽火照夜尸纵横。天子亦应厌奔走,群公固合思升平⑤。但恐诛求不改辙⑥,闻道嬖孽能全生⑦。江边老翁错料事⑧,眼暗不见风尘清。

【注释】

* 当作于七六四年(广德二年)春。

①〔十年〕自天宝十四载(七五五年)安禄山始乱到广德二年(七六四年),为时十年。

②〔犬戎〕借喻吐蕃。〔咸京〕即咸阳。借喻长安。

③〔襄野〕用《庄子·徐无鬼篇》典故:黄帝将往具茨之山见大隗问道,到了襄城之野,迷失了道路。

④〔湖城〕即芜湖。这里用《世说新语》及《晋书》中的典故:晋王敦将叛乱,屯军芜湖,明帝尝改装,骑马策一金鞭,到芜湖察其虚实。〔失道二句〕暗指唐代宗这次陕州之行并不是访道,乃是避贼。

⑤〔固合〕"合"亦"应"字意。

⑥〔诛求〕征敛人力物力。〔辙〕车轮经过的痕迹。这里借指旧作风。

⑦〔嬖孽(bì niè)〕指宦官程元振。程元振专权,祸国害民,太常博士柳伉上奏疏请斩元振,代宗只削掉他的官职,放归田里。

⑧〔江边老翁〕指杜甫自己。〔错料事〕谓国事皆出杜甫意料之外。

天边行

天边老人归未得①,日暮东临大江哭②。陇右河源不种田③,胡骑羌兵入巴蜀④。洪涛滔天风拔木,前飞秃鹙后鸿鹄⑤。九度附书向洛阳,十年骨肉无消息⑥。

【注释】

＊这首诗大约作于七六四年,杜甫在阆州。

① 〔天边老人〕杜甫自指。

② 〔大江〕大概指嘉陵江。

③ 〔陇右句〕"陇右",即陇右道,唐代十道之一。在今甘肃陇山以西,新疆乌鲁木齐以东,及青海东北部之地。"河源",在青海省境。七六三年七月,吐蕃攻陷河、陇。

④ 〔胡骑句〕"胡骑羌兵",指吐蕃的兵马。七六三年冬,松、维、保三州先后被吐蕃攻陷。

⑤ 〔秃鹙〕水鸟。亦单称鹙。状如鹤而大,青苍色,张翼广五六尺。

⑥ 〔骨肉〕这里指兄弟。

阆山歌

阆州城东灵山白①,阆州城北玉台碧②。松浮欲尽不尽云,江动将崩未崩石。那知根无鬼神会,已觉气与嵩华敌③。中原格斗且未归④,应结茅斋看青壁。

【注释】

＊七六四年春,杜甫携带家人从梓州至阆州,准备沿阆水(嘉陵江)入长江出峡。因写成《阆山歌》与《阆水歌》。

① 〔灵山〕相传从前蜀王鳖灵登此山,因名灵山。

② 〔玉台〕玉台山在阆州城北七里,山后有玉台观,唐滕王所造。

③〔根〕山根。〔气〕气象。〔那知二句〕意思说阆山石根下盘,深入地底,有鬼神呵护;峰岩上耸,高出天际,俨然与嵩华为敌。

④〔格斗〕互相斗击。指战斗未已。〔且未归〕尚不能归。

阆水歌

嘉陵江色何所似?石黛碧玉相因依①。正怜日破浪花出,更复春从沙际归。巴童荡桨欹侧过,水鸡衔鱼来去飞②。阆中胜事可肠断③,阆州城南天下稀④。

【注释】

* 阆水,即嘉陵江。

①〔石黛〕就是石墨。矿物名。青黑色,古时妇女用以画眉。〔相因依〕相并相依。

②〔水鸡〕水鸟名。状如雄鸡而短尾,宿水田中,蜀人呼为水鸡翁。一本作"水鸟"。

③〔胜事〕美景。〔肠断〕牵人肚肠。犹言"恼杀人"的意思。

④〔阆州城南〕阆州城东、西、南三面皆临嘉陵江,城南风景更佳,有锦屏山极秀丽。

将赴成都草堂途中有作先寄严郑公五首(选一首)

常苦沙崩损药栏,也从江槛落风湍①。新松恨不高千尺,恶竹应须斩万竿！生理只凭黄阁老^②，衰颜欲付紫金丹^③。三年奔走空皮骨，信有人间行路难。

【注释】

＊七六四年春，杜甫正要起身离蜀东下时，听到严武又被任为成都尹兼剑南节度使的消息，于是他就变更计划，由阆州重回成都。他在这次旅途中作了五首诗寄给严武。这里只选第四首一首。〔郑公〕七六三年严武封郑国公，为黄门侍郎。

①〔从〕任凭。〔江槛〕即杜甫手自经营的水槛。〔也从句〕也任凭江槛被损坏于风湍。

②〔生理〕生计。〔黄阁老〕指严武。唐时两省（官署）的官员以阁老相称呼。严武曾为给事中，属黄门省，所以杜甫称他为黄阁老。

③〔付〕付托，倚仗。〔紫金丹〕指道家的丹药。据说服这种丹药可以延年。

卷六

草　堂

　　昔我去草堂，蛮夷塞成都①。今我归草堂，成都适无虞。请陈初乱时，反复乃须臾。大将赴朝廷，群小起异图②。中宵斩白马，盟歃气已粗③。西取邛南兵④，北断剑阁隅。布衣数十人，亦拥专城居⑤。其势不两大，始闻蕃汉殊⑥。西卒却倒戈⑦，贼臣互相诛⑧。焉知肘腋祸⑨，自及枭獍徒⑩。义士皆痛愤，纪纲乱相逾⑪。一国实三公⑫，万人欲为鱼⑬。唱和作威福⑭，孰肯辨无辜？眼前列杻械⑮，背后吹笙竽⑯。谈笑行杀戮，溅血满长衢。到今用钺地⑰，风雨闻号呼。鬼妾与鬼马⑱，色悲充尔娱⑲。国家法令在，此又足惊吁！贼子且奔走⑳，三年望东吴㉑。弧矢暗江海㉒，难为游五湖㉓。不忍竟舍此，复来薙榛芜㉔。入门四松在，步屧万竹疏。旧犬喜我归，低徊入衣裾。邻舍喜我归，酤酒携胡芦。大官喜我来，遣骑问所须㉕。城郭喜我来，宾客隘村墟㉖。天下尚未宁，健儿胜腐儒㉗。飘飖风尘际，何地置老夫？于时见疣赘㉘，骨髓幸未枯。饮啄愧残生,食薇不敢余㉙。

【注释】

* 杜甫于七六二年秋天,避徐知道乱去梓州,七六四年春天,回到成都草堂。此诗前半篇追叙徐知道乱时的情况,后半篇写归返旧庐的喜悦。

① 〔蛮夷〕徐知道叛乱时曾援引西南的少数民族入侵。

② 〔大将二句〕"大将",指严武。七六二年七月,严武被召还京,徐知道遂叛乱。

③ 〔中宵二句〕古时杀白马以作盟誓。立盟约的人,用牲口的血涂口旁,表示不反悔,叫作"歃血"。

④ 〔邛南〕"邛",邛州。今四川邛崃县。邛南一带,唐时为内附羌彝所居之地。

⑤ 〔专城居〕为一城的长官,如州牧和太守。此指当时伪官而言。

⑥ 〔其势二句〕"蕃",指羌彝。"汉",指徐知道所统率的兵。蕃、汉不合而内讧。

⑦ 〔西卒〕即指羌兵。

⑧ 〔贼臣句〕七六二年八月,徐知道为其部下李忠厚所杀。

⑨ 〔肘腋祸〕祸在肘腋之下。用肘腋比喻切近。

⑩ 〔枭獍(xiāo jìng)〕"枭",相传是会吃母的恶鸟。"獍",一名破镜。相传是会吃父的恶兽。在古典诗文中,常用枭獍来比喻狠恶忘恩的人。这里指叛乱的魁首们。

⑪ 〔纪纲〕国家的法纪、政纲。

⑫ 〔一国三公〕用《左传》成语,意思说政权不统一。

⑬ 〔为鱼〕亦用《左传》"微禹,吾其鱼乎"(没有大禹,我们都变成鱼了)语意。这里是说人民遭受涂炭。

⑭ 〔威福〕"威",指任意杀戮。"福",指穷奢极欲。

⑮ 〔杻械〕刑具,即脚镣手铐。

⑯〔笙竽〕乐器。"竽",大笙,三十六管。
⑰〔用钺〕指杀人。"钺",大斧。
⑱〔鬼妾、鬼马〕杀了人而占夺来的妻妾、马匹,叫"鬼妾、鬼马"。
⑲〔色悲句〕指被占夺的妇女脸上带着悲哀供乱贼的享乐。
⑳〔贱子〕杜甫自指。
㉑〔三年〕指在外奔走,跨着三年。〔望东吴〕很想去蜀东游。
㉒〔弧矢〕弓箭。
㉓〔五湖〕指江苏太湖。
㉔〔薙(tì)〕芟除。〔榛芜〕草木丛杂。说草堂无主的情况。
㉕〔骑(jì)〕读去声。指骑马的人。
㉖〔隘村墟〕极言宾客之多。"隘",阻塞。
㉗〔健儿〕指士兵。
㉘〔疣(yóu)赘〕肿瘤。这里杜甫借喻自己于世没有用处。
㉙〔薇〕野草,嫩时可食,贫人常采来充饥。〔食薇句〕意思说自己甘于清苦生活。"不敢余"犹"不愿余"(参看《积草岭》注)。知足于采薇而食的生活,不敢求有多余。

四 松

四松初移时,大抵三尺强。别来忽三载,离立如人长①。会看根不拔②,莫计枝凋伤。幽色幸秀发,疏柯亦昂藏③。所插小藩篱,本亦有堤防。终然扶拨损④,得愧千叶黄⑤?敢为故林主⑥,黎庶犹未康⑦。避贼今始归,春草满空堂。览物叹衰谢,及兹慰凄凉⑧。清风为我起,洒面若微霜。

足为送老资⑨，聊待偃盖张⑩。我生无根蒂⑪，配尔亦茫茫⑫。有情且赋诗，事迹可两忘。勿矜千载后⑬，惨澹蟠穹苍⑭。

【注释】

＊此诗题咏成都草堂的四棵松树。七六四年所作。

① 〔离立〕并立。《礼记·曲礼》："离坐离立。"

② 〔根不拔〕生根已牢固。

③ 〔昂藏〕轩昂，气概不凡。

④ 〔抢拨〕碰撞。

⑤ 〔得愧〕岂得不愧。"愧"一本作"悋"，同"吝"。〔千叶黄〕指松叶不免有枯黄的。

⑥ 〔敢〕在这里是自谦之词，犹言哪敢。

⑦ 〔黎庶〕人民。

⑧ 〔兹〕今。

⑨ 〔足为句〕意思说将凭借松树娱悦晚年。

⑩ 〔偃盖〕停立的伞盖。此比拟松树伸张的枝叶。

⑪ 〔无根蒂〕行踪无定，像草木没有根蒂。

⑫ 〔尔〕指松。

⑬ 〔矜〕夸耀。

⑭ 〔惨澹〕形容松树颜色的苍老。〔穹苍〕天空。

题桃树

小径升堂旧不斜①，五株桃树亦从遮②。高秋总馈贫人实③,来岁还舒满眼花。帘户每宜通乳燕④,儿童莫信打慈鸦⑤。寡妻群盗非今日,天下车书正一家⑥。

【注释】

＊这诗与前首题咏四松当是同时的作品。其时桃花已开过。

①〔旧不斜〕小径升堂,原本不斜,因桃树五株遮满庭前,人行避树,曲折径斜。

②〔从遮〕任凭桃树遮住了路。

③〔实〕桃树的果实。

④〔乳燕〕雏燕。

⑤〔信〕任意。〔慈鸦〕母鸦。

⑥〔寡妻群盗〕"寡妻",寡妇。"群盗"指寇乱。因为寇乱,使丈夫在战争中死亡,遂多寡妇。〔车书一家〕《礼记》:"车同轨,书同文"(车的轨辙相同,书的文字相同),指天下一统而言。〔寡妻二句〕说今天已不是寡妻群盗之日,正是车书同一的时期了。蜀将多拥兵自恣,互相攻杀;此指蜀乱已平,严武再镇蜀,王命已通于蜀,可望太平。

水　槛

苍江多风飙①,云雨昼夜飞。茅轩驾巨浪②,焉得不低垂。游子久在外,门户无人持。高岸尚为谷③,何伤浮柱欹④!扶颠有劝诫⑤,恐贻识者嗤⑥。既殊大厦倾⑦,可以一木支。临川视万里⑧,何必栏槛为?人生感故物,慷慨有余悲。

【注释】

＊草堂水槛，因主人出游，已欹坏，需要略加修治；此诗记修治水槛事而作。
① 〔飙（biāo）〕暴风。
② 〔驾巨浪〕形容水槛下临江水。
③ 〔高岸句〕用《诗经·十月之交》"高岸为谷，深谷为陵"语意。高岸尚且崩陷变为深谷。
④ 〔浮柱〕指水槛的柱子。
⑤ 〔扶颠句〕"扶颠"，扶持歪倒。《论语》："颠而不扶。"
⑥ 〔恐贻句〕言颠而不扶，不免为人嗤笑。
⑦ 〔既殊句〕"殊"，不同。水槛欹斜，并不是像大厦的倒坏难以修治。
⑧ 〔临川四句〕说水槛原可有可无，但因旧时所经营，看见它这样欹坏，为感情所不忍，不能不稍加修治。

登 楼

花近高楼伤客心，万方多难此登临。锦江春色来天地①，玉垒浮云变古今②。北极朝廷终不改③，西山寇盗莫相侵④。可怜后主还祠庙⑤，日暮聊为梁甫吟。

【注释】

＊大约是七六四年杜甫在成都作。
① 〔锦江〕见《堂成》注。

②〔玉垒〕山名。见《警急》注。

③〔北极〕就是北极星。一名北辰。这里比喻当时的皇朝。〔终不改〕北极星在天空里是不移动的。比喻皇朝兀然无恙。此指郭子仪收复长安,唐又转危为安。

④〔西山寇盗〕指吐蕃。

⑤〔后主〕刘备的儿子刘禅。这里大概借后主暗讽代宗。代宗任用宦官程元振、鱼朝恩等,致招"蒙尘"之祸,与后主任用黄皓以致亡国很相像。〔还祠庙〕"还",还有。后主祠在成都城外。〔梁甫吟〕乐府篇名。相传诸葛亮隐居时好为《梁甫吟》。杜甫登楼咏诗,自比于诸葛亮的《梁甫吟》。

绝句四首(选一首)

两个黄鹂鸣翠柳,一行白鹭上青天。窗含西岭千秋雪①,门泊东吴万里船②。

【注释】

*绝句四首,当作于七六四年。

①〔西岭〕泛指岷山。岷山在成都西,冬夏积雪。参看前《西山三首》注。

②〔门泊句〕蜀江东下,在成都城外上船,可以直达吴地。杜甫这时很想去蜀游吴。

丹青引赠曹将军霸

将军魏武之子孙①，于今为庶为清门②。英雄割据虽已矣③，文采风流今尚存。学书初学卫夫人④，但恨无过王右军⑤。丹青不知老将至，富贵于我如浮云⑥。开元之中常引见⑦，承恩数上南薰殿⑧。凌烟功臣少颜色⑨，将军下笔开生面⑩。良相头上进贤冠⑪，猛将腰间大羽箭。褒公鄂公毛发动⑫，英姿飒爽来酣战⑬。先帝天马玉花骢⑭，画工如山貌不同⑮。是日牵来赤墀下⑯，迥立阊阖生长风⑰。诏谓将军拂绢素⑱，意匠惨淡经营中⑲。斯须九重真龙出⑳，一洗万古凡马空。玉花却在御榻上，榻上庭前屹相向㉑。至尊含笑催赐金，圉人太仆皆惆怅㉒。弟子韩幹早入室㉓，亦能画马穷殊相。幹惟画肉不画骨，忍使骅骝气凋丧。将军善画盖有神，偶逢佳士亦写真。即今飘泊干戈际，屡貌寻常行路人。途穷反遭俗眼白㉔，世上未有如公贫。但看古来盛名下，终日坎壈缠其身㉕。

【注释】

＊这首诗大约作于七六四年。〔曹霸〕当时名画家。曹操的后人。在开元、天宝时，以画人物画马著称。官做到左武卫将军。〔丹青〕就是绘画。

① 〔魏武〕魏武帝，曹操。

② 〔庶〕庶人，即老百姓。〔清门〕清白的门第，也是平民的意思。

③ 〔英雄割据〕指曹操。

④ 〔卫夫人〕卫铄，字茂猗，晋时有名的女书法家。相传王羲之曾经从她学字。

⑤ 〔王右军〕王羲之（三二一——三七九），字逸少，曾为右军将军。大书法家。

⑥ 〔丹青二句〕说曹霸笃好绘画，专心不已，看轻富贵。

⑦ 〔引见〕被带领着去见皇帝。

⑧ 〔南薰殿〕唐时长安南内兴庆宫的内殿。

⑨ 〔凌烟功臣〕唐贞观（太宗年号）十七年（六四三年）画功臣像于凌烟阁，凡二十四人。

⑩ 〔将军句〕言曹霸重画"凌烟功臣"像。

⑪ 〔进贤冠〕古时朝见皇帝的一种礼帽，原为儒者所戴，唐时百官都戴它。

⑫ 〔褒公鄂公〕段志玄封褒国公，尉迟敬德封鄂国公，都属"凌烟功臣"。

⑬ 〔飒爽〕豪迈飞动貌。

⑭ 〔先帝〕指唐玄宗。〔天马〕一本作"御马"。〔玉花骢〕骏马名。"骢"，马青白色。

⑮ 〔貌〕描写。下同。

⑯ 〔赤墀（chí）〕宫廷内的红色阶台。

⑰ 〔阊阖（chāng hé）〕本是神话传说的天门，这里指皇帝宫门。

⑱ 〔诏〕皇帝的命令。

⑲〔意匠〕用意像工匠的构思。

⑳〔九重〕指宫廷。《楚辞》:"君之门以九重",所以后来用"九重"作为宫廷的代称。〔真龙〕指名马。古人称名马每用龙来比方。

㉑〔榻上庭前〕榻上画里的马与庭前的真马。

㉒〔圉(yù)人〕养马叫作圉。"圉人",是给皇帝掌养马刍牧的官吏。〔太仆〕掌皇帝车马的官吏。〔惆怅〕叹息。

㉓〔韩幹〕亦以画人物画马著名。初以曹霸为师,后来注重写生,独创一派。〔入室〕古来称最得师传的学生为"入室弟子"。

㉔〔反遭俗眼白〕反被庸俗的人瞧不起。

㉕〔坎壈(lǎn)〕失意。

太子张舍人遗织成褥段

客从西北来,遗我翠织成①。开缄风涛涌②,中有掉尾鲸③。逶迤罗水族,琐细不足名。客云充君褥,承君终宴荣④。空堂魑魅走⑤,高枕形神清。领客珍重意,顾我非公卿。留之惧不祥,施之混柴荆⑥。服饰定尊卑,大哉万古程⑦。今我一贱老,短褐更无营。煌煌珠宫物⑧,寝处祸所婴⑨。叹息当路子,干戈尚纵横。掌握有权柄,衣马自肥轻。李鼎死岐阳⑩,实以骄贵盈。来瑱赐自尽⑪,气豪直阻兵⑫。皆闻黄金多,坐见悔吝生⑬。奈何田舍翁⑭,受此厚贶情⑮。锦鲸卷还客,始觉心和平。振我粗席尘⑯,愧客茹藜羹⑰。

【注释】

＊此诗亦当作于七六四年左右。〔太子张舍人〕太子舍人是侍从太子的官。张是他的姓。

① 〔遗〕赠送。〔织成〕丝织品，用杂色丝织成，有鸟兽人物、草木云气种种图案，可做衣帽、帷帐、坐褥等，同后世"缂丝"一类东西。亦有丝毛夹织品，作奇异景物图案，是西方波斯、罗马等国传来的手工艺品。

② 〔缄〕封。

③ 〔掉尾鲸〕这织成褥的图案是一条大鲸鱼。

④ 〔承〕奉承。〔终宴〕宴会自始至终。

⑤ 〔魑魅走〕"魑魅"，妖怪。妖怪看了都惊走，极言图案制作的生动活现。

⑥ 〔施〕陈设。〔混柴荆〕"柴荆"，柴门。这里指草屋。言与草屋不配。"混"，混淆，不调和。

⑦ 〔程〕法度。

⑧ 〔珠宫〕神话传说中的龙宫。

⑨ 〔婴〕触犯。

⑩ 〔李鼎句〕唐肃宗上元二年（七六一年），以李鼎为凤翔尹。"岐阳"，岐山之阳，即指凤翔。李鼎之死，史书上没有记载。

⑪ 〔来瑱（zhèn）〕唐代宗宝应元年（七六二年），来瑱为山南东道节度使，广德元年（七六三年）赐死。

⑫ 〔阻兵〕"阻"，依恃。说来瑱依恃兵力。

⑬ 〔悔吝〕见《寄题江外草堂》注。

⑭ 〔田舍翁〕杜甫自指。

⑮ 〔贶（kuàng）〕赠。

⑯ 〔振〕抖落。

⑰ 〔茹〕吃。〔藜羹〕用藜草做羹汤，贫苦的人所食。

*杜甫不肯接受织成褥段,甚至举出李鼎、来瑱杀身之祸作为鉴戒,他的深意在借以规讽当局忘形奢侈的达官们。

忆昔二首

忆昔先皇巡朔方①,千乘万骑入咸阳②。阴山骄子汗血马,长驱东胡胡走藏③。邺城反覆不足怪④,关中小儿坏纪纲⑤,张后不乐上为忙⑥。至今今上犹拨乱⑦,劳身焦思补四方。我昔近侍叨奉引⑧,出兵整肃不可当。为留猛士守未央,致使岐雍防西羌⑨。犬戎直来坐御床,百官跣足随天王⑩。愿见北地傅介子,老儒不用尚书郎⑪。

忆昔开元全盛日,小邑犹藏万家室。稻米流脂粟米白,公私仓廪俱丰实。九州道路无豺虎,远行不劳吉日出①。齐纨鲁缟车班班②,男耕女桑不相失。宫中圣人奏云门③,天下朋友皆胶漆。百余年间未灾变,叔孙礼乐萧何律④。岂闻一绢直万钱⑤,有田种谷今流血。洛阳宫殿烧焚尽,宗庙新除狐兔穴。伤心不忍问耆旧,复恐初从乱离说。小臣鲁钝无所能,朝廷记识蒙禄秩⑥。周宣中兴望我皇,洒血江汉身衰疾⑦。

【注释】

＊这两首诗当是七六四年杜甫在成都作。诗里写出自己对于肃宗、玄宗两朝旧事的回忆,以及对于广德元年(七六三年)吐蕃陷长安代宗逃往陕州这一事变的痛伤和感叹。

〔第一首〕

① 〔先皇〕指肃宗。〔巡朔方〕指肃宗在灵武(故城在今宁夏灵武县西北)即位。灵武原为朔方节度使治所。

② 〔入咸阳〕指肃宗还京。这里的咸阳借喻长安。

③ 〔阴山二句〕指回纥助唐讨安庆绪。"阴山",回纥所在地,在今内蒙古自治区西部。"骄子",见《留花门》注。"东胡",指安庆绪。

④ 〔邺城反覆〕安庆绪被围于邺城(今河南安阳县),史思明引兵来救,官军溃败。

⑤ 〔关中小儿〕指李辅国。李辅国本是马厩小儿(唐时在宫禁执贱役者都称小儿),后来做了宦官,得到肃宗的信任,专权用事。

⑥ 〔张后〕肃宗的皇后,与李辅国勾结弄权。〔上为忙〕"上",指肃宗。张后不乐,皇上便仓皇失措。

⑦ 〔今上〕指代宗。

⑧ 〔近侍〕肃宗初年,杜甫曾任左拾遗,拾遗供奉内廷,故云"近侍"。

⑨ 〔为〕因为。〔未央〕汉宫名。这里比方唐宫殿。〔岐雍〕指凤翔一带。"岐",岐州。"雍",为雍州故治。都在今陕西凤翔县境。〔西羌〕指吐蕃。〔为留二句〕意思是讽刺代宗,代宗不能重用郭子仪,反解除他的兵权,把他留在长安,致有吐蕃入寇之祸,凤翔以西都陷入吐蕃。

⑩ 〔犬戎〕古西戎种族名。此指吐蕃。〔跣(xiǎn)足〕光着脚。〔天王〕指代宗。〔犬戎二句〕指吐蕃入长安,代宗奔陕州。

⑪〔傅介子〕汉北地人。昭帝时,奉命出使楼兰,斩了楼兰王,有功封义阳侯。已见《秦州杂诗》注。〔老儒〕杜甫自指。〔尚书郎〕这年(广德二年)六月,杜甫因严武表荐,授检校尚书工部员外郎。〔愿见二句〕但希望朝廷能任用像傅介子一样的人,为国家洗雪耻辱,我这样的老儒尽可以不做官。

〔第二首〕

①〔远行句〕出门到远方去不用挑选好日子。言天下很太平。

②〔齐纨鲁缟〕出于山东一带的丝织精品。〔班班〕众多貌。

③〔圣人〕封建时代的臣子常尊称皇帝为"圣人"。〔云门〕古舞乐名。相传是黄帝的乐。

④〔叔孙、萧何〕"叔孙",叔孙通。汉高祖平定天下,命叔孙通制定礼乐,萧何制定律令。这里借喻开元全盛时期,尚不失贞观以来的政治措施。

⑤〔直〕同"值"。

⑥〔记识〕记忆。一本作"记忆"。〔蒙禄秩〕"禄",俸禄。"秩",官职。"蒙禄秩",指授检校工部员外郎。

⑦〔洒血〕一本作"洒泪"。〔江汉〕见前《枯棕》注。

宿　府

清秋幕府井梧寒,独宿江城蜡炬残①。永夜角声悲自语②,中天月色好谁看?风尘荏苒音书绝③,关塞萧条行路难。已忍伶俜十年事④,强移栖息一枝安。

【注释】

*七六四年,严武再来镇蜀,荐杜甫为节度使参谋、检校工部员外郎、赐绯鱼袋。这诗是在严武幕府中写的。

①〔蜡炬〕蜡烛。

②〔角声〕"角",军队中的吹乐器,即号角,亦名"画角"。它的声音很悲凉激厉。

③〔荏苒(rěn rǎn)〕时间推移渐进的意思。

④〔伶俜〕辛苦貌。〔十年〕从安禄山始乱(七五五年)至这年恰是十年。

送舍弟颖赴齐州三首

岷岭南蛮北①,徐关东海西②。此行何日到?送汝万行啼③。绝域惟高枕④,清风独杖藜⑤。危时暂相见,衰白意都迷。

风尘暗不开,汝去几时来?兄弟分离苦,形容老病催。江通一柱观①,日落望乡台②。客意长东北,齐州安在哉③!

诸姑今海畔①,两弟亦山东②。去傍干戈觅,来看道路通。短衣防战地③,匹马逐秋风。莫作俱流落,长瞻碣石鸿④。

【注释】

＊这三首诗当作于七六四年的秋天。杜甫的弟弟杜颖在这年曾到过成都看

杜甫,不久便去山东。〔齐州〕今山东济南境。

〔第一首〕

①〔岷岭〕就是岷山,在今四川省西部。〔南蛮〕古时住居南方的种族都称蛮。这里的南蛮,大概是指当时居在今四川西南部及云南一带地区的所谓"南诏蛮"。

②〔徐关〕在山东淄川县西。

③〔万行〕万行泪。

④〔高枕〕高枕而卧。

⑤〔杖藜〕拄着藜杖。"藜",一年生草本植物,茎可做杖。这里泛指杖。

〔第二首〕

①〔一柱观〕台名。在江陵(今湖北江陵)。相传是宋临川王义庆镇江陵时所建。"观",读去声。

②〔望乡台〕在成都。隋蜀王秀所建。

③〔齐州句〕虽长望东北,不见齐州,言道路遥远。

〔第三首〕

①〔诸姑〕据杜甫所作《唐故范阳太君卢氏墓志》,他有姑母五人。

②〔两弟〕杜甫有弟四人:颖、观、丰、占,杜颖、杜占,这时都在成都,这里的"两弟"当指杜观、杜丰。

③〔短衣〕武人的装束。

④〔碣石鸿〕《淮南子·览冥训》:"遇归鸿于碣石"。"碣石",山名。约在今河北省昌黎县东。"鸿",大的雁。这里杜甫用来譬喻兄弟。

春日江村五首(选一首)

农务村村急,春流岸岸深。乾坤万里眼,时序百年心①。茅屋还堪赋,桃源自可寻②。艰难昧生理③,飘泊到如今。

【注释】

*此诗当是七六五年(永泰元年)春天,杜甫自严武幕府归浣花溪上所作。
① 〔时序〕一年四时运行的次序。〔百年〕指人的一生。人生不过百年。
② 〔桃源〕就是桃花源。见《北征》注。
③ 〔昧生理〕犹言拙于生计。

莫相疑行

男儿生无所成头皓白,牙齿欲落真可惜。忆献三赋蓬莱宫①,自怪一日声辉赫②。集贤学士如堵墙③,观我落笔中书堂④。往时文采动人主,此日饥寒趋路旁。晚将末契托年少⑤,当面输心背面笑。寄谢悠悠世上儿,不争好恶莫相疑⑥。

【注释】

*此诗当作于七六五年。杜甫对于幕府生活,很不习惯,同时又遭受同僚的猜疑嫉妒,因写了这首诗。
① 〔三赋〕杜甫于七五一年(天宝十载)献三大礼赋,即《朝献太清宫赋》《朝享太庙赋》《有事于南郊赋》。〔蓬莱宫〕神话传说的仙宫。这里借喻唐宫殿。
② 〔一日声辉赫〕"辉赫",形容名声盛大,一本作"煊赫"。杜甫献三大礼赋,玄宗十分赞赏,叫他待制集贤院,命宰相考试他的文章。

③〔集贤〕殿名,是唐代学士们办公的地方。〔堵墙〕众人围观,好像筑成一道墙。
④〔中书堂〕唐代宰相办公的地方。
⑤〔末契〕很浅的交情。
⑥〔不争〕俗语。这里是"不论"的意思。

去 蜀

五载客蜀郡①,一年居梓州②。如何关塞阻,转作潇湘游③。世事已黄发④,残生随白鸥。安危大臣在,不必泪长流。

【注释】

* 七六五年四月,成都尹兼剑南节度使严武死了,杜甫觉得成都再不能住下去了,因决定出峡东下。这首诗是他临行时所作。
①〔五载句〕杜甫客居成都的时间,是七六〇年(上元元年)、七六一年(上元二年)、七六二年(宝应元年)、七六四年(广德二年)和七六五年(永泰元年),前后约五年。
②〔一年句〕杜甫在七六三年(广德元年)居梓州。
③〔潇湘〕二水名,在今湖南省境内。这里泛指湖南。
④〔黄发〕老年人的头发由白转变为黄。此极言自己衰老。

旅夜书怀

细草微风岸,危樯独夜舟①。星垂平野阔,月涌大江流②。名岂文章著，官应老病休。飘飘何所似？天地一沙鸥。

【注释】

＊七六五年五月，杜甫率领家人离开成都草堂，乘舟东下。九月，到了云安县（今四川云阳县），暂住下来。这首诗大约是他舟经渝州（今重庆）、忠州（今忠县）一带时写的。

① 〔危樯〕高的桅杆。

② 〔大江〕指长江。

三绝句（选二首）

二十一家同入蜀，惟残一人出骆谷①。自说二女啮臂时②，回头却向秦云哭③。

殿前兵马虽骁雄①，纵暴略与羌浑同②。闻道杀人汉水上③，妇女多在官军中④。

【注释】

＊自从七六五年四月严武死后，他的部下崔旰、郭英义、杨子琳等互相残杀，蜀中大乱。在同年，陇右和关内一带，因党项羌、吐谷浑、吐蕃、回纥不断入侵，人民又大批逃难入蜀，而屯驻在汉水上的官军，却残酷地凌虐人民。这诗大约是七六五年冬，杜甫在云安（今四川云阳县）听到了这种情况写下来的。

〔第一首〕

①〔惟残〕只剩。〔骆谷〕即骆谷道。在今陕西盩厔（zhōu zhì）县西南至洋县北，由秦入蜀之道。"出骆谷"即入蜀。

②〔啮臂〕以齿咬臂，表示亲切，是古人诀别时的一种惯俗。这里指二女被丢弃时的诀别。

③〔秦云〕指关中而言。

〔第二首〕

①〔殿前兵马〕皇帝的禁卫军。当时代宗任命宦官率禁卫军平乱。

②〔羌浑〕党项羌和吐谷浑。这里举羌、浑也包括吐蕃、回纥。

③〔汉水〕源出陕西（近四川边境）宁强（羌）县北的嶓冢山，东南流至湖北汉阳县入长江。

④〔官军〕即指禁卫军。

十二月一日三首（选一首）

寒轻市上山烟碧，日满楼前江雾黄。负盐出井此溪女①，打鼓发船何郡郎②？新亭举目风景切③，茂陵著书消渴长④。春花不愁不烂漫，楚客唯听棹相将⑤。

【注释】

＊七六五年秋，杜甫到了云安，因肺疾和风痹发作，不能继续前进，便逗留在云安过冬。这诗是他在这时写的。

①〔负盐出井〕云安有盐井，妇女多以贩盐为生。

②〔打鼓发船〕川江多曲折，水势湍急，两船相触不及避，所以在船启行

前,多打鼓为号。前船鼓声已远,后船方发。

③〔新亭句〕"新亭",在今江苏江宁县境。晋时北方避难到江南的名士,常到新亭宴饮。当时周𫖮在新亭一次宴会上这样慨叹说:"风景不殊,举目有河山之异!"这里杜甫用来作为自己对国事的感叹。

④〔茂陵〕在今陕西兴平县东北。〔消渴〕即糖尿病。〔茂陵句〕司马相如有消渴病,家居茂陵著书。这里杜甫用来比喻自己因病停留在云安。

⑤〔楚客〕杜甫自称。云安一带,古为南楚之地,故自称"楚客"。〔棹相将〕棹声相应。〔春花二句〕意思说春天就快要到来,只恐怕自己还不能出峡。

卷七

移居夔州作

伏枕云安县①,迁居白帝城②。春知催柳别③,江与放船清④。农事闻人说⑤,山光见鸟情。禹功饶断石⑥,且就土微平⑦。

【注释】

* 七六六年(大历元年)春天,杜甫从云安迁住夔州(今四川奉节县)。这诗记述移居的事。

①〔伏枕〕就是病卧床上的意思。

②〔白帝城〕见前《桃竹杖引》注。古城在夔州东五里白帝山上,下临大江。西汉末年公孙述据蜀称帝时,就鱼复县增筑此城,因而有白帝城之号。这里借指夔州,作为夔州的别称。

③〔春知句〕见到柳色放青,知道春天的到来,同时杜甫即想离开云安,故而有柳色催别的感觉。

④〔江与句〕"与",给。在春天放船启程,长江给人们以清明美好的风景。

⑤〔农事〕农民春耕的情况。

⑥〔禹功〕据传说,三峡之首广溪峡是夏禹所疏凿。〔饶断石〕"饶",多。"断石",断崖、裂壁。指云安到夔州水路所见。

⑦〔土微平〕稍稍平坦的土地。指夔州。

漫成一首

江月去人只数尺,风灯照夜欲三更。沙头宿鹭联拳静①,船尾跳鱼拨剌鸣②。

【注释】

＊从云安到夔州船上所作。
①〔联拳〕形容鹭鸟群聚的样子。
②〔拨剌〕形容鱼跳跃的声音。"拨",一本作"泼"。

八阵图

功盖三分国①,名成八阵图。江流石不转②,遗恨失吞吴③!

【注释】

＊杜甫初到夔州时所作。〔八阵图〕夔州西南永安宫前平沙上,聚石成堆,纵横棋布,夏时水没不见,冬时水退仍然出现,相传是三国时诸葛亮所作的八阵图遗迹。
①〔功盖句〕说诸葛亮有盖世的功业,他辅助刘备,创立蜀、魏、吴三国鼎立的局势。

②〔江流句〕八阵图的石，受江水冲激，数百年来，屹然不移。
③〔遗恨句〕诸葛亮主张联吴伐魏，后来刘备急于报关羽之仇，发兵征吴，大败于猇亭（在今湖北宜都县北），就在永安宫病故，蜀国从此削弱。刘备急于要吞并东吴是失计的。以后诸葛亮伐魏无功，蜀二世而亡，这是莫大的遗恨。

古柏行

孔明庙前有老柏，柯如青铜根如石。霜皮溜雨四十围①，黛色参天二千尺②。君臣已与时际会，树木犹为人爱惜。云来气接巫峡长，月出寒通雪山白③。忆昨路绕锦亭东④，先主武侯同閟宫⑤。崔嵬枝干郊原古⑥，窈窕丹青户牖空。落落盘踞虽得地⑦，冥冥孤高多烈风。扶持自是神明力，正直原因造化功。大厦如倾要梁栋，万牛回首丘山重⑧。不露文章世已惊⑨，未辞剪伐谁能送⑩？苦心岂免容蝼蚁，香叶终经宿鸾凤。志士幽人莫怨嗟，古来材大难为用！

【注释】

*这首诗咏夔州诸葛亮庙的古柏树，当作于七六六年。
①〔霜皮溜雨〕树皮作白色而润泽。〔四十围〕四十个人合抱。极言树大。
②〔黛色〕青黑色。形容树叶的颜色。〔二千尺〕极言树高。
③〔巫峡〕在夔州东。〔雪山〕在四川松潘县南，为岷山主峰。这里泛指

绵亘在四川西部的岷山。〔云来二句〕形容柏树高大的气象,近接巫峡,远通雪山。另本此二句移在"君臣"二句上。

④〔锦亭〕就是锦江亭。在成都。

⑤〔閟(bì)宫〕神庙。"閟",有深闭的意思。〔先主句〕成都的武侯庙祔于先主(刘备)庙。

⑥〔崔嵬枝干〕指成都武侯庙前的柏树。即《蜀相》诗中所谓"锦官城外柏森森",因这里的古柏而联想及之。

⑦〔落落〕独立貌。

⑧〔万牛句〕极言木重没法运载。万只牛都拉不动而回过头来。

⑨〔不露文章〕柏树没有花叶之美,所以说"不露文章"。这里把树比拟人,语气双关。

⑩〔未辞剪伐〕不避砍斫。〔未辞句〕说这古柏本是栋梁之材,可惜没有人采用它。这里杜甫也有自伤不见用于世的意思。

*这首诗分为三段:从开始到"雪山白"咏夔州诸葛庙中的古柏;从"忆昨"到"造化功"转到成都诸葛祠前的柏树;从"大厦"到诗末是由咏柏而寄寓诗人自己的感慨。

负薪行

夔州处女发半华,四十五十无夫家。更遭丧乱嫁不售①,一生抱恨长咨嗟。土风坐男使女立②,男当门户女出入。十犹八九负薪归,卖薪得钱应供给。至老双鬟只垂颈,野花山叶银钗并。筋力登危集市门③,死生射利兼盐井④。面妆首饰杂啼痕,地褊衣寒困石根。若道巫山女粗丑⑤,何得此有昭君村⑥？

【注释】

＊这首诗当是七六六年杜甫在夔州所作。

①〔不售〕卖不出去。这里借指女子不得及时出嫁。

②〔土风〕乡土风俗。〔坐男使女立〕即下句所谓"男当门户女出入"的意思。

③〔登危〕攀登高处。

④〔死生射利〕冒险去谋利。〔兼盐井〕兼卖私盐。四川有盐井。

⑤〔巫山〕在四川巫山县。这里泛指三峡。

⑥〔此〕一本作"北"。〔昭君村〕王昭君，名嫱，以美著称，汉元帝宫人。竟宁元年（公元前三三年），被遣嫁匈奴呼韩邪单于（参看后《咏怀古迹五首》注）。归州（今湖北秭归县）有昭君村，相传是王昭君出生的地方。村与巫峡接连。

最能行

峡中丈夫绝轻死①，少在公门多在水。富豪有钱驾大舸②，贫穷取给行艓子③。小儿学问止《论语》④，大儿结束随商旅⑤。欹帆侧柁入波涛⑥，撇漩捎濆无险阻⑦。朝发白帝暮江陵⑧，顷来目击信有征⑨。瞿唐漫天虎须怒⑩，归州长年行最能⑪。此乡之人气量窄，误竞南风疏北客⑫。若道土无英俊才⑬，何得山有屈原宅⑭？

【注释】

＊此诗当与《负薪行》同时作。
① 〔峡中〕"峡",指瞿塘峡。夔州在瞿塘峡畔。〔绝〕最。
② 〔舸（kē）〕江南人称大船为"舸"。
③ 〔取给〕靠赚钱维持生活。〔艓（dié）子〕小船。
④ 〔《论语》〕孔子学生对孔子平日言行的记录,后世奉为经典。
⑤ 〔结束〕装扮。
⑥ 〔柂〕与"舵"同。
⑦ 〔撇漩捎濆（fèn）〕行船敏捷的技术。"撇",撇开。"漩",漩涡。"捎",捎避,掠过。"濆",涌起的高浪。
⑧ 〔白帝、江陵〕"白帝",夔州的白帝城,在今四川奉节县城东山上。"江陵",今湖北江陵县。两地相距约千余里。
⑨ 〔目击〕亲眼看见。
⑩ 〔瞿唐〕瞿塘峡。〔虎须〕滩名,在夔州附近江中。
⑪ 〔归州〕今湖北秭归县。〔长年〕蜀中称行船的人为"长年",犹言"艄工"。〔行最能〕行船最有本领。
⑫ 〔误竟南风〕"误",错。"竟",逐。"南风",借指南方。〔误竟句〕意思说他们有一种狭隘的地方观念,只招待南方人而怠慢北方人。
⑬ 〔土〕一本作"士"。
⑭ 〔屈原宅〕相传屈原宅在归州。

夔州歌十绝句（选四首）

中巴之东巴东山①,江水开辟流其间。白帝高为三峡镇②,瞿唐险过百牢关③。

赤甲白盐俱刺天①,间阎缭绕接山巅②。枫林橘树丹青合,复道重楼锦绣悬。

东屯稻畦一百顷①,北有涧水通青苗②。晴浴狎鸥分处处③,雨随神女下朝朝④。

蜀麻吴盐自古通①,万斛之舟行若风②。长年三老长歌里③,白昼摊钱高浪中④。

【注释】

*大约作于七六六年。

〔第一首〕

①〔中巴〕今四川东部之地。三国时刘璋据蜀,始分三巴:有中巴、东巴、西巴。〔巴东〕指夔州。夔州在中巴之东,唐时属巴东郡。

②〔白帝句〕"三峡",从来说法很多,一般的称瞿塘峡、巫峡、西陵峡为三峡,在今四川、湖北两省之间。白帝城旧为巴东郡治所在地,因称"三峡镇"。

③〔百牢关〕在今陕西沔县西南。相传是诸葛亮所建,为入蜀要道。

〔第二首〕

①〔赤甲、白盐〕都是山名。在今四川奉节县东。两山隔江相对,崖壁高耸。

②〔间阎〕原是乡里中的门,这里泛指民房。

〔第三首〕

①〔东屯〕原为汉时公孙述屯兵之地,距白帝城五里。〔畦〕田垄。〔顷〕旧制一百亩为一顷。

②〔青苗〕陂名。在瞿塘峡东。

③〔狎鸥〕"狎",亲近的样子。"鸥",水鸟。此鸟不甚畏人,故称"狎鸥"。

④〔神女〕宋玉《高唐赋》说巫山有神女,能行云行雨(参看后《咏怀古迹五首》注)。

〔第四首〕

①〔蜀麻、吴盐〕蜀地以出纻麻著称。吴地滨海产盐。

②〔万斛(hú)〕古时十斗为斛。"万斛",极言船容量之大。

③〔长年、三老〕都是蜀地人对行船人的称呼。

④〔摊钱〕赌博的一种。

白　帝

白帝城中云出门①,白帝城下雨翻盆。高江急峡雷霆斗,翠木苍藤日月昏。戎马不如归马逸②,千家今有百家存!哀哀寡妇诛求尽③,恸哭秋原何处村?

【注释】

＊这首诗当是七六六年秋天杜甫在夔州作。

①〔白帝城〕这里的白帝城实指夔州东五里白帝山上的古白帝城。杜甫《夔州歌十绝句》有云:"白帝夔州各异城",夔州城则指夔州府城。

②〔戎马〕一本作"去马"。
③〔诛求〕横征暴敛。

宿江边阁

瞑色延山径①,高斋次水门②。薄云岩际宿,孤月浪中翻。鹳鹤追飞静③,豺狼得食喧。不眠忧战伐,无力正乾坤④!

【注释】

＊此诗当亦作于七六六年。杜甫到夔州以后,曾经一度住在江边阁。〔江边阁〕亦称"草阁"。一说就是"西阁"。
①〔延〕展开。
②〔次〕靠近。
③〔静〕一本作"尽"。
④〔正〕整顿。〔乾坤〕即天地。

听杨氏歌

佳人绝代歌,独立发皓齿。满堂惨不乐,响下清虚里①。江城带素月,况乃清夜起?老夫悲暮年,壮士泪如水。玉杯久寂寞②,金管迷宫徵③。勿云听者疲,愚智心尽死。古来杰出士,岂待一知己④?吾闻昔秦青⑤,倾侧天下耳。

【注释】

* 大约是七六六年，杜甫在夔州所作。

① 〔下〕读去声。〔清虚〕天空。

② 〔玉杯句〕此句说杜甫久不喝酒。

③ 〔宫徵(zhǐ)〕音调的名称。我国古代音谱以宫、商、角、徵、羽为五音（五个基本音阶）。〔金管句〕"金管"指箫、笛等管乐器。此句说听箫管美妙的伴奏，迷不辨宫徵。

④ 〔岂待〕一本作"岂特"。

⑤ 〔秦青〕传说中的一位古代歌唱家，他的歌声能振动林木，遏止行云。

诸将五首

汉朝陵墓对南山①，胡虏千秋尚入关②。昨日玉鱼蒙葬地，早时金盌出人间③。见愁汗马西戎逼④，曾闪朱旗北斗殿⑤。多少材官守泾渭，将军且莫破愁颜⑥。

韩公本意筑三城，拟绝天骄拔汉旌①。岂谓尽烦回纥马，翻然远救朔方兵②。胡来不觉潼关隘③，龙起犹闻晋水清④。独使至尊忧社稷，诸君何以答升平⑤？

洛阳宫殿化为烽，休道秦关百二重①。沧海未全归禹贡，蓟门何处尽尧封②？朝廷衮职虽多预③，天下军储不自供④。稍喜临边王相国⑤，肯销金甲事春农⑥。

回首扶桑铜柱标，冥冥氛祲未全销①。越裳翡翠无消息，南海明珠久寂寥②。殊锡曾为大司马，总戎皆插侍中貂③。炎风朔雪天王地，只在忠良翊圣朝④。

锦江春色逐人来①，巫峡清秋万壑哀②。正忆往时严仆射，共迎中使望乡台③。主恩前后三持节④，军令分明数举杯⑤。西蜀地形天下险，安危须仗出群材⑥。

【注释】

＊大约是七六六年（大历元年）秋，寓居夔州时所作。杜甫在这五首诗里，表示他对祖国的热切关怀和政治上的意见。

〔第一首〕 因吐蕃内侵，讽诸将尽心报国。

①〔汉朝陵墓〕汉朝诸帝王陵墓，在长安，正对终南山。

②〔千秋〕千年。〔胡虏句〕自汉以来，长安屡遭寇乱，陵墓都被发掘。这里有借汉喻唐的意思。七五六年（天宝十五载）、七六三年（广德元年），安禄山、吐蕃先后攻陷长安，焚烧劫掠，祸及陵墓。

③〔玉鱼、金盌（wǎn）〕皆帝王殉葬之物。〔蒙〕被掩覆。〔玉鱼二句〕承上文说，帝王陵墓被发掘。此亦借汉喻唐。

④〔见愁句〕"见",同"现"。"汗马",即战马。战时马疾驰出汗,故云"汗马"。"西戎",指吐蕃。七六五年(永泰元年)九月,吐蕃与回纥连兵入寇,京师震恐。

⑤〔曾闪句〕"殷",殷红,赤黑色。闪烁的朱旗曾经使北斗变成了殷红色。古代的天文占星家以围绕北极三十度内一圈作为紫微垣,比拟皇宫,内有帝、后、太子各星。北斗七星在紫微垣南,紧靠着紫微垣。北斗呈殷红色,比喻长安遭兵乱。此追说七六三年吐蕃攻陷长安时的情景,以示警诫之意。

⑥〔材官〕有材力的将官。即指诸将。〔多少二句〕七六五年九月,郭子仪屯兵泾阳(在长安北),李忠臣屯兵东渭桥(在长安东北,接近临潼县境),李光进屯兵云阳(在今陕西泾阳县北),马璘、郝庭玉屯兵便桥(即西渭桥,在今陕西咸阳西南),李抱玉屯兵凤翔,李日越屯兵盩厔,以防吐蕃。泾渭本属京畿之内,今设防在泾渭,可见寇患已深。这里杜甫讽劝诸将对当前的严重国难应该及时警惕。

〔第二首〕 因回纥入境,回忆往事,并指责诸将要尽守土的责任。

①〔韩公〕指张仁愿。张仁愿封韩国公。〔三城〕即三受降城。七〇七年(神龙三年)张仁愿所筑。都在今内蒙古境内。已见《塞芦子》诗注。〔天骄〕古称胡人为天之骄子。见前《留花门》注。〔韩公二句〕张仁愿当日筑三受降城的本意,是为了防御胡人(突厥),阻绝他们入侵的道路。

②〔岂谓〕岂料。〔翻然〕反而,反是。〔朔方兵〕朔方军。〔岂谓二句〕唐置朔方军,节度使大都督府设在灵州(即灵武),原是防御突厥的。其后突厥衰亡,回纥崛起。安禄山叛乱,肃宗在灵武即位,朔方军兵力不足,反而请回纥救援,收复两京。

③〔胡来句〕"胡"指安禄山。"不觉潼关隘",潼关失去了它的险要。指安禄山攻陷潼关事。

④〔龙起句〕追念唐开国情况。唐高祖(李渊)起兵太原。"晋水",出山西太原西南,东流入汾水。

⑤〔至尊〕指代宗(李豫)。原是肃宗长子广平王李俶,后改名豫。〔社稷〕

犹言国家。〔诸君〕指诸将。〔独使二句〕意思说吐蕃、回纥连年入寇,祸患比过去益发加深了,诸将守土有责,将如何报答国家对你们的期望?

〔第三首〕 说东北尚未完全归顺朝廷,乱后民生凋敝,而军需益急,盼诸将能行营田之制,养兵于农。

①〔化为烽〕被焚烧。〔秦关〕指潼关。〔百二重〕《史记·汉高祖纪》:"秦形胜之国,带河山之险,县隔千里,持戟百万,秦得百二焉。"("百二",犹言两倍。说关中兵百万足当二百万人。)这里的"百二重",极言城池的险固。"重",读平声。〔洛阳二句〕回忆安、史乱时,洛阳曾遭焚劫,潼关曾被攻破。

②〔沧海〕指唐河北、河南两道东部地区,今河北省、山东省东部。〔禹贡〕相传夏禹定九州及职贡制度。《尚书》有《禹贡》篇。〔蓟门〕见《后出塞》注。这里指河北北部地区。〔尧封〕周封帝尧之后于蓟,故云"尧封"。〔沧海二句〕安、史之乱平后,河北诸州节度使如薛嵩、田承嗣、李怀仙等原属史朝义部下,降顺朝廷的,朝廷便宜授予镇节;他们拥兵自制,自署将吏,不供贡赋,依旧是割据的局面。他们足以威胁中央,为国家隐忧。

③〔衮职〕指三公,大臣。〔预〕参与。〔朝廷句〕当时朝廷大臣多兼军事重任,诸道节度争加内职高衔,将相不分。

④〔军储〕即军粮。〔天下句〕唐代的府兵制,屯戍的兵卒兼开垦营田,供给自己的军粮。今府兵制败坏,军粮皆要农民供给,所以说"军储不自供"。

⑤〔临边王相国〕"王相国",指王缙。七六四年(广德二年),王缙以同平章事都统河南、淮西等节度行营事,兼领东京留守,后又迁河南副元帅。王缙出镇河南,防止河北降将反覆,所以说"临边"。

⑥〔肯销句〕王缙休息士卒,使他们从事春耕,减少兵费。杜甫赞美他的举动以劝励诸将效法。

〔第四首〕 说南境不靖,兼论朝廷不当使宦官出掌军权。

①〔扶桑〕原指东海以外地,这里借指南海以外。〔铜柱〕后汉时,马援征交趾(今越南的北部),建立铜柱,为汉极南界的标志。〔氛祲(jìn)〕灾祸。

〔回首二句〕言南方边境常有不安。例如七六三年，广州市舶使宦官吕太一逐广南节度使张休，拥兵作乱。

②〔越裳〕古南方国名。唐为越裳县。其地约在今越南的南境。〔南海〕指南海郡，在今广东省境。〔越裳二句〕说南方边郡亦已不通贡赋。翡翠、明珠代表南国的贡品。

③〔殊锡〕特殊宠赐。〔大司马〕掌军政的官。〔总戎〕总兵。即元帅。〔侍中〕侍奉皇帝左右的官。据《汉官仪》：侍中以蝉及貂尾饰冠。〔殊锡二句〕说朝廷都用宠臣掌握军政大权。如李辅国、鱼朝恩、程元振都是宦官，先后得特殊宠任。李辅国曾任元帅行军司马，掌禁兵；又为兵部尚书。鱼朝恩曾为观军容宣慰处置使。程元振曾为骠骑大将军。

④〔炎风朔雪〕指极南极北的地区。〔炎风二句〕说朝廷如用忠良，南北荒远之地，也会顺附，不须征伐。"翊"，辅翼，帮助。

〔第五首〕　因蜀中将帅不得其人，追思当日严武镇蜀的军事才略。

①〔锦江句〕忆想成都旧游。

②〔巫峡句〕说自己现在客居夔州，触景生哀。

③〔严仆射〕即指严武。严武死后追赠尚书左仆射。〔中使〕皇帝左右的使人。〔望乡台〕在成都北。〔正忆二句〕杜甫回忆起当日与严武共同到望乡台迎接皇帝派遣来的使臣。

④〔三持节〕严武初以御史中丞出为绵州刺史，迁东川节度使再拜成都尹，后又以黄门侍郎任剑南节度使，所以说"三持节"。〔主恩句〕意思说朝廷对严武很倚重。

⑤〔数〕屡次。〔军令句〕赞美严武镇蜀时纪律严明，又能从容不迫，与同僚举杯相乐。

⑥〔西蜀二句〕言蜀地险要，它的安和危，有关于整个国家，必得有出群之才像严武一样的人，方能担负起重任。其时杜鸿渐镇蜀，怯懦没有远略。崔旰、柏茂琳等互相攻伐，而鸿渐不能制，却奏请朝廷以节度让崔旰、柏茂琳等，使各罢兵。杜甫在这里深致其感慨。

壮 游

往昔十四五，出游翰墨场①。斯文崔魏徒②，以我似班扬③。七龄思即壮，开口咏凤凰。九龄书大字，有作成一囊。性豪业嗜酒④，嫉恶怀刚肠。脱略小时辈⑤，结交皆老苍⑥。饮酣视八极⑦，俗物都茫茫⑧。东下姑苏台⑨，已具浮海航。到今有遗恨，不得穷扶桑⑩。王谢风流远⑪，阖庐丘墓荒⑫。剑池石壁仄⑬，长洲芰荷香⑭。嵯峨阊门北⑮，清庙映回塘⑯。每趋吴太伯⑰，抚事泪浪浪。枕戈忆勾践⑱，渡浙想秦皇⑲。蒸鱼闻匕首⑳，除道哂要章㉑。越女天下白㉒，鉴湖五月凉㉓。剡溪蕴秀异㉔，欲罢不能忘。归帆拂天姥㉕，中岁贡旧乡㉖。气劘屈贾垒㉗，目短曹刘墙㉘。忤下考功第，独辞京尹堂㉙。放荡齐赵间㉚，裘马颇清狂。春歌丛台上㉛，冬猎青丘旁㉜。呼鹰皂枥林，逐兽云雪冈㉝。射飞曾纵鞚㉞，引臂落鹙鸧㉟。苏侯据鞍喜㊱，忽如携葛强㊲。快意八九年㊳，西归到咸阳㊴。许与必词伯㊵，赏游实贤王㊶。曳裾置醴地㊷，奏赋入明光㊸。天子废食召，群公会轩裳㊹。脱身无所受㊺，痛饮信行藏㊻。

黑貂不免敝⁴⁷，斑鬓兀称觞⁴⁸。杜曲换耆旧⁴⁹，四郊多白杨⁵⁰。坐深乡党敬，日觉死生忙⁵¹。朱门任倾夺，赤族迭罹殃⁵²。国马竭粟豆⁵³，官鸡输稻粱⁵⁴。举隅见烦费⁵⁵，引古惜兴亡⁵⁶。河朔风尘起⁵⁷，岷山行幸长⁵⁸。两宫各警跸⁵⁹，万里遥相望。崆峒杀气黑，少海旌旗黄⁶⁰。禹功亦命子⁶¹，涿鹿亲戎行⁶²。翠华拥吴岳⁶³，螭虎啖豺狼⁶⁴。爪牙一不中⁶⁵，胡兵更陆梁⁶⁶。大军载草草⁶⁷，凋瘵满膏肓⁶⁸。备员窃补衮⁶⁹，忧愤心飞扬。上感九庙焚⁷⁰，下悯万民疮。斯时伏青蒲⁷¹，廷净守御床。君辱敢爱死，赫怒幸无伤⁷²。圣哲体仁恕⁷³，宇县复小康⁷⁴。哭庙灰烬中，鼻酸朝未央⁷⁵。小臣议论绝⁷⁶，老病客殊方⁷⁷。郁郁苦不展，羽翮困低昂⁷⁸。秋风动哀壑，碧蕙捐微芳⁷⁹。之推避赏从⁸⁰，渔父濯沧浪⁸¹。荣华敌勋业，岁暮有严霜⁸²。吾观鸱夷子⁸³，才格出寻常。群凶逆未定，侧伫英俊翔⁸⁴。

【注释】

＊这是杜甫一首比较完整的自叙诗。当作于七六六年秋，在夔州客居的时候。

① 〔翰墨场〕就是文场。

② 〔崔魏〕这句下有原注云："崔郑州尚，魏豫州启心。"崔尚、魏启心都是当时名进士。

③〔班扬〕班固、扬雄,汉代作家。

④〔业〕既,原来。

⑤〔脱略〕超脱不拘束,忽略,不在意。

⑥〔老苍〕年龄大的,老成的人。

⑦〔八极〕八方极远之处。

⑧〔俗物〕俗人,俗事。

⑨〔姑苏台〕相传是春秋时吴王阖庐所建,遗址在今江苏省苏州。

⑩〔扶桑〕古时传说海外的日出处有扶桑国。我国亦称日本为"扶桑"。

⑪〔王谢〕东晋两大士族。著名的人物是王导、谢安。

⑫〔阖庐〕吴王阖庐,即公子光。墓在苏州虎丘。

⑬〔剑池〕在苏州虎丘。相传是吴王阖庐铸剑处。〔仄〕倾侧。

⑭〔长洲〕苑名。遗址在今苏州西南。

⑮〔阊门〕苏州城门名。

⑯〔清庙〕指吴太伯庙,在阊门外。

⑰〔吴太伯〕周文王的伯父,为了让王位给弟弟季历(文王父),逃到南方,自号"勾吴"。墓在今苏州梅里聚。

⑱〔勾践〕越王勾践。越为吴所破,勾践卧薪尝胆,后来灭掉吴国。

⑲〔秦皇〕秦始皇。他曾经到过浙江。

⑳〔蒸鱼、匕首〕"匕首",短剑。公子光遣专诸将匕首藏在蒸熟的鱼腹内,进食时刺杀吴王僚,夺得王位。

㉑〔除道句〕"除道",古时郡县以上的官出来,都先使人民清除道路。"哂",笑。"要章","要"与"腰"同。古时做官人的印章常携带在身边,故云"腰章"。汉会稽朱买臣贫贱时,很被人轻视,后来他做了会稽太守,故意穿着旧日的衣服回来,人们看见他挂在腰间的太守印章,都惊惶失措,会稽郡治(今江苏吴县)立刻发动民夫除道迎接。买臣的故妻,过去因买臣贫穷硬要离婚,这时也和她的后夫一同在除道,并被买臣请进官舍里去,因羞愧自杀。

㉒〔越〕指今浙江绍兴一带地方。

㉓〔鉴湖〕在浙江绍兴县南。亦名镜湖。

㉔〔剡（shàn）溪〕曹娥江的上游，在浙江嵊县城南。

㉕〔天姥〕山名，在浙江新昌县东五十里，与天台山相接。〔归帆句〕杜甫这次游吴越名胜，曾乘船沿着剡溪一直到了天姥山下才回来。

㉖〔中岁句〕"贡"，贡举。古时被县府保送参加考试叫作贡举。杜甫于七三五年（开元二十三年）回到巩县故乡，得县府保送，参加进士考试。时杜甫二十四岁。

㉗〔劘（mó）〕迫近的意思。〔屈贾〕指屈原、贾谊。〔垒〕营垒。这里用武事来比方文事。〔气劘句〕意思说自己的写作要与屈、贾相对敌。

㉘〔曹刘〕指曹植、刘桢，皆建安诗人。〔目短句〕意思说没有把曹、刘放在眼里。

㉙〔忤〕不顺。〔考功〕唐初贡举，由考功员外郎主试。〔第〕等第，即考进士榜上的名次。落选叫作下第。〔京尹〕京兆尹，掌京都方千里以内之地。〔忤下二句〕说这次参加进士考试没有被录取。

㉚〔齐赵〕今山东省与河北省南部、河南省东部。

㉛〔丛台〕战国时赵王故台，在今河北邯郸县。

㉜〔青丘〕地名。相传是春秋时齐景公畋猎处，约在今山东益都、高苑一带。

㉝〔皂枥林、云雪冈〕"皂"，黑色。"枥"，栎树。或云，此是两地名，当在山东。

㉞〔纵鞚（kòng）〕放辔疾驰。

㉟〔引臂〕开弓。

㊱〔苏侯〕这句下有原注云："监门胄曹苏预。"苏预，字源明，武功人。这时他在徐州、兖州一带作客，常常与杜甫一同出游打猎。

㊲〔葛强〕晋山简的爱将，常与山简同游。这里杜甫用来自比。

㊳〔八九年〕七三七年到七四五年之间。

㊴〔咸阳〕这里指长安。

㊵〔许与〕赞许。〔词伯〕犹言文坛前辈。指岑参、郑虔等。

㊶〔贤王〕指汝阳王李琎。

㊷〔曳裾〕"曳",拖。"裾",衣大襟。行走时拖着衣襟。古时文人服饰如此。〔置醴〕"醴",美酒。用美酒敬重宾客。古代诸侯设醴酒以延请文士。〔曳裾句〕说自己曾参与爱好文士的贵人们的宴会。

㊸〔奏赋〕指献三大礼赋。〔明光〕汉殿名。此借喻唐朝宫殿。

㊹〔轩裳〕车服。

㊺〔脱身句〕杜甫献赋后,待制集贤院,天宝十四载(七五五年),被任为河西尉,没有就职。"受",一本作"爱"。

㊻〔行藏〕"行",指出来做官。"藏",指退而隐居。

㊼〔黑貂句〕战国时苏秦到秦国去求官,所穿的黑貂裘都破了,还求不到官。此处杜甫用来比喻自己生活困难。

㊽〔斑鬓〕头发花白。〔兀称觞〕端坐举杯。

㊾〔杜曲〕地名,在长安南,是杜甫故居。〔换〕一本作"晚",一本作"挽"。

㊿〔白杨〕古时坟墓上多种植白杨。

㈤〔乡党〕乡里。〔坐深二句〕意思是说在长安日久,老辈渐多死亡,自己竟被人看作老一辈的人了。

㈥〔赤族〕诛杀连族。玄宗晚年,权贵争权倾轧,往往杀戮惨酷。

㈦〔国马〕唐玄宗养有舞马,衣文采,饲以粟、豆。

㈧〔官鸡〕玄宗喜斗鸡,设立鸡坊,使人民输纳稻粱以养鸡。

㈨〔举隅〕举一隅为例。〔烦费〕浪费烦多。

㈩〔引古〕读历史引证古事。

㈦〔河朔风尘〕七五五年十一月,安禄山在范阳(河北)起兵反叛。

㈧〔岷山行幸〕岷山,在四川省。皇帝出游叫作"行幸"。此指唐玄宗逃往蜀中。

㈨〔两宫〕指玄宗、肃宗父子。时肃宗即位灵武。〔警跸(bì)〕皇帝所到的地方，即行戒严，遮断行人，叫作“警跸”。

(60)〔崆峒〕山名，在甘肃。此泛指西方。〔少海〕古时称东方为“少海”。〔崆峒二句〕言东方、西方皆有战事。

(61)〔禹功句〕夏禹把帝位传给他的儿子启。此用来比喻玄宗传位给太子肃宗。

(62)〔涿鹿句〕“涿鹿”，山名。在今河北涿鹿县东南。相传皇帝与蚩尤战于涿鹿之野。此用来比喻肃宗亲征。

(63)〔翠华〕见前《北征》注。〔吴岳〕在凤翔。一说在陇州。“吴”一本作“英”。〔翠华句〕指肃宗自灵武移驻凤翔。

(64)〔螭虎〕“螭”，龙属。“螭虎”，比喻唐朝军队。“螭”一本作“貙”。〔豺狼〕比喻安禄山军队。

(65)〔爪牙句〕指房琯陈陶斜之败。肃宗派房琯率兵收复两京，七五六年（至德元载）十月，房琯在陈陶斜（咸阳东）与安守忠交战，一天内全军覆没。“中”，读去声。全句说击其爪牙，可惜一击不中。

(66)〔陆梁〕猖狂。

(67)〔大军句〕“载”，语助词。“草草”，劳顿貌。指唐兵调动频繁。

(68)〔凋瘵（zhài）句〕意思说民力困疲，国家病根已深。“瘵”，痨病。

(69)〔备员〕忝列官员之内。指七五七年（至德二载），杜甫任左拾遗事。〔窃〕自谦语气词。〔补衮〕古时成语。补救皇帝的缺失。

(70)〔九庙〕皇室的宗庙。

(71)〔伏青蒲〕借用汉史丹伏青蒲上谏元帝的历史典故，比拟自己敢于进谏。“青蒲”，汉元帝卧室地上的蒲席。

(72)〔赫怒句〕指救房琯得罪事。七五七年，房琯被贬官，杜甫上疏救他，肃宗大怒，令三司审问杜甫，赖宰相张镐营救，方得免罪。

(73)〔圣哲〕犹言圣明、圣智。古时臣子称皇帝之词。

(74)〔宇县〕犹言天下。〔宇县句〕是指七五七年长安洛阳先后收复。

(75)〔朝未央〕“朝”，朝见。“未央”，汉宫名。此借指唐长安宫殿。七五七年十月,肃宗回长安,杜甫也从鄜州回长安。

⑯〔小臣〕指杜甫自己。

⑰〔殊方〕异地。

⑱〔羽翩句〕"困低昂",犹言不能奋飞。这里借喻自己。

⑲〔碧蕙句〕"蕙",香草。秋时开花。"捐",弃。一本作"损"。这里杜甫用香草自比。

⑳〔之推〕介之推,春秋时人。他从晋文公流亡在外十九年,后来文公回国即位,他避不受赏。

㉑〔渔父〕屈原曾作《渔父》篇,篇末有渔父唱的歌:"沧浪之水清兮,可以濯吾缨;沧浪之水浊兮,可以濯吾足。"

㉒〔荣华二句〕如果荣华胜于勋业,必有危机。这里用"严霜"作为危机的比喻。即使勋业相当,宁可勿恋富贵。

㉓〔鸱夷子〕指春秋时越国大夫范蠡。范蠡佐越王勾践灭了吴国,他知道勾践可与共患难不可与共安乐,因弃官泛游江湖,自号"鸱夷子"。*以上借介之推、渔父、范蠡等聊以慰藉自己,也暗寓在政治上失意的感叹。

㉔〔侧伫句〕"侧",侧身。"伫",等待。说自己很希望有英俊之士出来,替国家攘除祸乱。

遣　怀

昔我游宋中①,惟梁孝王都②。名今陈留亚,剧则贝魏俱③。邑中九万家,高栋照通衢④。舟车半天下⑤,主客多欢娱。白刃仇不义,黄金倾有无。杀人红尘里,报答在斯须⑥。忆与高李辈⑦,论交入酒垆。两公壮藻思⑧,得我色敷腴⑨。气酣登吹台⑩,怀古视平芜。芒砀云一去⑪,雁鹜空相呼。先帝正好武⑫,寰海未凋枯⑬。猛将收西域⑭,长戟破林胡⑮。百万攻一城,献捷不云输⑯。组练弃如泥⑰,尺土负百夫⑱。拓境功未已,元和辞大炉⑲。乱离朋友尽,合沓岁月徂⑳。吾衰将焉托,存殁再呜呼㉑。萧条益堪愧,独在天一隅。乘黄已去矣㉒,凡马徒区区。不复见颜鲍㉓,系舟卧荆巫㉔。临飧吐更食㉕,常恐违抚孤㉖。

【注释】

* 当亦是七六六年的作品。杜甫寓居夔州时,为了对故友李白、高适的哀念和梁、宋旧游的回忆,写这首诗。

① 〔宋中〕河南东部,古宋国地。七四四年秋天,杜甫和高适、李白二人曾游历梁(即汴州,今河南开封)、宋(即宋州,今河南商丘)等地。

② 〔梁孝王都〕汉梁孝王自大梁(开封)徙都睢阳,睢阳即唐代的宋州。

③ 〔名〕名声。〔陈留〕为汉唐以来著名的商业城市,今河南陈留县。〔亚〕次等。〔剧〕烦剧,嘈杂。〔贝魏〕贝州,今河北清河县;魏州,今河北大名县。〔名今二句〕说宋州的繁荣仅次于陈留而与贝州、魏州相等。

④ 〔照〕照映。

⑤ 〔舟车句〕极言宋中交通便利,四方的舟车都辏集。

⑥ 〔仇〕仇杀。〔白刃四句〕说宋中多豪侠。

⑦ 〔高李〕高适、李白。

⑧ 〔藻思〕做文章的才思。"思",读去声。

⑨ 〔敷腴〕欢悦。

⑩〔酣〕盛满。〔吹台〕梁孝王所筑,古迹在今河南开封县东南。

⑪〔芒砀云〕"芒、砀",二山名。在江苏徐州之西。汉高祖微贱时,曾逃匿芒、砀山间。当时有这样附会的传说:高祖所在地,其上常有云气。

⑫〔先帝〕指唐玄宗。〔好武〕喜用武力。

⑬〔寰海〕指大地,包括水陆而言。

⑭〔收西域〕大概指七四六至七四九年间王忠嗣、高仙芝、哥舒翰先后征讨吐蕃、吐谷浑、小勃律等战役。

⑮〔长戟〕兵器。〔破林胡〕大概指七三四年张守珪大破契丹的战役。契丹所在,即战国时林胡地。

⑯〔献捷句〕说当时主将蒙蔽朝廷,只报胜而不报败。

⑰〔组练〕组甲、练袍,军队的服装。

⑱〔尺土句〕争一尺土地要牺牲百人的性命。

⑲〔元和〕犹言和平气象。〔大炉〕指天地。〔元和句〕天地间失却和平气象。此指天宝末年的大乱。

⑳〔合沓〕连续。〔徂〕过去。

㉑〔存殁句〕指李白、高适先后死亡。李白死在七六二年,高适死在七六五年。

㉒〔乘黄〕骏马名。此借喻高、李。

㉓〔颜鲍〕颜延之(三八四—四五六)、鲍照(四一五?—四六五?),二人都是南北朝时诗人。此亦借喻高、李。

㉔〔荆巫〕荆州、巫峡。

㉕〔吐更食〕临食不能下咽,但仍勉强进食。

㉖〔抚孤〕抚育高、李的子女。

解闷十二首

草阁柴扉星散居①,浪翻江黑雨飞初。山禽引子哺红果②,溪女得钱留白鱼。

商胡离别下扬州①,忆上西陵故驿楼②。为问淮南米贵贱③,老夫乘兴欲东游。

一辞故国十经秋,每见秋瓜忆故丘①。今日南湖采薇蕨②,何人为觅郑瓜州③?

沈范早知何水部①,曹刘不待薛郎中②。独当省署开文苑③,兼泛沧浪学钓翁④。

李陵苏武是吾师①,孟子论文更不疑②。一饭未曾留俗客,数篇今见古人诗③。

复忆襄阳孟浩然①,清诗句句尽堪传。即今耆旧无新语②,漫钓槎头缩项鳊③。

陶冶性灵存底物①,新诗改罢自长吟。孰知二谢将能事②,颇学阴何苦用心③。

不见高人王右丞①,蓝田丘壑漫寒藤②。最传秀句寰区满③,未绝风流相国能④。

先帝贵妃今寂寞①,荔枝还复入长安。炎方每续朱樱献②,玉座应悲白露团③。

忆过泸戎摘荔枝①,青峰隐映石逶迤。京中旧见无颜色②,红颗酸甜只自知③。

翠瓜碧李沉玉甃①,赤梨葡萄寒露成②。可怜先不异枝蔓③,此物娟娟长远生④。

侧生野岸及江蒲①,不熟丹宫满玉壶②。云壑布衣鲐背死③,劳人害马翠眉须④。

【注释】

＊这十二首诗当亦是七六六年杜甫在夔州作。随笔所写,以解闷怀,题材不一,总名《解闷》。

〔第一首〕 从夔州景物叙起。

①〔草阁〕大概即指"江边阁"。

②〔哺〕喂饲。

〔第二首〕 说准备去蜀游吴。

①〔商胡〕即胡商。在中国经商的胡人。当时夔州一带常有胡商经过。〔扬州〕即今江苏扬州。

②〔西陵〕在今浙江萧山县西。旧有驿楼,亦名古驿台。七三一年至七三四年期间,杜甫游吴越,曾登西陵驿楼。

③〔淮南〕唐淮南道,今湖北东北部及江苏、安徽一带皆其地。故治在扬州。

〔第三首〕 怀念友人郑审。这诗有原注云:"今郑秘监审。"郑审,荥阳(今河南郑州)人,郑虔的侄儿。

①〔故丘〕故山,犹言故乡。

②〔南湖〕约在今湖北江陵县南,郑审谪居江陵时,曾构亭其上。

③〔郑瓜州〕即指郑审。据旧说,郑审故居在瓜州村,瓜州村大概在长安附近。

〔第四首〕 怀念友人薛据。这诗有原注云:"水部郎中薛据。"杜甫在长安时,曾同他登慈恩寺塔赋诗。

①〔沈范〕沈约(四四一—五一三)、范云,二人都是南北朝时的作家。

〔何水部〕指何逊。何逊是沈、范同时代的作家，官做到水部郎，沈、范二人都非常赞美他的文章。〔沈范句〕意思是说薛据同何逊一样官做到水部，但何有人赏识他而薛却没有同调的人。

② 〔曹、刘〕指建安诗人曹植、刘桢。〔薛郎中〕即指薛据。〔曹刘句〕说薛据可惜不与曹、刘同时。

③ 〔省署〕指尚书省。薛据为尚书省水部郎中。〔文苑〕文人聚集的地方。

④ 〔沧浪〕水名，汉水之别流，在荆州。《楚辞·渔父篇》有《沧浪歌》。这时薛据在江陵。

〔第五首〕 怀念友人孟云卿。这诗有原注云："校书郎云卿。"孟云卿，河南人，这时也在江陵。

① 〔李陵、苏武〕汉武帝时人。梁萧统的《文选》里选有他们互相赠别的诗，向来认为是五言诗之祖。但是也有人怀疑不是苏、李两人的真作，而是后人的拟作。

② 〔孟子〕即指孟云卿。云卿对于诗歌主张质朴有内容，反对齐、梁宫体作风。

③ 〔数篇句〕说云卿的诗有汉、魏时代古诗的风格。

〔第六首〕 怀念友人孟浩然。

① 〔孟浩然〕唐代著名诗人（六八九—七四〇）。隐居襄阳鹿门山，诗与王维齐名，时称王、孟。

② 〔无新语〕时孟浩然已死。说襄阳老辈更无新诗。

③ 〔漫钓〕空钓。〔槎头缩项鯿〕"槎"，同"查"，砍断的木头。"项"，一本作"颈"。"鯿"，鱼名，头尾均短小，味很肥美，产汉水中。汉水边的人取鱼，常用砍断的木头拦水。孟浩然诗："试垂竹竿钓，果得槎头鯿。"

〔第七首〕 自叙诗歌创作。

① 〔陶冶〕造瓦器叫作陶，铸金叫作冶。这里比喻艺术创造。〔性灵〕性情与灵感。〔存〕一本作"在"，意同。〔底物〕俗语。犹言这个东西。指诗。

② 〔孰〕同"熟"。〔二谢〕谢灵运（三八五—四三三）、谢朓（四六四—

四九九），皆南北朝时诗人。〔将〕与，共。〔能事〕能艺。擅长的事。〔孰知句〕意思说自己精熟于二谢的诗，能和他们同有熟练的技巧。

③〔阴何〕阴铿、何逊，皆南北朝时诗人。

〔第八首〕 怀念友人王维。

①〔王右丞〕王维（七〇一——七六一），唐代诗人兼画家。他官做到尚书右丞。

②〔蓝田〕今陕西蓝田县。王维有别墅在蓝田，称辋川别墅，风景极美。〔漫〕空。一本作"蔓"。其时王维亦已死。

③〔寰区〕犹言天下。

④〔相国〕句下原有注云："右丞弟今相国缙。"王缙，代宗朝的宰相，亦能诗。

〔第九首〕 以下四首皆为唐玄宗征贡鲜荔枝而发。这首叹玄宗、贵妃已死亡而进贡荔枝的旧例还未免除。

①〔先帝〕指玄宗。

②〔炎方〕南方。〔朱樱〕就是樱桃。宫中荐献樱桃，取于内园，在夏季。

③〔玉座〕御座。〔白露团〕形容寂寞凄凉。末句应首句玄宗、贵妃俱已死亡而言。

〔第十首〕 说蜀中荔枝鲜美，远道进贡到长安，究竟已变了色味。

①〔泸戎〕泸州（今四川泸县）、戎州（今四川宜宾县），产荔枝著称。七六五年，杜甫离成都东下时曾经过其地。《宴戎州杨使君东楼》诗有"轻红劈荔枝"之句。

②〔无颜色〕指进贡的荔枝已变色。

③〔只自知〕只有吃荔枝的人自己知道。

〔第十一首〕 说荔枝因为产在远方，故被珍视。

①〔甃（zhòu）〕用砖砌井叫作甃。此指井。

②〔成〕成熟。

③〔可怜句〕意思说翠瓜、碧李、赤梨、葡萄，原来与荔枝同属枝蔓所生

的果实。

④〔此物〕指荔枝。〔娟娟〕美好貌。〔远生〕生在远方。

〔第十二首〕 叹布衣之士不如荔枝被人重视。

①〔江蒲〕戎夔语称田亩曰"蒲"。一本"蒲"作"浦",水岸。

②〔不熟丹宫〕荔枝本不生长成熟在宫中。

③〔鲐(tái)背〕"鲐",即河豚。年老的人,背皮如鲐鱼。〔云壑句〕布衣之士老死在丘壑也没有人理睬。

④〔劳人害马〕指进贡鲜荔枝而言。〔翠眉〕美人的眉。这里指杨贵妃。〔须〕需要。

咏怀古迹五首

支离东北风尘际①,漂泊西南天地间②。三峡楼台淹日月③,五溪衣服共云山④。羯胡事主终无赖⑤,词客哀时且未还⑥。庾信平生最萧瑟⑦,暮年诗赋动江关⑧。

摇落深知宋玉悲①,风流儒雅亦吾师。怅望千秋一洒泪,萧条异代不同时②!江山故宅空文藻③,云雨荒台岂梦思④。最是楚宫俱泯灭,舟人指点到今疑⑤。

群山万壑赴荆门①,生长明妃尚有村②。一去紫台连朔漠③,独留青冢向黄昏④。画图省识春风面⑤,环佩空归月夜魂⑥。千载琵琶作胡语⑦,分明怨恨曲中论⑧。

蜀主窥吴幸三峡①,崩年亦在永安宫②。翠华想像空山里③,玉殿虚无野寺中④。古庙杉松巢水鹤,岁时伏腊走村翁⑤。武侯祠屋长邻近⑥,一体君臣祭祀同。

诸葛大名垂宇宙,宗臣遗像肃清高①。三分割据纡筹策②,万古云霄一羽毛③。伯仲之间见伊吕④,指挥若定失萧曹⑤。运移汉祚终难复⑥,志决身歼军务劳⑦。

【注释】

＊当是七六六年,在夔州作。"古迹"指江陵、归州、夔州的宋玉宅、庾信故居、明妃村、永安宫、先主庙、武侯祠。因古迹而追怀古人,每首分咏。

〔第一首〕　自叙客中忧时伤乱的心情,兼怀庾信。

①〔支离〕流荡分散。〔东北风尘际〕指安禄山叛乱时期。

②〔漂泊句〕说入蜀后居无定处。

③〔淹〕久留。

④〔五溪衣服〕"五溪",即雄溪、樠溪、酉溪、沅溪、辰溪,在今湖南西部。古为溪族所居地区。溪人衣服与唐人不同。〔五溪句〕意思说夔州一带有溪人杂处。

⑤〔羯胡〕指安禄山,参看《彭衙行》注。兼指反叛梁朝的侯景。

⑥〔词客〕指杜甫自己,兼指庾信。〔且〕尚。

⑦〔庾信二句〕庾信自梁使魏，后在北周做官，被留不得回来。晚年常有故国乡关之思，作《哀江南赋》，最有名。

⑧〔江关〕这里指荆州江陵。梁元帝都江陵。庾信未入北周时也住在江陵，其所居相传是宋玉的故宅。

〔第二首〕 追怀宋玉。

①〔摇落〕宋玉《九辩》有"悲哉秋之为气也，萧瑟兮草木摇落而变衰"之句。

②〔异代不同时〕说自己和宋玉隔开几个朝代。

③〔故宅〕江陵与归州（今湖北秭归县）皆有宋玉故宅。〔空文藻〕空留文采。

④〔云雨句〕宋玉《高唐赋》故事：楚王游高唐（楚台观名），梦见一妇人，她说自己是巫山神女，"旦为行云，暮为行雨；朝朝暮暮，阳台之下"。阳台山在四川巫山县，上有阳云台遗址。今湖北汉川县南亦有阳台山。这里是说宋玉作《高唐赋》，不是完全说梦，可能有讽谏的意思。

⑤〔舟人句〕说行船的人至今指点楚宫和高唐观的古迹，但无可凭信。

〔第三首〕 咏王昭君。

①〔荆门〕山名。在湖北宜都县西北。

②〔明妃〕即王昭君。见前《负薪行》注。昭君村在归州。

③〔紫台〕即紫宫，皇帝所居。〔朔漠〕北方沙漠之地。

④〔青冢〕王昭君墓，在今绥远归绥县南。传说塞外草白，独王昭君墓上草色青青，故名"青冢"。

⑤〔画图句〕"省"，即省约，省略的意思。"省识"，约略地看识。"春风面"，形容青春美貌。传说汉元帝命画师画宫女容貌，宫女多贿赂画师，王昭君貌美，因为不肯行贿，画师故意把她画坏，因此不得选拔，元帝从来没有见过她。直到她被遣嫁匈奴时召见，元帝见她容光焕发，美丽为后宫第一，大为惊讶。元帝始知为画师所欺，命斩画师。此句说昭君既远嫁匈奴，元帝只能在画图中约略地看识她的青春美貌。

⑥〔环佩句〕"环佩",佩玉,女性装饰品;借指昭君。此句说昭君死在匈奴,不得归汉;只有她的魂在月夜归来。

⑦〔琵琶、胡语〕琵琶原是西域胡人乐器。相传汉武帝把公主遣嫁乌孙王,公主悲郁,胡人于马上作琵琶乐以娱乐她。琵琶配合着胡语歌曲。这段情节在民间传说中也同样点缀于昭君故事上,并且说昭君善于弹琵琶以纾忧郁。

⑧〔曲中论〕传说昭君在匈奴中作有怨思的歌曲。今琵琶曲与琴曲中都有《昭君怨》乐曲。

〔第四首〕 因夔州永安宫古迹及先主庙,咏刘备。

①〔蜀主〕指刘备。〔窥吴〕二二二年,刘备率兵攻东吴。〔幸〕临幸。恭维皇帝的话。犹言"驾到"。

②〔永安宫〕在夔州。刘备伐吴败回,死于永安宫。

③〔翠华〕皇帝行仗。见前《北征》注。

④〔玉殿句〕句下原有注云:"殿今为寺庙,在宫东。"

⑤〔岁时句〕说村民按季节前往祭祀。"伏腊",古代祭名。伏在夏六月,腊在冬十二月。

⑥〔武侯祠屋〕诸葛亮曾封武乡侯。诸葛武侯祠在先主庙西。

〔第五首〕 因夔州武侯祠,追怀诸葛亮。

①〔宗臣〕为大众所仰望的大臣、重臣。

②〔纡筹策〕曲折规划策略。

③〔云霄一羽毛〕好比鸾凤高翔,独步云霄。

④〔伯仲之间〕犹言不相上下。"伯仲",兄弟。〔伊吕〕伊尹、吕尚。伊尹辅佐商汤,吕尚辅佐周文、武王,皆建立王业。

⑤〔若定〕胸有成算,从容不迫。〔失萧曹〕萧何、曹参是辅佐汉高祖的谋臣。"失",失色。说诸葛亮的谋略足使萧、曹失色,实出萧、曹二人之上,而在伊、吕之间。

⑥〔祚〕帝位。

⑦〔志决身歼〕立志坚定,以身殉职。用诸葛亮《后出师表》"鞠躬尽瘁,死而后已"语意。

秋兴八首

玉露凋伤枫树林①,巫山巫峡气萧森。江间波浪兼天涌,塞上风云接地阴。丛菊两开他日泪,孤舟一系故园心②。寒衣处处催刀尺③,白帝城高急暮砧④。

夔府孤城落日斜①,每依北斗望京华②。听猿实下三声泪③,奉使虚随八月槎④。画省香炉违伏枕⑤,山楼粉堞隐悲笳⑥。请看石上藤萝月,已映洲前芦荻花⑦。

千家山郭静朝晖①,日日江楼坐翠微②。信宿渔人还泛泛③,清秋燕子故飞飞④。匡衡抗疏功名薄⑤,刘向传经心事违⑥。同学少年多不贱,五陵衣马自轻肥⑦。

闻道长安似弈棋①,百年世事不胜悲。王侯第宅皆新主②,文武衣冠异昔时。直北关山金鼓振,征西车马羽书驰③。鱼龙寂寞秋江冷④,故国平居有所思⑤。

蓬莱宫阙对南山①,承露金茎霄汉间②。西望瑶池降王母,东来紫气满函关③。云移雉尾开宫扇,日绕龙鳞识圣颜④。一卧沧江惊岁晚⑤,几回青琐点朝班⑥。

瞿唐峡口曲江头,万里风烟接素秋①。花萼夹城通御气②,芙蓉小苑入边愁③。珠帘绣柱围黄鹄,锦缆牙樯起白鸥④。回首可怜歌舞地,秦中自古帝王州⑤。

昆明池水汉时功①,武帝旌旗在眼中②。织女机丝虚夜月,石鲸鳞甲动秋风③。波漂菰米沉云黑,露冷莲房坠粉红④。关塞极天惟鸟道⑤,江湖满地一渔翁⑥。

昆吾御宿自逶迤①,紫阁峰阴入渼陂②。香稻啄余鹦鹉粒,碧梧栖老凤凰枝③。佳人拾翠春相问④,仙侣同舟晚更移⑤。彩笔昔曾干气象⑥,白头吟望苦低垂⑦。

【注释】

* 七六六年秋天,在夔州作。"兴",读去声,即"感兴""遣兴"的意思。这八首诗以身居夔州,北望长安为主题。

〔第一首〕 写长江秋景和自己羁旅思归的愁闷。

① 〔玉露〕白露。

② 〔丛菊二句〕"他日"犹言"前日"。杜甫离开成都,原想从水路东归,棹孤舟而出峡。但是在云安及夔州耽留,不觉已经两秋,见到"丛菊两开"。时序催人,回忆过去,颇多伤感,所以说"他日泪"。"系",系住。系着孤舟,滞留峡中,约束不住向往故园的心情。

③ 〔寒衣句〕人们已在急迫制作准备过冬的衣服。

④ 〔暮砧〕"砧",捣衣石。秋天晚上的捣衣声和歌声最容易引起游子思乡的情绪。

〔第二首〕 写夔州的晚景和自己想望长安的心情。

① 〔夔府〕即夔州。贞观十四年(六四〇年),夔州设都督府,所以亦称"夔府"。

② 〔每依句〕"京华",指长安。长安在夔州北,所以杜甫常依北斗星所在的方向而望长安,以寄其故国之思。

③ 〔听猿句〕巴东渔人歌(《水经注》引)云:"巴东三峡巫峡长,猿鸣三声泪沾裳。"听猿堕泪,身历其境者真能体会,所以说"实下"。

④ 〔奉使句〕据民间传说,汉张骞奉使西域,寻找河源,曾乘槎到了天河。另一故事,有海边居民,见年年八月海上有浮槎去来,不失期,此人乘槎去,泛至天河牵牛宿,又随槎回海边。详见《秦州杂诗》注。杜甫合用这两个故事,说自己很想回到长安,可是久滞峡中,徒然成了虚愿。

⑤ 〔画省句〕据《汉官仪》:尚书省都用胡粉涂壁,画古列士像。故称"画省"。尚书郎入直(即入侍),有侍女史二人执香炉烧香从入。杜甫此时官检校工部员外郎,属尚书省。此句说自己客中卧病伏枕,不曾入侍朝廷。

⑥ 〔山楼粉堞〕指"夔府孤城"而言。"堞",城上的矮墙。

⑦ 〔请看二句〕承首句"日落",这时已是月上光景。"藤萝"和"芦荻"皆是秋天景物。

〔第三首〕 写夔州朝景和自己身世遭遇的感慨。

① 〔朝晖〕早晨的阳光。

②〔坐翠微〕"翠微",山青缥色。山绕楼前,所以坐对翠微。

③〔信宿〕再宿。

④〔故〕还,仍。

⑤〔匡衡〕汉时人。元帝初,衡数上奏疏论议时事,升迁为光禄大夫、太子少傅。〔疏〕读去声。〔薄〕减损。〔匡衡句〕杜甫自比匡衡,他任左拾遗时,也曾抗疏直谏,但是没有建立功名,反被疏远,故云"功名薄"。

⑥〔刘向〕亦汉时人。宣帝初,讲论"五经"于石渠阁。成帝即位,命向领校内府秘书。〔刘向句〕刘向历事汉两帝,亦曾上疏言事,不见重用,但是还能在秘府校书,传授经学。杜甫老病漂泊,要自比刘向,也不如心愿,所以说"心事违"。

⑦〔五陵〕长安、咸阳间有五陵:长陵、安陵、阳陵、茂陵、平陵,都是汉代帝王的陵墓。已见前《哀王孙》《遣兴五首》注。汉时经营帝王陵墓,又使豪杰名家迁住其地,因而五陵多豪侠少年,传为典故。〔同学二句〕说少年同学现在多置身显贵。含有嘲讽语气。

〔第四首〕 忧叹长安时事。

①〔似弈棋〕说局面变化很多,好比弈棋的黑白胜负反覆不定。

②〔皆新主〕都换了新主人。

③〔直北二句〕其时北方回纥,西方吐蕃,并党项羌、浑、奴剌等诸部族,时来寇掠,战事不息。

④〔鱼龙句〕转到夔州江边秋景。秋日鱼龙潜蛰,所以说"寂寞"。

⑤〔故国〕可以泛指故乡而言,也特指自己的国都。这里指长安。〔平居〕平时居处。

〔第五首〕 想望长安宫阙。

①〔蓬莱〕汉宫殿名。唐大明宫极北最高处亦有蓬莱殿。〔宫阙〕一本作"仙阙"。〔南山〕终南山。

②〔承露金茎〕"承露"是仙人承露铜盘,"金茎"是承露盘下的铜柱。汉武帝相信神仙家言,建金茎承露盘,在建章宫西。班固《西都赋》:"抗仙掌以

承露,擢双立之金茎。"唐宫里并不实有承露金茎,这是借汉宫的建筑来比拟唐宫。

③〔瑶池、王母〕"瑶池",传说中西王母所居之地。《汉武内传》:七月七日,西王母下降汉殿,与武帝会见。〔紫气、函关〕"函关"即函谷关。《列仙传》:老子(李耳)西游,至函谷关,关尹喜(守关的官吏名喜)望见有紫气自东而来,知道真人(仙人)当过此。〔西望二句〕夸说蓬莱宫阙之高,东西瞻望所及。用神仙家典故,借汉喻唐。唐玄宗亦相信神仙及道教。

④〔云移雉尾〕据《唐会要》:唐玄宗开元年代,因萧嵩的奏疏,建议皇帝在每月朔、望日,受朝于宣政殿,皇帝初上时,当用羽扇障合,待坐定后始开扇。从此,便定为朝仪。"雉尾"即指羽毛障扇。"云移"形容扇移开时光彩波动貌。〔龙鳞〕皇帝衮衣上绣着龙。指绣龙的鳞纹。〔云移二句〕描写唐宫中皇帝朝见群臣的仪式。

⑤〔一卧沧江〕指现在卧病峡中。〔惊岁晚〕说时光匆匆,惊讶于一年又将过去。

⑥〔青琐〕汉未央宫中宫门名。门窗上刻镂作连环文饰而以青色涂之,叫作"青琐"。这里泛指宫门而言。〔几回句〕杜甫在肃宗收复长安后仍任左拾遗官职,曾参与班列,入唐宫中朝见;现在病卧沧江,虽带着工部员外郎职衔,未曾入朝。这句是回忆及想望的话。"点",传点;传呼点名,挨次入朝。

〔第六首〕 想望长安曲江。

①〔瞿唐二句〕瞿塘峡是三峡之一,在夔州附近。曲江在长安南。瞿塘与曲江,虽相隔万里,而秋天的风烟是相连接的。这是身在夔州,北望长安的想象的话。

②〔花萼夹城〕"花萼",楼名,在南内兴庆宫西南隅。唐玄宗常居兴庆宫内。从兴庆宫到曲江芙蓉园筑有复道,称"夹城"。

③〔芙蓉苑〕即芙蓉园,在曲江,已见《乐游园歌》注。〔入边愁〕"边愁",指安禄山在东北边疆上的叛乱。玄宗、贵妃们常时到曲江游玩享乐,不久有"边愁"侵入了。

④〔珠帘绣柱〕指曲江旁的行宫别院,富丽的楼亭建筑。〔黄鹄〕传说中的大鸟,仙人所乘。〔锦缆牙樯〕彩丝的船索和象牙做的桅杆,形容漂亮的、贵族的游船。〔珠帘二句〕说曲江宫院之多,建筑繁密围簇,中有仙鹄翱翔。曲江游船极盛,往往使白鸥惊起。另一解:这两句承上文"人边愁"而来,说曲江昔盛今衰。昔日珠帘绣柱之地,现在楼空无人,只有黄鹄高飞;昔日锦缆牙樯,游船极多,现在只见白鸥飞起。

⑤〔秦中句〕"秦中",指关中。说秦中从古以来为帝王建都之地。

〔第七首〕 想望长安昆明池。

①〔昆明池〕在长安西二十里,汉武帝元狩三年(公元前一二〇年)所凿。为了想征伐滇国、南越,训练水战,曾大造楼船,高十余丈,加旗帜其上。

②〔在眼中〕可以想见。说想见汉武帝时楼船旌旗之盛。此亦借汉喻唐,唐玄宗好大喜功,曾发兵攻伐南诏。

③〔织女、石鲸〕昆明池有织女、牵牛两石像,东西相望。又有玉石刻作鲸鱼像。〔虚夜月、动秋风〕借织女、石鲸想象昆明池冷落的秋景。

④〔菰(gū)米〕"菰",禾本科植物,多年生,生浅水中,梗高五六尺,叶像蒲苇。春时,中心生嫩芽像笋,可吃,叫作茭白。秋天结实像米,可以作饭,叫作菰米,亦称雕胡米。〔沉云黑〕形容菰米多,一望黯黯然像沉云似的。〔莲房〕就是莲蓬。〔波漂二句〕亦是想象昆明池的清秋景物。

⑤〔关塞句〕从三峡远望秦中,但见连天关塞,只有飞鸟能度的道路。

⑥〔江湖句〕说自己像一个渔翁似的漂泊在江湖中。

〔第八首〕 想望长安渼陂等风景。

①〔昆吾御宿〕二地名,在长安东南,入蓝田县境。汉武帝上林苑所包括的地区。〔逶迤(wēi yí)〕路曲折貌。

②〔紫阁峰〕终南山的山峰。〔渼陂〕在今陕西省鄠县西五里。水源出终南山。唐时为长安城西南的胜景。〔紫阁句〕说紫阁峰北半面的倒影浸入渼陂。杜甫《渼陂行》诗有"半陂以南纯浸山"之句。

③〔香稻二句〕香稻是鹦鹉啄余的粒,碧梧是凤凰栖老之枝。意思说这里

的香稻是曾经用来喂鹦鹉的,这里的梧桐树曾经栖宿过凤凰。从昆吾、御宿到渼陂,东西百余里都属汉时上林苑的故址,所以这样说。"余",一本作"残"。

④〔佳人句〕说游春的士女很盛。"拾翠",采拾花草。"春相问",游春相见,互相问好。

⑤〔仙侣〕指游春的伴侣,轻松愉快,飘飘欲仙。〔晚更移〕天色已晚,还移棹他游,乐而忘返。

⑥〔彩笔〕五彩的笔。〔干〕凌,干动。〔气象〕指山川气象,自然造化的精神。〔彩笔句〕说当年自己的诗笔曾经刻画了长安山川的气象。

⑦〔白头句〕说现在吟诗苦望。不及壮年时的健笔凌云。

阁　夜

岁暮阴阳催短景①,天涯霜雪霁寒宵②。五更鼓角声悲壮,三峡星河影动摇③。野哭千家闻战伐④,夷歌数处起渔樵。卧龙跃马终黄土⑤,人事音书漫寂寥。

【注释】

* 此诗是七六六年冬天,杜甫寓居夔州西阁时所作。

①〔阴阳〕指日月。〔短景〕"景",犹言光阴。

②〔霁〕止,消散。

③〔星河〕星及银河。

④〔战伐〕蜀中从七六五年崔旰、郭英义、杨子琳等互相残杀,到这时尚未完全平息。

⑤〔卧龙跃马〕指诸葛亮、公孙述。诸葛亮躬耕南阳,徐庶对刘备说:"诸葛孔明,卧龙也。"西汉末年,公孙述据蜀称帝,甲兵数十万。左思《蜀都赋》:

"公孙跃马而称帝。"夔州有诸葛、公孙二人的遗迹及祠庙。

愁

江草日日唤愁生,巫峡泠泠非世情①。盘涡鹭浴底心性②,独树花发自分明。十年戎马暗万国③,异域宾客老孤城④。渭水秦山得见否⑤?人今罢病虎纵横⑥。

【注释】

＊此诗当是七六七年（大历二年）,杜甫在夔州作。诗题下有原注云:"强戏为吴体。""强",勉强。"吴体",名称的来源未详。可能是采用江东吴歌俗曲中的声调而变化成为一种拗体律诗。皮日休、陆龟蒙集中也有所谓"吴体"诗,同样是拗体律诗。

①〔泠泠〕流水声。
②〔盘涡〕漩涡。〔底〕什么。
③〔万国〕即万方。
④〔异域宾客〕杜甫说自己作客他乡。〔孤城〕指夔州。
⑤〔渭水秦山〕指长安。
⑥〔罢〕同"疲"。〔虎纵横〕借喻苛政。时颁行第五琦新税法,征敛更重。

即　事

暮春三月巫峡长,晶晶行云浮日光①。雷声忽送千峰雨,花气浑如百和香②。黄莺过水翻回去,燕子衔泥湿不妨。飞阁卷帘图画里③,虚无只少对潇湘④。

【注释】

* 此诗当亦是七六七年春,作于夔州。
① 〔晶(xiǎo)晶〕光明貌。
② 〔百和香〕香名。汉武帝时,月支国进百和香。"和",读去声。
③ 〔飞阁〕极言楼阁之高,好像架空建筑似的。
④ 〔虚无句〕"虚无",空旷平远的意思。因巫峡狭隘,所以想到空旷平远的潇湘。杜甫有出峡下泛潇湘的意念。

承闻河北诸道节度入朝欢喜口号绝句十二首(选四首)

禄山作逆降天诛,更有思明亦已无①。汹汹人寰犹不定②,时时战斗欲何须③?

喧喧道路好童谣①,河北将军尽入朝。自是乾坤王室正,却教江汉客魂销②。

渔阳突骑邯郸儿①,酒酣并辔金鞭垂。意气即归双阙舞②,雄豪复遣五陵知③。

十二年来多战场①,天威已息阵堂堂②。神灵汉代中兴主③,功业汾阳异姓王④。

【注释】

＊此诗大约是七六七年春,寓居夔州时所作。河北诸节度,原是降将,名义归顺,朝廷实不能制。今闻入朝,喜而作此诗。〔口号〕随口吟咏。"号",读平声。

〔第一首〕 说河北寇患已除,并以战争相戒。

①〔禄山、思明〕安禄山于七五七年被其子庆绪所杀;史思明于七六一年被其子朝义所杀。

②〔汹汹〕动乱声。〔人寰〕犹言世间。

③〔须〕求。

〔第二首〕 写自己听到河北诸镇入朝的消息的欢悦心情。

①〔好童谣〕一本作"多歌谣"。歌唱着入朝的事。

②〔江汉〕夔州临长江,这里并举汉水,因江水而连类及之。〔客魂销〕意思说自己回忆往事,感触极深。

〔第三首〕 设想河北诸镇的士兵入朝后的欢乐情形。

①〔渔阳〕即蓟州。在河北。〔突骑〕冲突敌阵之骑。〔邯郸儿〕邯郸的健儿。"邯郸"在河北。

②〔双阙〕"阙",宫阙,天子所居。这里即指朝廷。

③〔五陵〕见《秋兴》第三首注。〔雄豪句〕使五陵年少也知道突骑、健儿们的雄豪。

〔第四首〕 歌颂国家战乱平息,并归功于郭子仪。

① 〔十二年〕自天宝十四载(七五五年)至大历二年(七六七年),其间经历讨安、史,击吐蕃、回纥等许多战役。

② 〔天威〕帝王的严威。此指戡乱。

③ 〔汉代中兴主〕用汉光武比代宗。

④ 〔汾阳〕指郭子仪。平安、史等战役,郭子仪皆与有功。他于七六二年进封汾阳郡王。

复愁十二首（选四首）

人烟生处僻,虎迹过新蹄。野鹘翻窥草①,村船逆上溪②。

万国尚防寇①,故园今若何②？昔归相识少③,早已战场多。

胡虏何曾盛①？干戈不肯休。闾阎听小子②,谈笑觅封侯。

贞观铜牙弩①,开元锦兽张②。花门小箭好,此物弃沙场③。

【注释】

* 七六七年春三月，杜甫迁居夔州之瀼西。《复愁十二首》当作于这年的秋天。十二首的题材不一，这里选录四首。

〔第一首〕 写瀼西野景。

①〔鹘（hú）〕猛禽名。〔窥草〕意在觅食。

②〔上〕读上声。

〔第二首〕

①〔万国句〕其时吐蕃入寇邠州（今陕西邠县）、灵州（今宁夏灵武县），京师戒严。

②〔故园〕指洛阳故居。

③〔昔归〕七五八年，杜甫曾自华州回洛阳。〔相识少〕遇见旧日的故交戚友已经不多。

〔第三首〕 指斥贪功生事好开边衅的人。

①〔胡虏〕这里指吐蕃。

②〔闾阎〕乡里。〔小子〕年轻人。指乐有战乱以邀取功名者。

〔第四首〕

①〔贞观〕唐太宗年号（六二七年至六四九年）。"观"，读去声。〔铜牙弩〕弩弓的一种。"弩"是利用机械来射箭的弓。"牙"是弩上发箭的机栝。

②〔开元〕唐玄宗年号（七一三年至七四一年）。〔锦兽张〕大概亦是弩弓的一种。

③〔花门二句〕"花门"，回纥的别称。因为回纥的小箭便利，中国的劲弩遂弃而不用。自从安、史之乱以来，国家依赖回纥兵收复失地，不再重视自己的武力。此时吐蕃又入寇，杜甫深为忧叹。

登 高

风急天高猿啸哀,渚清沙白鸟飞回①。无边落木萧萧下,不尽长江滚滚来。万里悲秋常作客,百年多病独登台②。艰难苦恨繁霜鬓③,潦倒新停浊酒杯④。

【注释】

* 大约是七六七年秋,作于夔州。
① 〔渚〕水中小洲。
② 〔百年〕犹言一生。
③ 〔苦恨〕甚恨。〔繁霜鬓〕"繁霜",形容白发之多。
④ 〔新停浊酒杯〕时杜甫因肺病戒酒。

卷八

又呈吴郎

堂前扑枣任西邻①,无食无儿一妇人。不为困穷宁有此②,只缘恐惧转须亲③。即防远客虽多事④,便插疏篱却甚真⑤。已诉征求贫到骨⑥,正思戎马泪盈巾⑦!

【注释】

＊七六七年秋天,杜甫自夔州之瀼西迁居东屯,把瀼西草堂借给刚从忠州来的吴郎居住。吴郎是杜甫的亲戚,做着州府里司法参军的官。这诗是杜甫迁居东屯后写给吴郎的。题目写作"又呈",因为杜甫在不久以前已经有诗给过吴郎。在这首诗里杜甫告诉吴郎一件事。在瀼西草堂的西邻住着一个老妇人,她常时到草堂前面打采枣儿。杜甫对她很和气,从不干涉她。现在草堂借给吴郎住了,特地告诉吴郎,不要禁止她打枣。

①〔扑枣〕俗语,打采枣子。
②〔此〕指偷采枣子。
③〔只缘句〕因为她怀着恐惧的心,所以特别要对她亲近。
④〔即防句〕这句话很曲折,不易懂。大概是这样的意思:吴郎是远客初来,未必要禁止她采枣。老妇人对他即存戒备之心,防着他而不敢再采,虽也是多事。
⑤〔便插句〕可是吴郎正在结着个篱笆,使得老妇人见了,便认真了。
⑥〔已诉〕妇人平日向杜甫诉说。〔征求〕即征敛。

⑦〔正思戎马〕杜甫因这个妇人的生活穷困,联想到战争带给人民的苦难。

观公孙大娘弟子舞剑器行 并序

大历二年十月十九日①,夔府别驾元持宅见临颍李十二娘舞剑器②,壮其蔚跂③;问其所师,曰:"余公孙大娘弟子也。"开元五载,余尚童稚,记于郾城观公孙氏舞剑器浑脱④,浏漓顿挫⑤,独出冠时⑥。自高头宜春、梨园二伎坊内人洎外供奉⑦,晓是舞者,圣文神武皇帝初⑧,公孙一人而已。玉貌锦衣,况余白首。今兹弟子,亦匪盛颜⑨。既辨其由来⑩,知波澜莫二⑪。抚事慷慨⑫,聊为剑器行。往者吴人张旭⑬,善草书书帖,数常于邺县见公孙大娘舞西河剑器⑭,自此草书长进,豪荡感激⑮,即公孙可知矣⑯。

昔有佳人公孙氏,一舞剑器动四方。观者如山色沮丧⑰,天地为之久低昂。爚如羿射九日落⑱,矫如群帝骖龙翔⑲;来如雷霆收震怒,罢如江海凝清光⑳。绛唇珠袖两寂寞㉑,晚有弟子传芬芳㉒。临颍美人在白帝㉓,妙舞此曲神扬扬。与余问答既有以㉔,感时抚事增惋伤。先帝侍女八千人㉕,公孙剑器初第一。五十年间似反掌㉖,风尘澒洞昏王室㉗。梨园子弟散如烟,女乐余姿映寒日㉘。金粟堆南木已拱㉙,瞿唐石城草萧瑟㉚。玳筵急管曲复终㉛,乐极哀来月东出。老夫不知其所往,足茧荒山转愁疾㉜。

【注释】

*公孙大娘是唐玄宗开元年间有名的女舞蹈家,精于剑器浑脱舞,亦能为《裴将军》《满堂势》等舞,皆冠绝一时。〔公孙大娘弟子〕指李十二娘。〔剑器〕古代武舞曲(即健舞曲)名,舞伎执剑而舞,表现雄武、战斗的姿态。

① 〔大历二年〕公元七六七年。

② 〔别驾〕官名,是州刺史的佐吏。〔元持〕人名。〔临颍〕县名,故城在今河南临颍县西北。

③ 〔蔚跂(qǐ)〕雄浑豪宕貌。

④ 〔郾城〕在临颍南。〔剑器浑脱〕"浑脱",亦是一种武舞名,从胡舞《泼寒胡戏》演变出来,舞态跟剑器舞一样雄壮。剑器与浑脱合起来的舞叫作"剑器浑脱"。

⑤ 〔浏漓〕形容舞态的活泼。

⑥ 〔独出冠时〕言公孙大娘的舞技为当时第一。"冠",读去声。

⑦ 〔高头〕即前头的意思,言常在皇帝面前。〔宜春、梨园二伎坊〕开元二年(七一四年),玄宗在蓬莱宫的旁边设置"教坊",演习乐舞,亲自教授法曲,称皇帝梨园弟子;命宫女数百人亦为梨园弟子,居宜春院。"伎坊",教习音乐歌舞的机构,亦称"教坊"。〔内人〕即宫中人,宫女。宜春院中的妓女称"内人"。亦称"前头人"。〔洎〕及。〔外供奉〕不居宫内,随时入宫承应娱乐的男女伎人称"外供奉"。

⑧ 〔圣文神武皇帝〕指玄宗,是开元二十七年(七三九年)群臣所上的尊号。〔初〕初年。

⑨〔玉貌锦衣四句〕"匪",同"非"。四句的意思是:这是数十年前的事情了,不要说玉貌锦衣的公孙大娘,即她的弟子李十二娘,现在也已经不是青年人了,无怪我这样头白了!

⑩〔由来〕来历。

⑪〔波澜莫二〕说李十二娘的舞技与公孙大娘的舞技是一脉相承的。她得到她老师的嫡传。

⑫〔抚事〕追念往事。〔慷慨〕激昂感叹的意思。

⑬〔张旭〕见前《饮中八仙歌》注。

⑭〔邺县〕故城在今河南临漳县西。〔西河剑器〕剑器舞又名《西河剑器》。

⑮〔感激〕生动的意思。

⑯〔即〕则。犹言"那么"。

⑰〔色沮丧〕即失色。

⑱〔爚（huò）〕闪烁貌。〔羿射九日〕古代神话:唐尧时,十个太阳并出,草木都焦死,有一个善射的人名羿,他一连射下了九个太阳。

⑲〔矫〕飞举、矫捷。〔群帝〕即群仙。〔骖龙翔〕驾龙飞翔。

⑳〔罢〕舞罢。

㉑〔绛唇珠袖〕指公孙大娘的歌和舞。

㉒〔传芬芳〕说李十二娘能传公孙大娘的舞技。

㉓〔临颍美人〕指李十二娘。〔白帝〕白帝城,指夔州。

㉔〔既有以〕即序中所说"既辨其由来"的意思。

㉕〔先帝〕指玄宗。〔八千人〕极言其多。

㉖〔五十年间〕开元五年（七一七年）起至写此诗时的大历二年（七六七年）。

㉗〔风尘澒（hòng）洞〕指安史之乱。"澒洞",浩大无边际貌。

㉘〔女乐余姿〕李十二娘的舞蹈,犹有往日公孙大娘的姿态。〔映寒日〕舞时在十月,故云"映寒日"。

㉙〔金粟堆句〕"金粟堆",即指金粟山,在陕西蒲城县东北,为玄宗陵墓

所在地。"拱",合抱。说玄宗陵墓上的树木已经长得很大了。

㉚〔瞿唐石城〕指夔州。夔州近瞿塘峡,故云"瞿唐石城"。

㉛〔玳筵急管〕"玳",玳瑁,龟类动物,背甲可做装饰品。"玳筵",玳瑁饰的筵。形容华盛的宴席。"管",泛称箫笛等管乐器。"急管",急促的乐声。

㉜〔茧〕胝。脚上生厚皮。〔愁疾〕即愁病,愁苦。

夜 归

夜半归来冲虎过①,山黑家中已眠卧。傍见北斗向江低,仰看明星当空大②。庭前把烛嗔两炬③,峡口惊猿闻一个。白头老罢舞复歌④,杖藜不睡谁能那⑤?

【注释】

* 大约是七六七年作于夔州。

① 〔冲虎过〕极言夜半走山路的危险。

② 〔明星〕指太白星,即金星。

③ 〔嗔〕一本作"唤"。〔两炬〕两支烛。

④ 〔老罢〕犹言"老去",即"老了"的意思。

⑤ 〔杖藜〕扶着藜杖。〔那〕奈何。

晚 晴

高唐暮冬雪壮哉①!旧瘴无复似尘埃。崖沉谷没白皑皑②,江石缺裂青枫摧。南天三旬苦雾开,赤日照耀从西来,六龙寒急光徘徊③。照我衰颜忽落地,口虽吟咏心中哀。未怪及时少年子,扬眉结义黄金台④。汩乎吾生何飘零⑤,支离委绝同死灰⑥!

【注释】

* 当亦是七六七年左右,杜甫在夔州作。
① 〔高唐〕本是宋玉《高唐赋》所说的高唐,在云梦泽中。此处用来作为巫山的代词。
② 〔皑皑〕洁白貌。
③ 〔六龙〕古代神话:太阳的车驾驭着六龙。
④ 〔黄金台〕战国时燕昭王曾筑黄金台,招致天下人才。因而后来把黄金台泛称重义气结交情的场所。
⑤ 〔汩(gǔ)乎〕像流水似的去得很快。
⑥ 〔委绝〕弃绝。

冬 至

年年至日长为客①,忽忽穷愁泥杀人②。江上形容吾独老③,天边风俗自相亲④。杖藜雪后临丹壑⑤,鸣玉朝来散紫宸⑥。心折此时无一寸⑦,路迷何处见三秦⑧?

【注释】

＊冬至，大约是七六七年的冬至。时杜甫在夔州瀼西。因节日而引起对长安的想念，写了这首诗。

① 〔至日〕即冬至日。
② 〔泥〕胶缠的意思。
③ 〔形容〕形貌。
④ 〔天边〕一本作"天涯"。
⑤ 〔丹壑〕丹色的山谷。"丹"是石色、泥土色。
⑥ 〔鸣玉〕"玉"，玉佩；玉佩挂在身上，走路时动摇，发出声音。〔紫宸〕唐宫殿名。皇帝听政的地方。〔鸣玉句〕想念长安宫廷散朝时的情景。
⑦ 〔心折句〕"心折"，犹言心碎。古人常称心为寸心，亦称方寸。"无一寸"，极言其心碎之状。
⑧ 〔三秦〕项羽分秦地为三，因称"三秦"。其地都在今陕西。"三秦"即"秦"，这里寄寓想望长安之意。

短歌行赠王郎司直

王郎酒酣拔剑斫地歌莫哀，我能拔尔抑塞磊落之奇才①。豫章翻风白日动②，鲸鱼跋浪沧溟开③。且脱佩剑休徘徊。西得诸侯棹锦水④，欲向何门趿珠履⑤？仲宣楼头春色深⑥，青眼高歌望吾子⑦，眼中之人吾老矣⑧！

【注释】

＊七六八年（大历三年）春天，杜甫携带家人自夔州出了三峡，到达江陵。晚秋，又移居公安（在江陵南）。此诗大约是寓居江陵所作。时王郎将赴蜀。杜甫写此诗送他。〔短歌行〕汉乐府歌曲名。〔司直〕官名。掌纠劾官吏。

① 〔抑塞〕郁闷。被压抑。〔磊落〕胸怀坦白。

② 〔豫章〕乔木名。豫亦称枕木，章亦称樟木。木材坚好，供建筑之用。

③ 〔跋浪〕即涉浪。〔沧溟〕海水。

④ 〔得〕得被信用。〔诸侯〕指镇守蜀中的大员。〔棹〕划船，摇动船桨。〔锦水〕即锦江，在四川。

⑤ 〔跶（tā）珠履〕"跶"，穿。"珠履"，战国时春申君有门客三千人，上客皆穿珠履。此借指做幕僚。

⑥ 〔仲宣楼〕建安诗人王粲（一七七—二一七），字仲宣，曾流寓荆州，作《登楼赋》。王粲所居之荆州，是三国刘表时的荆州，今湖北襄阳县。后来荆州移在江陵，因而江陵亦有"仲宣楼"的故迹。

⑦ 〔青眼〕魏时诗人阮籍，能作青、白眼。青眼是对人表示好感的眼色。〔吾子〕称呼王郎。

⑧ 〔眼中之人〕亦指王郎。

暮　归

霜黄碧梧白鹤栖，城上击柝复乌啼①。客子入门月皎皎②，谁家捣练风凄凄③。南渡桂水阙舟楫④，北归秦川多鼓鞞⑤。年过半百不称意，明日看云还杖藜。

【注释】

＊此诗是七六八年秋末，杜甫寓居公安时所作。

①〔柝〕巡夜打更用的木梆。

②〔客子〕指杜甫自己。

③〔练〕熟绢而洁白的叫作"练"。

④〔桂水〕在湖南郴县西四十里。北流至永兴县界入耒江。〔阙〕同"缺"。缺少。

⑤〔北归句〕"秦川"，见《乐游园歌》注。"鼓鞞"，见《无家别》注，这里借指战争。七六八年秋，吐蕃又侵入灵州（今宁夏灵武县）、邠州（今陕西邠县），京师戒严。

夜闻觱篥

夜闻觱篥沧江上，衰年侧耳情所向。邻舟一听多感伤，塞曲三更欻悲壮①。积雪飞霜此夜寒，孤灯急管复风湍②。君知天地干戈满③，不见江湖行路难。

【注释】

＊七六八年暮冬，杜甫从公安到了岳州（今湖南岳阳县），这首诗是他寓居岳州时所作。〔觱篥（bì lì）〕原为龟兹国乐器，唐代俗乐常用，竹竹为管，以芦为首，吹起来声音很悲哀，亦名悲篥。

①〔塞曲〕边塞的乐曲。〔欻（xū）〕忽然。

②〔急管〕即指觱篥。〔风湍〕暴风急流。

③〔干戈满〕去年吐蕃两次入侵。这年桂州有獠族变乱;成都有杨子琳变乱。

登岳阳楼

昔闻洞庭水,今上岳阳楼。吴楚东南坼,乾坤日夜浮①。亲朋无一字,老病有孤舟。戎马关山北②,凭轩涕泗流。

【注释】

* 此诗亦当作于七六八年暮冬。〔岳阳楼〕即岳阳城西门楼,下临洞庭湖。

①〔吴楚〕指我国东南部,今江苏、浙江、安徽、江西、湖北、湖南等地。〔坼〕分裂。〔吴楚二句〕极言洞庭湖气象的阔大。

②〔戎马句〕言中原尚有战事。这年,吐蕃入寇,郭子仪将兵五万屯奉天防备。

岁晏行

岁云暮矣多北风,潇湘洞庭白雪中①。渔父天寒网罟冻②,莫徭射雁鸣桑弓③。去年米贵阙军食,今年米贱大伤农。高马达官厌酒肉④,此辈杼轴茅茨空⑤。楚人重鱼不重鸟,汝休枉杀南飞鸿。况闻处处鬻男女⑥,割慈忍爱还租庸⑦。往日用钱捉私铸,今许铅锡和青铜⑧。刻泥为之最易得⑨,好恶不合长相蒙⑩。万国城头吹画角⑪，此曲哀怨何时终？

【注释】

＊七六八年暮冬，杜甫流寓岳州时作。"岁晏"即是岁暮。一年将尽，有感于战争不息和人民的痛苦，写了这首诗。

①〔潇湘〕二水名，在湖南省零陵县西北合流，称"潇湘"。

②〔罟〕就是网。

③〔莫徭〕杂居长沙一带的少数民族。即蜑（dàn）户。他们自己说因为他们的祖先曾立了功劳，被免征役，故名"莫徭"。"徭"，徭役。〔桑弓〕桑木做的弓。

④〔厌〕同"餍"。吃足，吃腻。

⑤〔此辈〕指劳动人民。〔杼轴〕织布具。亦作"杼柚"。〔茅茨（cí）〕草屋。

⑥〔鬻（yù）〕出卖。

⑦〔还〕犹言缴纳。〔租庸〕唐代赋税制度：纳粟纳谷叫作"租"，役人或纳绢代役叫作"庸"。

⑧〔和〕间杂。

⑨〔刻泥〕用陶泥做钱模。

⑩〔好恶〕好坏。〔相蒙〕相欺骗蒙蔽。混淆。〔好恶句〕言钱法大坏，私铸钱与官钱不分。天宝年间（约在七四五年以后），富商奸人渐收好钱，运往江淮之南，每一好钱可换私铸恶钱五，再假托官钱，入京私用。

⑪〔画角〕"角"，古代军队中的乐器。本是胡乐。其形本细末大，外加彩绘，因称"画角"。

清明二首

朝来新火起新烟①，湖色春光净客船②。绣羽衔花他自得③,红颜骑竹我无缘④。胡童结束还难有⑤,楚女腰肢亦可怜⑥。不见定王城旧处⑦,长怀贾傅井依然⑧。虚沾周举为寒食⑨,实藉君平卖卜钱⑩。钟鼎山林各天性⑪,浊醪粗饭任吾年。

此身飘泊苦西东,右臂偏枯半耳聋。寂寂系舟双下泪,悠悠伏枕左书空①。十年蹴鞠将雏远②,万里秋千习俗同。旅雁上云归紫塞③,家人钻火用青枫④。秦城楼阁烟花里⑤,汉主山河锦绣中⑥。风水春来洞庭阔,白蘋愁杀白头翁。

【注释】

* 七六九年(大历四年)春,杜甫从岳州到了潭州(今湖南长沙)。南方的节候、景物、风习,引起了新的感触,在这两首诗中,他写出此时的心境。这两首是七言排律体。

〔第一首〕

①〔新火〕古代习俗:每到清明前二日禁火寒食,到清明节才起火,所以称"新火"。据说禁火是为了纪念春秋时烧死在绵山的介子推。

②〔客船〕指杜甫所坐着的船。

③〔绣羽〕羽毛美丽的鸟。〔他〕指鸟。

④〔红颜〕少年。〔骑竹〕把竹当作马骑,是一种儿童的游戏。

⑤〔胡童〕时湖南一带当有胡人杂居,故此云"胡童"。〔结束〕打扮。

⑥〔可怜〕可爱。

⑦〔定王〕汉景帝儿子刘发封长沙王,死后称"定王"。

⑧〔贾傅〕贾谊,汉代著名文学家,曾做长沙王太傅。他的旧宅在长沙,宅中有井,相传为贾谊所凿。

⑨〔周举〕后汉人,他做并州刺史时,革除太原地方寒食一月的旧习惯,回复温食。〔虚沾句〕意思是这里的船上,寒食的禁例虽然没有了,但迫于穷困,仍然没有熟东西可吃。所以说是"虚沾"。"沾",叨光。

⑩〔藉〕靠赖。〔君平〕汉严遵,字君平,隐居在成都市卖卜,每日以得百钱为限。

⑪〔钟鼎〕"鼎",古时食具。富贵人家撞钟列鼎而食。〔山林〕指在野的生活。

〔第二首〕

①〔左书空〕"左",左手。因右臂偏枯,所以用左手。"书空",用晋殷浩典故:殷浩兵败坐废,很忧闷,终日用手在空中写"咄咄怪事"四字。

②〔蹴鞠〕打球的游戏。古时寒食、清明节常有蹴鞠、秋千等游戏。〔将雏〕携带着子女。

③〔上云〕飞入云际。〔紫塞〕指北方关塞。〔旅雁句〕羡慕旅雁北归,暗示思乡情绪。

④〔钻火〕古代相传,燧人氏教人钻木取火。此泛指取火。〔用青枫〕参看《梦李白》诗"枫林青"注。切合身在江南的意思。

⑤〔秦城〕指长安。

⑥〔汉主〕借指唐天子。

江 汉

江汉思归客,乾坤一腐儒①。片云天共远,永夜月同孤。落日心犹壮,秋风病欲苏②。古来存老马③,不必取长途④。

【注释】

* 大约作于七六九年。

① 〔腐儒〕腐朽的儒生。杜甫自指。

② 〔苏〕病好转。

③ 〔存老马〕"存",尊重的意思。"老马",春秋时管仲随齐桓公伐孤竹,春往冬返,迷失路途。管仲乃用老马引路,才得回来。这里杜甫用老马比方自己。意思说虽然今已年迈,自信犹有可为。

④ 〔不必句〕可用老马的智慧,不必取老马的筋力。至于奔跑长途,老马力衰,不能同壮马比了。

客 从

客从南溟来,遗我泉客珠①。珠中有隐字②,欲辨不成书③。缄之箧笥久④,以俟公家须⑤。开视化为血,哀今征敛无⑥!

【注释】

* 这是一首寓言式的诗,诉说劳动生产者受统治阶级的残酷剥削的痛苦。大约是七六九年在潭州作。〔客从〕取首句二字作题。

① 〔客从、遗我〕汉朝古诗有"客从远方来,遗我双鲤鱼""客从远方来,遗我一端绮"这样的辞句,是摹仿民歌风格的,这又是摹仿汉朝古诗的风格的。"客"和"我"皆泛说。"我"不指杜甫自己。"遗",赠送。〔南溟〕南海。〔泉客〕即鲛人。古代传说:南海里有鲛人,他们生活在水中,像鱼类一样。鲛人

能够织丝。鲛人的眼泪能够变成珍珠。

②〔有隐字〕隐隐然好像有文字。

③〔欲辨句〕可是辨认不出是什么字。"书",文字。二句暗喻人民有难言的隐痛。

④〔缄〕封。封藏。〔箧笥〕竹箱子。泛指藏物的箱子。

⑤〔俟〕等待。〔须〕同需。需索。

⑥〔哀今句〕悲痛现在没有什么可以应付官家的搜刮了。

蚕谷行

天下郡国向万城①,无有一城无甲兵!焉得铸甲作农器②,一寸荒田牛得耕。牛尽耕,蚕亦成。不劳烈士泪滂沱,男谷女丝行复歌③。

【注释】

* 这诗当亦是七六九年,杜甫在潭州作。

①〔向〕将近。

②〔焉得句〕怎么才能销毁兵器作农器。

③〔男谷女丝〕即男耕女织。〔行复歌〕且行且歌。

朱凤行

君不见潇湘之山衡山高①,山巅朱凤声嗷嗷。侧身长顾求其曹②,翅垂口噤心甚劳。下愍百鸟在罗网③,黄雀最小犹难逃。愿分竹实及蝼蚁④,尽使鸱枭相怒号⑤。

【注释】

＊此诗当亦是七六九年,杜甫在潭州作。凤凰,古代传说中的一种象征祥瑞的神鸟。这里杜甫用朱凤比喻自己。

①〔衡山高〕"衡山",即南岳,为潇湘之间最高的山。
②〔长顾〕引颈回望。〔曹〕同伴。一本作"群"。
③〔愍〕同"悯"。怜念。
④〔竹实〕竹子所结子实。传说凤凰非竹实不食。〔及〕到。〔蝼蚁〕比喻小百姓。
⑤〔鸱枭（chī xiāo）〕恶禽。比喻迫害人民的统治者。〔尽使句〕由他鸱枭怒号罢了。

追酬故高蜀州人日见寄并序

开文书帙中①,检所遗忘,因得故高常侍适②——往居在成都时,高任蜀州刺史——人日相忆见寄诗,泪洒行间③,读终篇末④。自枉诗已十余年⑤,莫记存殁,又六七年矣! 老病怀旧,生意可知⑥。今海内忘形故人⑦,独汉中王瑀与昭州敬使君超先在⑧。爱而不见,情见乎辞⑨。大历五年正月二十一日却追酬高公此作,因寄王及敬弟。

自蒙蜀州人日作⑩,不意清诗久零落⑪。今晨散帙眼忽开,迸泪幽吟事如昨。呜呼壮士多慷慨⑫,合沓高名动寥廓⑬。叹我凄凄求友篇,感君郁郁匡时略⑭。锦里春光空烂熳⑮,瑶墀侍臣已冥寞⑯。潇湘水国傍鼋鼍⑰,鄠杜秋天失雕鹗⑱。东西南北更谁论⑲,白首扁舟病独存。遥拱北辰缠寇盗⑳,欲倾东海洗乾坤。边塞西蕃最充斥㉑,衣冠南渡多崩奔㉒。鼓瑟至今悲帝子㉓,曳裾何处觅王门㉔?文章曹植波澜阔,服食刘安德业尊㉕。长笛邻家乱愁思㉖,昭州词翰与招魂㉗。

【注释】

* 高适任蜀州刺史时,曾于七六一年正月初七日(人日)寄诗给杜甫,后不久,在七六五年即死去。到七七〇年(大历五年),杜甫追忆起来,写了这首诗。时距高适赠诗已十年,距高适的死亦已五六年,所以说是"追酬"。〔人日〕古代习俗相传,农历正月初几日,各有所属,即一鸡、二狗、三猪、四羊、五牛、六马、七人。

①〔帙〕装文书的套子。

②〔常侍〕官名。高适做到左散骑常侍的官。

③〔行〕文字的排行。

④〔读终篇末〕把诗从头到尾读完。

⑤〔枉诗〕称人寄来诗的客气语。

⑥〔生意〕人生的意味。

⑦〔忘形故人〕要好的不拘形迹的老朋友。

⑧〔汉中王瑀〕唐宗室李瑀,玄宗兄李宪的第六子,封汉中王。他很喜爱文学,早有才名。〔昭州〕今广西平乐县。〔敬使君超先〕"使君",对敬超先的

称谓。〔在〕在世。

⑨〔辞〕言辞。

⑩〔蒙〕承受。

⑪〔不意〕不料。

⑫〔壮士〕指高适。

⑬〔合沓〕积聚貌。〔寥廓〕广漠,高远。

⑭〔郁郁〕形容气盛。〔匡时略〕救时的策略。

⑮〔锦里〕指成都。

⑯〔瑶墀(chí)〕玉阶。指殿前。〔侍臣〕指高适为常侍。〔已冥寞〕指死亡。

⑰〔鼋鼍(yuán tuó)〕水中爬虫类动物。"鼋",似鳖而大。"鼍",鼍龙,一名猪婆龙。〔潇湘句〕杜甫说自己流寓湖南的生活情景。

⑱〔鄠(hù)杜〕"鄠",在长安城西南。"杜",即杜曲,在长安城南。这里的"鄠杜"泛指长安。〔雕鹗〕都是猛禽。高适能直言极谏,不避权贵,故以"雕鹗"相比。〔鄠杜句〕说高适死于长安。

⑲〔东西南北〕指自己的漂泊。

⑳〔北辰〕北极。比方帝王所居。这里指长安。

㉑〔充斥〕盛多。

㉒〔衣冠南渡〕五胡乱华,晋元帝渡江,士族亦皆南迁,史称南渡。此借指吐蕃入寇,唐代宗逃往陕州,及士民纷纷避乱南奔情事。

㉓〔鼓瑟句〕《楚辞·远游篇》:"使湘灵鼓瑟兮。"传说帝舜南巡,死于苍梧之野,他的两个妻子娥皇和女英(帝尧的女儿)哀之,投湘水而死,成为湘水女神。在风雨晦冥中,她们时常出游水面,鼓瑟悲歌。"帝子"即指娥皇、女英。这本是湘江一带的神话故事,杜甫用来叙写自己对王室多难的感伤。

㉔〔曳裾〕见前《壮游》注。

㉕〔曹植、刘安〕曹植是魏宗室,刘安是汉宗室,用来比拟汉中王李瑀。"服食",服食丹药。神仙家一种求长生的法术。

㉖〔长笛邻家〕用晋向秀典故:向秀听到邻家的笛声,因而想念起旧日的好友嵇康等,作《思旧赋》。这里比方自己对高适的追思。

㉗〔昭州〕指敬超先。〔招魂〕宋玉哀伤屈原,作《招魂》。这里是说招高适的魂。〔文章四句〕请李瑀、敬超先同作诗赋以招高适之魂。

江南逢李龟年

岐王宅里寻常见①,崔九堂前几度闻②。正是江南好风景,落花时节又逢君。

【注释】

＊李龟年是开元天宝时代的著名音乐家,杜甫年少时曾在洛阳听过他的歌声。七七〇年左右,杜甫又在潭州一带与他相遇。

①〔岐王〕李范,唐睿宗(李旦)的儿子,很爱好文学、艺术。

②〔崔九〕此句下有原注云:"崔九即殿中监崔涤,中书令湜之弟。"崔涤为唐玄宗宠臣。

小寒食舟中作

佳辰强饮食犹寒①,隐几萧条带鹖冠②。春水船如天上坐,老年花似雾中看。娟娟戏蝶过闲幔③,片片轻鸥下急湍。云白山青万余里,愁看直北是长安④。

【注释】

* 此诗约作于七七〇年的春天。寒食节的次日叫作"小寒食"。

① 〔佳辰〕即佳节。〔食犹寒〕古时寒食节禁火三日,小寒食还没有用火,故云"食犹寒"。

② 〔隐几〕"隐",读去声。靠着。〔鹖(hé)冠〕用鹖鸟毛为饰的冠。古时有隐士号鹖冠子,居深山,常戴鹖冠。此处杜甫用来比拟自己。

③ 〔娟娟〕美好貌。〔幔〕船上所张的布幔。

④ 〔直北〕犹言正北。

风疾舟中伏枕书怀三十六韵奉呈湖南亲友

轩辕休制律,虞舜罢弹琴①。尚错雄鸣管,犹伤半死心②。圣贤名古邈③,羁旅病年侵。舟泊常依震④,湖平早见参⑤。如闻马融笛,若倚仲宣襟⑥。故国悲寒望,群云惨岁阴。水乡霾白屋⑦,枫岸叠青岑⑧。郁郁冬炎瘴⑨,蒙蒙雨滞淫。鼓迎方祭鬼⑩,弹落似鸮禽⑪。兴尽才无闷,愁来遽不禁。生涯相汩没,时物自萧森。疑惑樽中弩⑫,淹留冠上簪⑬。牵裾惊魏帝,投阁为刘歆⑭。狂走终奚适,微才谢所钦⑮。吾安藜不糁⑯,汝贵玉为琛⑰。乌几重重缚,鹑衣寸寸针⑱。哀伤同庾信⑲,述作异陈琳⑳。十暑岷山葛,三霜楚户砧㉑。叨陪锦帐座㉒，久放白头吟㉓。反朴时难遇㉔，忘机陆易沉㉕。应过数粒食㉖，得近四知金㉗。春草封归恨㉘，源花费独寻㉙。转蓬忧悄悄㉚，行药病涔涔㉛。瘗夭追潘岳㉜，持危觅邓林㉝。蹉跎翻学步㉞，感激在知音㉟。却假苏张舌，高夸周宋镡㊱。纳流迷浩汗，峻址得嵚崟㊲。城府开清旭㊳，松筠起碧浔㊴。披颜争倩倩㊵，逸足竞駸駸㊶。朗鉴存愚直㊷，皇天实照临。公孙仍恃险，侯景未生擒㊸。书信中原阔，干戈北斗深㊹。畏人千里井㊺，问俗九州箴㊻。战血流依旧，军声动至今。葛洪尸定解㊼，许靖力难任㊽。家事丹砂诀，无成涕作霖㊾。

【注释】

* 七七〇年四月，杜甫避湖南兵马使臧玠的兵乱，携带家人从潭州乘船想南往郴州（今湖南郴县），却被大水所阻；将北上汉阳，又不能行。在船上，他的风痹病加剧了，约在这年的冬天他就死去。此诗乃杜甫病倒湘江船上时所作。这是一首五言排律。〔湖南亲友〕当指潭州幕府中的亲友。

① 〔轩辕〕古代的帝王，即黄帝。相传他命伶伦制作律吕。〔休〕停止。〔律〕即律吕，是古时辨别声音的标准。〔虞舜〕相传虞舜作五弦琴。〔轩辕二句〕借喻衰乱之世，雅音废绝。

② 〔错〕置，安排。〔雄鸣〕相传伶伦制律，用十二个竹管以听凤鸣，其雄鸣六，雌鸣亦六。这句承上面"轩辕制律"句而说。〔半死〕据说古琴用龙门半死的桐树制成最佳。这句承上面"虞舜弹琴"句而说。〔尚错二句〕说自己不废

诗歌，奋发有所述作。

③〔圣贤〕指轩辕、虞舜。〔古邈〕古远。

④〔震〕东方。〔舟泊句〕言泊舟在湘江的东岸。

⑤〔参〕星宿名，即猎户星座。冬天夜空中明亮的星座。

⑥〔马融笛、仲宣襟〕马融，汉代文人，善吹笛。仲宣，即王粲。他的《登楼赋》中有云："向北风而开襟。"马融和王粲都曾作客望乡，所以此处把他引来作比。

⑦〔霾（mái）〕尘土蔽晦。〔白屋〕贫穷人住的房子。

⑧〔青岑〕指山峰。

⑨〔冬炎瘴〕冬天还有炎瘴，说湖南地气之热。

⑩〔鼓迎句〕记湘江一带风俗好淫祀，击鼓迎神祭鬼。

⑪〔似鸮禽〕汉贾谊《鵩鸟赋》："鵩似鸮，不祥鸟也。"这里泛指南方怪异的鸟。

⑫〔樽中弩〕《风俗通》载杜宣故事（乐广亦有此故事）：杜宣看见酒杯中的弓影似蛇，疑惑得病。此借喻自己因病多疑多忧。

⑬〔冠上簪〕古时有官职的人，冠帽用簪装饰。〔淹留句〕说自己久留异乡，空挂着官衔。

⑭〔牵裾〕用魏辛毗故事：辛毗谏魏文帝，文帝不从，起而入内，辛毗就挽住他的衣襟。〔投阁〕用扬雄故事。见前《醉时歌》注。扬雄投阁，本为刘歆之子刘棻事，此处以"歆"字趁韵。〔牵裾二句〕借喻自己在任左拾遗时，因为直谏肃宗，营救房琯，为肃宗所不喜。

⑮〔所钦〕所钦敬的人。指湖南亲友。

⑯〔藜不糁（sǎn）〕"糁"，用米粒和羹。《庄子·让王篇》："藜羹不糁"。藜羹没有米粒，贫人所食。〔吾安句〕说自己安于贫苦生活。

⑰〔汝〕也指湖南亲友。〔琛（chēn）〕宝玉，比喻贤士。

⑱〔乌几〕即乌皮几。〔鹑衣〕敝衣。"鹑"，鸟名。鹑尾短秃，像衣服的短结，故称敝衣为"鹑衣"。〔乌几二句〕言客中的用具、衣服都破敝不堪。

⑲〔哀伤句〕参看《咏怀古迹》第一首注。

⑳〔陈琳〕建安七子之一,以善作章、表著名。

㉑〔葛〕葛衣。〔砧〕捣衣石。〔十暑二句〕说自己在蜀十年,到楚地亦已三年。

㉒〔锦帐〕古时郎官有锦帐。〔叨陪句〕说自己被任尚书工部员外郎。

㉓〔放〕同"仿"。〔白头吟〕传说司马相如将聘茂陵女为妾,卓文君作《白头吟》。此借喻自己的失意。

㉔〔反朴〕反还淳朴。

㉕〔忘机〕去除机械的心,无所机谋。〔陆易沉〕避世的人,譬如居陆而沉。此言自己与时世相背。

㉖〔数粒食〕数粒而食。极言生活贫困,米粮可贵,计算粒数而后吃。

㉗〔四知金〕汉杨震不肯私受王密纳贿的黄金,他对王密说:"天知、地知、子(你)知、我知。"〔得近句〕意思说自己虽清贫,亦不取非分之物。

㉘〔封〕增加的意思。

㉙〔源花句〕传说中的桃花源在湖南。

㉚〔转蓬〕比方行踪无定。"蓬"是蓬草,随风飞转。

㉛〔行药〕服药后,步行以宣导药气,叫作"行药"。〔涔(cén)涔〕病困汗出貌。

㉜〔瘗(yì)〕葬。〔潘岳〕晋代文人,曾在《西征赋》里追悼他夭亡的幼子。杜甫当有儿子在旅途中病死,故此处引用潘岳事。

㉝〔持危〕扶持行步欹危。〔邓林〕古代神话:夸父与太阳竞走,途中渴死,他所遗弃的杖,化为邓林。这里泛指杖。

㉞〔蹉跎句〕说自己拙于趋时。

㉟〔知音〕指湖南亲友。

㊱〔假〕借。〔苏张〕苏秦、张仪,都是战国时有名的舌辩之士。〔周宋镡(xín)〕"镡",剑鼻,一名剑珥。另一解:"镡",剑首。《庄子·说剑篇》:"天子之剑,以齐、岱为锷,晋、卫为脊,周、宋为镡,韩、魏为铗。"用来比方极大

的才具。〔却假二句〕"苏张舌"指湖南亲友的善于夸说,"周宋镗"指他们夸奖杜甫的才具。

㊲〔纳流〕容纳众流。〔浩汗〕水深广无际貌。〔峻址〕增高基址。〔嶔崟(qīn yín)〕山高貌。〔纳流二句〕赞说湖南幕府延纳人才之多。即另诗《留别湖南幕府亲友》中"大府才能会"之意。

㊳〔城府〕指潭州。潭州长沙郡都督府城。〔旭〕晓日。

㊴〔筼〕竹。〔浔〕水边。

㊵〔披颜〕开颜。〔倩倩〕笑的样子。

㊶〔逸足〕指奔驰的马。〔骎(qīn)骎〕奔驰的样子。〔逸足句〕以骏马比方湖南幕府亲友。

㊷〔朗鉴句〕大概因为湖南幕府亲友曾留他,杜甫不肯留而南行。杜甫感谢他们的意思,请其鉴谅。

㊸〔公孙〕公孙述,见前《阁夜》注。〔侯景〕南北朝时梁叛将。〔公孙二句〕借指当时各据一方、互相混战的藩镇和叛将,如崔旰、杨子琳、臧玠等。

㊹〔北斗〕指长安、畿辅之地。参看《诸将》注。

㊺〔畏人句〕"千里井",相传南北朝时,有一计吏投宿驿舍,临去把挫马草(马吃的稻秆)泻在井里,以为自己不再回来了。不久,他因事重过驿舍,汲饮井水,竟被挫马草刺喉而死。后人因此相戒:"千里井,不泻挫。"这里杜甫暗示他不愿回来。

㊻〔九州箴〕古时把中国划分为九州。汉扬雄曾作"州箴"。〔问俗句〕即入国问俗的意思。亦言作客多戒惧。

㊼〔葛洪〕晋时人。入罗浮山(在广东增城县东)修炼丹药。相传他死后,颜色如生,举尸入棺,轻如空衣。人们认为他是尸解成仙。

㊽〔许靖〕三国时人。他曾携带亲族避乱,先人后己,身受饥寒。

㊾〔霖〕雨不止貌。此形容涕泪之多。〔葛洪四句〕杜甫自言老病将死。

附 录

浦江清、吴天五合注《杜甫诗选》通信选

一（1955）

江清先生：

　　夏君转来尊著，一一拜收。所嘱深恐不克负荷，猥承过赏，不敢不勉。尚祈时惠督教，俾免大谬为幸。拙稿当另寄求正。匆匆先此附陈不恭。即颂

大安！

吴天五顿首　一月三日

《全唐诗》大字打印本，能赐寄一本，尤感。

二（1955）

天五吾兄：

前函谅达。人民文学出版社送来预支稿费三百万元，弟处无多需要，敬以二百万元汇奉，聊为润笔之费，且亦可随需要而购买工具书与参考书也。此款是预支性质，将来出书有正式版酬时扣算。

另由邮挂号寄奉文学社原有旧稿五本。当初系用赶任务之方式赶成者。作者不一，中有冯至及文怀沙两位在内，但所作不多，余皆社中编辑。中多疑问，贴条甚多，亦多误谬。此稿可以参考，原有基础，亦可利用些。（如确定无问题者，亦可直抄。）惟不可倚赖。凡史、地、音释等，一一皆须覆按。宁可多查，偶一躲懒，容易沿其谬误，或所释不够正确，似是而非。原稿务盼妥为保存，将来随尊稿寄还。

弟工作时，虽主要用仇注，但同时亦参考五六种。各本编次不一，赖有燕大所编《杜诗引得》第二册，有各本次第对照表，按表找寻，獭祭案头，较为方便。足下参考书足否，当可取诸图书馆也。又据我经验，地名大辞典亦往往有误失，或不尽合某诗注释之需要，还须亦读《唐书·地理志》，并勘对现代地图。关于草木鸟兽，注释中亦以能尽量供给现代知识为好。旧类书所解尚隔一层。

前拟体例，因弟所作不多，定有尚可商酌处。乞不吝赐教。杜诗前后部内容风格亦不一。足下钻研后部，不知以如何注释为善，亦乞讨论。我们迁就他们所已定之体例，不免削足适履，盼望仍能用我所长，不致全受拘束。总之以有益读者为原则。进行顺利否，乞惠告一二为感。

匆匆，此颂

教安

弟江清　一月二十七日

附汇票一纸

预计能在四月底完稿最好，否则逐部寄来，此间随时勘钞，或可稍延期。

三（1955）

江清先生：

日前寄一笺，计承察及。顷接二十七日来示，并蒙惠寄稿费二百万，感悚感悚。选注事在弟未尽绵力，已获厚酬，于心实不安耳。此间日来写稿幸尚顺利，寒假期内已复写成二十余首（并前约九十首左右），下月初可先写一部分清稿求教。参考书此间近尚够用，旧注本共有八种，《杜诗引得》（三大册）亦在案头，甚便寻检。惟旧说纷纭，斟酌殊费工夫，有时亦须濯去旧见也。诗注体例，鄙意前后部应取得一致，要在释词释句方面，灵活运用，求能说明作者本意，解决读者困难问题。弟所写稿依尊示暂拟体例，尚觉方便，或无削足适履之嫌，可纾廑念。原文用《全唐诗》本，异文颇多，不可悉从，可改定不妨即为改定。冯至先生主张，弟极同意。注文涉及杜甫生平踪迹并交游，须求与冯《传》相呼应，甚是。惟有时尚须慎重考虑，如《江南逢李龟年》，冯《传》依诗旧注定为七七〇年在潭州，其实旧注亦属揣测之词，未可为据。又如《北征》，冯《传》谓杜甫在闰八月初一起程，此或据《北征》诗中"初吉"二字而来。（闻一多《少陵先生年谱》《北征》条下按语说初吉是朔日，尚须商榷。）但初吉只能说是月初，不一定是初一。鄙意如遇类此问题，注文语气可稍圆融，亦不致与冯先生说法有径庭也。琐琐非关要旨，承虚怀下逮，辄漫及

之。寄来社注稿五本,已妥收,尤荷关注,容俟阅读后璧还。匆草,余详前函,不缕缕。即请

著安

弟天五顿首　二月六日

冯先生并候

四（1955）

鹭山兄：

　　月前拜收一札，因无事未即复候，正拟奉候并询工作情况，得手教并大稿三十六首寄来，快慰。（社稿一本亦收到，惟原诗排印本未附寄。）知足下所任部分大体已完成初稿，勤劳敏捷堪佩。社方曾来问询，并送来清稿纸若干，今以百页寄奉，尊处原须抄清，不如即用此稿纸，免得此间重为抄写。纸质坚厚可爱。惟尊处如已抄清若干部分，则亦不拘。（未抄者即用此类稿纸。）稿纸固无须一律也。弟处工作情况，至为抱愧，因《红楼梦》讨论、胡适批判，此间作协及本校开会甚忙，弟课务重，体力又差，因而此工作搁置甚久，亦因分工之后，有所依赖，故而如此。刻下又在赶作，所缺甚多，预计五月底能完成已好。因此后部分拟全仗大力，即成清稿，弟恐无多少时间补充意见，仅参校读斟酌之役而已。盼望吾兄随时抄清某部分，即为寄来。俾随时拜读。（尊稿中如须弟特为注意，参加鄙见者，眉批示号。）倘尚须反复修改，留在手头，则先寄一部分抄清不用的来。分次寄来，最后部分迟至五月底亦可。顷所寄尊撰稿即为细心校读前数首，细密堪佩。其余只略翻看，略观体例。大体均妥，未见错误，但有稍嫌失之太简处。此则受社稿体例及弟前所寄几篇样本之故，趋向于简洁通俗。弟意尊作旧稿蓝印本，长处不少，辞费之病亦不甚多，确实显豁有用。而弟参读尊稿后，亦在往高处走，汲兄所长，交相融合。

附录 浦江清、吴天五合注《杜甫诗选》通信选

弟意吾兄不必拘束，根据教学经验及钻研所得，仍可在新体例之形式下，装进吾兄所欲言者。灵活应用，以帮助读者。文学社此书为普及工作，只要注释无错误，其他要求不高。在我们手中过，则有时捉摸捉摸诗意，恐读者费解，即为注明点出，对读者帮助必大。此看时间精力，能否细密加工耳。后部如《秋兴八首》之类，极难解，读者必定茫然。兄尺寸在胸，如何斟酌。在不甚"辞费"之下，作显豁之解释。体例仍在释句释词形式下不作疏通串讲，说明风格脉络等等，则仍属注释范围也。不知尊兄以为然否？弟无甚意见，吾兄认为如何式样好，即可应用。全书体例，大致不参差即可。关于所询两点及体例等杂事，另记出数页，奉上。乞恕草草。敬颂

撰安

弟江清顿首　三月二十六日

再者，因寄社稿纸，夹附此间清稿数页，求教。弟读尊作旧稿，获益不少，比之社中原稿在精神上提高不少，书卷气愈来愈重。"日收胡马群"句，尊注有据，惟弟因恐尚不止收买蓄养，包含有掠夺，战争胜利所收，疑不能决定，故而阙疑未注。不知尊见如何？又"中原有斗争"句同冯至兄讨论，暂用鄙意，较为含浑。此时禄山之乱尚未发动，《镜铨》之说未必可信。又《刘少府障歌》，其中有用"仓颉造字，天雨粟，鬼夜哭"意，即抄自尊稿者，此两句出在何处，弟躲懒未查，原意拟缩为"天雨鬼哭"，又恐不典。请教。此清稿数页，

乞为是正，阅后请寄还。

一、公元年份下用括弧附注年号，只在第一次出现时注明，其余不注。此办法妥当。弟处稿并不一致，因前部分多史事，做释题时参考旧书，不觉熟于年号，因而多注了几个，读者亦方便也，似不须拘泥。

二、题下原有注稿释题下。冯至兄谓题下原注或是老杜自己所注，因而必须保存。不知尊见如何？句下原有注，则移释句下。甚是。无关宏旨者，似不须补出。

三、作诗年份有可定者定之。不可定者用"大约"。尊稿"大约"甚多，弟尚未细核，不知其中有可定者否耳。因弟尚未钻研后部，不敢乱说，总以足下所定为是。

四、释题中人名、地名等不用〔〕号，如〔木皮岭〕在同谷县东二十里。括弧号可去。惟如〔蜀相〕指诸葛亮，蜀相之括弧号可用。因系解释名词之故。且在释题文之最后也。大概尊稿受弟前寄《望岳》一首之格式影响，故尔如此。"望岳"究系解词，且放在后面。释题文开始即〔〕，不大好看。如《戏题王宰画山水图歌》，释题〔王宰〕，括弧应去。

五、释题作法不一，弟处因有许多历史事实，长者五六行，短亦三四行。尊稿多记游及律、绝小诗，故甚简略，仅一行而止。有只标明作诗年份者。但遇有较为重要之诗，亦可多写一点。释题等于对读者介绍此诗。足下旧稿有说明此诗主题思想之方法，弟认为极佳。不必用"主题思想"字样，简括总释诗意。今尊稿大体已完成，不知此

附录　浦江清、吴天五合注《杜甫诗选》通信选

项意见，是否会引起体例不一致之病，乞为斟酌。

六、拜读此部分尊著，前面几首细看，极佩细密，比社稿加工不少。后面尚未得暇细读。大体印象认为极好。但不免受弟前次所寄几首样本之影响，有些拘束，益趋简单通俗是也。弟初所写稿，受社稿影响，不免削足适履。后来参考尊著，因我们都有教学经验，旧底子出身，所以有共同之趣味，因而有些提高。盖此书如大学生，甚至中学学生亦可读。不单释名物及词义，诗意难懂处，亦用〔某句〕〔某某二句〕之方式解释之。以帮助读者。因如社方所出《李白诗选》，一般认为不解决问题。李诗因不能作疏解。杜诗可用。题意不明，则释题中说明。句意难懂，则释句中说明之。简括启发读者，亦不"辞费"。仍盼用兄所长，勿捐钻研所得。时间不足，难期各首一致，在工作时间许可内，有几首写得好些，有些马虎了之，不妨。

七、弟谓可加工之处，如《江畔寻花》七绝句，"江上被花恼不彻""恼"字可注。"无处告诉只颠狂"，"颠狂"可注。此两处即一般读者不易捉摸意思者，因而可用〔江上二句〕释之。"自在娇莺恰恰啼"，"恰恰"可注。在时间许可内，盼能加细。现在一般同学在诗词上不曾下过工夫，此类词面，均不了解意义也。姑提此见，到底因为我们的工作还是赶任务，不能如私人著作那么要求。故不严格要求。弟工作拖沓，惭愧之至。后部即以大稿为定稿，略参校读之役，恐补充不多。

八、《全唐诗》大字本不佳，拟为改定，可即改之。原字在释

句下注一本作"□"。其不佳者，根本略之可也。尊著《水会渡》之"迥眺积水外"，尊释用"迥眺"。本文亦改为迥眺。（原稿未改，弟已为改之。）注文下弟为补"一本作'迥眺'"。

九、一题数首，抄注时格式如下：

〔第一首〕〔□□〕

〔第二首〕〔□□〕

不用第一首，其二，其三，另用一行之格式。

十、尊意补《堂成》首，弟甚同意。

十一、社方送来清稿用纸若干，拟即以一部分寄尊处。纸质坚厚甚好。尊处既须抄清稿，可即用此稿纸。此间不再重抄，以免校对一遍也费时。书手能工整最好，否则要求勿写草体字。（此间有书手，墨笔恭楷，三角五一千字，殊廉，尊处不求一致。）足下细心校勘一遍。有所添改，亦不妨。（已抄清稿太多，未用社中稿纸者，则亦不必重抄，以节省时间。）

十二、尊注《秋雨叹》，极详极佳。傅东华注《杜甫诗》（商务本）谓"斗米换衾裯"，用《诗》"抱衾与裯"则斗米可以换妻云云，此为别解，似求之过深，不荒唐否？

十三、唐俗语注释，可参看张相《诗词曲辞汇释》。此书大有用，足下谅已用之。今补告。

十四、尊处旧蓝印稿，蒙惠寄弟处，获教不浅，依目录，尚有《哀王孙》、《悲青坂》、《塞芦子》、《月夜》、《春望》、《大云寺赞公房四首》、《悲陈陶》、《喜达行在所三首》、《述怀》数首，漏寄。尊处有存，盼能见寄拜读，以匡不逮。将来统奉还尊处也。

十五、引书及篇名可用《庄子·秋水》篇格式。

十六、一题数首，某首须释大意则在首词释下用＊号总释之。

五（1955）

鹭山兄：

　　前日寄奉数笺，琐屑草率之至。并社中稿纸一束，谅达。顷又细读尊稿十余首，比对《详注》，颇觉足下取舍适宜，极为妥善。确如大示所云，力避辞费，然精神与兄旧稿并无二致，对于读者帮助指点处皆尽心，实未掩尊长也。前函谓或有失之太简者，未必尽当。或反添足下惶惑，颇为抱愧。鄙意恐吾兄迁就新体例，惟恐稍涉学者气息，多所割爱，致受束缚。实则弟处近作，方采汲尊长，有所改进，特以奉告耳。（足下旧稿，作为讲义是好，辞费处亦不多。偶有之，如《羌村》篇之解"娇儿不离膝"两句。当然亦有好处。所解嫌太曲折。）社方并不怎样苛求，注解只求对于读者略有帮助，正确不误为标准。各诗详略，可以自由。以时间精力为伸缩。便中寄奉清稿数页，体例大致相同，较之初作似有文言加多，学者气息加厚之趋势，但总不甚相离也。寄来尊稿已校读一半。音释社方规定用国音。杜诗用国音本未必是，国音无入声，诗有入声也。弟于国音最不熟，颇嫌麻烦，因《李白诗选》亦如此，故不为更定。但凡圈声读字，如胡骑之骑，霸王之王等，鄙意均不依注国音例，仍用老办法，注"读某声"，较为显明。注国音，读者反而忽略。尊稿已为改定。前所未定之体例，今补告。又略添改数处，极少，皆无关宏旨。如《恨别》"司徒急为破幽燕"，幽燕之幽，尊注单为唐范阳郡，弟意幽、燕叠用，则概括指古幽州之地，范围较广。又如《江畔寻花绝句》添注"恼"及"恰恰"。"恰恰"俗语，杜甫用此新颖有风趣，亦注不好。尊稿极有细致处，如《王宰画》"焉得"二句补出索靖故事，此《详注》所漏也。前部分中《玉华宫》诗"美人为黄土，况乃粉黛假"，弟未得妥解，搁置未注。美人为陪侍太宗之美人欤？抑杜甫见剥蚀之壁画有此二句，抑泛泛说，前后如何连接？又"秋色正萧洒"，萧洒有自由无拘碍意，弟捉摸诗意，意者秋景开朗寥廓，使人心胸解放。后见张相《诗词曲辞汇释》则作凄清解，所引皆宋人诗词，未举杜诗。不知杜诗原意，确有凄清意否？暇盼指教。凡此过分求细，因弟等皆有钻研兴味，讨论实可解闷。照此项工作之需要，大概有所依据，择一解已可。冯兄即托弟代候。彼前答应在五六月中帮同校读清稿。顷则忙而未暇也。草草，敬颂，
撰安

弟江清顿首　三月二十八日

　　弟意尊撰体制很好，同我初写几篇文笔一致。现在我又得稍稍把书卷气改掉些，仍认定目标，以求一致。注释但供参考，因而随笔所写，只要读者看得懂，似乎也不必十分拘泥。稍有出入是可以的。关于释题及疏释句意，必要时可以多写一二句。

六（1955）

江公有道：廿六、廿八两手教并挂号寄下尊稿及稿纸，均已拜收。方拟具复，又接三十一日惠示，备承一切，既慰且荷。前呈小稿，浅率殊甚，所喻皆中肯綮，至深叹佩。此间已抄清稿尚不多，顷依尊示稍加修改，重付抄手（即用社纸），旬内可续寄数十篇请教也。题释句释，今后当求改进，但题释详略须看作品本身而定，如诗题已明白，又无历史事实，疏释似可从略耳。前《野望》"西山"注恐尚未妥，此西山疑与《西山三首》之西山都是泛指岷山。弟拟在前注下添注一句："这里泛指岷山"（如此亦可与《西山三首》注说法一致），如何？即乞高明酌定。又前稿释题用"大约"字太多，拟将《百忧集行》《野望》《遭田父泥饮美严中丞》三诗释题中之"大约"字皆改为"当"字，亦请代为酌定。此次选注工作虽还是赶任务，但亦当在可能范围内，期于尽善。亦赖大力补苴润饰耳。承寄尊稿，已一一读过，极佩缜密。使弟写注亦有所提高。《秋雨叹》"阑风伏雨"注，采用弟旧说，尚须询之北方人为妥。据此间研究生（东北人）告我：辽东、辽西一带，谓三伏雨为"阑伏雨"，未知他处亦有此说法否也。"抱衾与裯"，傅东华"斗米换妻"解穿凿附会，不可从。《前出塞》"系颈"注似可不必引出处。"挑青丝"须注，弟旧说妥否，亦尚可商。"单于"注稍嫌枝蔓。《后出塞》"日收胡马群"不注亦易懂，如注则不必说实。弟旧说虽有据，亦未足取也。"霍嫖姚"注末一句"未必

附录　浦江清、吴天五合注《杜甫诗选》通信选

指安禄山"，似可省。《刘少府山水障歌》，抄稿"元气""真宰"注上下错置，"县圃"注昆仑山，山字误为上，均须改正。刘少府是刘单，《英华》注可备一说，但不必即为肯定。尊注提及刘单处，鄙意都应改为刘少府较妥。"天雨粟"数句可不引，恐杜或无暗用《淮南子》语之意，如引用，必不可缩为"天雨鬼哭"，雨字亦须用括号加注。"反思"注末数句似欠明白。前示《望岳》等诗注，未知已写清稿否？弟顷复检读，觉尚有可商处。如《望岳》"荡胸"注，荡字作荡涤解，抑作荡漾或动荡解，可取一说。"入归鸟"，入字解作跟着，殊未安。杜诗中其他入字似均无此用法也。《画鹰》"愁胡"注"有共同点"四字不如改为有相似处较好。"絛"字须注音。《乐游园歌》"圣朝已知贱士丑"注谓杜甫感觉到惭愧，似亦欠妥。此句含有牢骚口吻，并非表示惭愧。"一物"注末句一物指人，说得太实，改为物亦包括人而言，如何？《奉先咏怀》"构厦"句须注。"蚩尤"作雾解，下句"蹴踏"二字亦须注。蹴踏是谁蹴踏，又似难说通也。询及《玉华宫》诗"美人为黄土"二句，鄙意仇注谓"抚遗迹而增慨"，甚是。美人当指太宗时美人，但不必太肯定说。郭知达本注云："有随辇而死葬者矣。"此亦是揣想之词。"况乃"此处当作正乃解。此句是申说上句，亦与下二句紧接。"秋色正萧洒"句，是实写。萧洒有清疏意，似不当作凄清解。恃爱辄漫逞臆，刍荛之说，亦聊供高明参考而已。弟蓝印旧稿，前均已检寄。《哀王孙》以下十余首，仅具目录，未暇作注，乃劳见问，愧恧之至。《述怀》一首，前已注好，兹即附上求正。（记得前已寄奉，或漏寄未定。）此等稿阅后即覆瓿，不须寄还也。张相

《诗词曲语辞汇释》，弟亦常供案头。承注感感。杭州今年春寒甚重，京中何似？尚希眠食以时，倍万珍摄。

　　顺颂

著安

弟天五顿首　清明节

　　社印杜诗原本，弟前写草稿时，为减省抄写起见，即将此本剪贴，如社方不需要，拟即不寄还，如何？

　　尊稿候小稿付邮时一并附还。

附录　浦江清、吴天五合注《杜甫诗选》通信选

七（1955）

鹭山兄：

　　大札及寄来尊稿一束，收到欣慰。拙稿校得马虎，如"元气""真宰"误倒，未曾看出，足下太客气，未在原稿即为改正。至于"奉先"注，则弟以为此篇恐在《赴奉先咏怀》前之作，故特为移前也。我们的工作在艰难的情况下进行，弟处尤感忙乱。近日知足下开会亦忙，劳累堪虑。尚祈珍摄，不知五月底以前能从容完稿否？说不定在六月中尚有借重大力处，此乃无厌之求，盼望不致如此也。对敝稿所示尊见，当一一考虑。其他有关于增删之点，足下均可以自为斟酌。杜诗后部分选本自较难，各人眼光不同。弟意着重思想性方面，而我们的注释也是如此，一二字句之缺漏，意见捉摸不定，还是次要的。顷匆匆，琐屑另写两页。此颂

教安。

弟江清顿首　四月十九日

　　一、标点原文避免"；"号。主要用"，""。"及"？"号。问号用于确是疑问语气或问话口气。不是此类性质仍用"。"号。《李白诗选》及《乐府诗选》多用"！"号。看也看得惯。但我认为诗歌是情感的语言，似乎"！"号多处可用，没有严格分别，所以我处索性一

概不用。这是我的习惯与偏见,不知尊见如何?但我在校尊稿时,开始用了一二个。如《水会渡》"微月没已久,崖倾路何难!"此处用"。"号及"?"号,皆不合适,似以用"!"号为宜。鄙意尊处亦可仿此,注意及之。

二、清稿托书手代抄,能工整最好。否则有一点要求,即杜诗原文,力求工整。因为我们已不用社中铅印本,亦不全用《全唐诗》大字印本。文学社校此稿,即以我们的原稿发排,他们不敢改动,又无所依据之故。如有简笔及别体字不改过来,就有误排,乱改动,又犯错误。足下校稿时注意之。

三、我们的工作是在艰难之情况下进行的。我对吾兄致崇高之敬礼。读尊稿及来信常常觉得足下精神饱满,敏捷不误期。我处情况不佳,受《红楼梦》及胡适批判工作影响,对于此项工作不免拖沓。盼望尊任部分,能在五月底以前必须赶完,不知可以预计否?(原约是四月底,因为多抄清稿一层任务,及〔疑当作"又"〕可以从容改进些,五月底不迟。)五月以后,说不定在我任部分,尚有托兄费心代作数篇之处。(此是万一之事,我能赶好最好。)因此,现在读我兄来信,听说现在开会也忙起来了,大概同我这边的情形差不多了。不免着急。现在还是恳切盼望,开会方面,能以此工作为辞,减轻些。盼不逾五月底之期。我因为胃病之故,不耐夜作及伏案。读尊稿则坐卧均可,稍为斟酌,精神极愉快也。

四、前寄来之尊稿,拜读一过,后来又付书手重抄,校读斟酌一部分,因他事搁起。昨日寄来之稿,只开读数页。如《戏为六绝句》

释题内有"主要在于反对当时某些文人轻率地对待前代文学遗产的倾向"句，极好。杜诗为人民所重视，我们的解释，有缺漏是不妨的，解释字句上有不能全满人意处也不妨。例如"荡胸生层云"，如何解，不一定大家同意，但是怎样解，也不会犯思想性错误。最怕是多说了，或解释的犯立场及政治性错误。歪曲杜诗。（例如胡适《白话文学史》中的资产阶级形式主义观点。）杜甫思想里有"忠君"或对少数民族的看法，妨碍我们今天了解他时，需要设法"回护"。足下尺寸在心，注意及此。如觉此诗不好，即特为提出。

五、前寄拙稿系废稿，有意见，即烦批注在上，以后寄来，弟可以参考。现在不忙，可留在尊处。

八（1955）

鹭山兄：上星期功课特忙，加上别的任务，精力不支。昨覆一信，琐屑草率之至。足下前寄三十余首稿，先为拜读一过，后来又付此间书手抄清，用社纸及新款式。此公系胡同口摆纸烟摊者，只化（花）钱五元，社纸恭楷，赏心悦目。昨晚继续把所未细看部分看下去，今日又工作一天，已告毕事，至为欣快。足下简练细心，甚佩。有所缺漏处，弟亦加工在内，但均无关宏旨，不一一奉告。已无未解决之问题。顷得稍暇，琐屑记出若干事于后：

一、《戏题王宰山水歌》："焉得并州快剪刀，剪取吴淞半江水"，尊注补出索靖事。注文"……半幅纹练去"，"纹练"两字有误否？系译文言何字？弟不忆此条原文，匆匆查《晋书》及《世说》均未得，亦懒未别查，得暇见示出处及原文有关于此句者。

二、前谈不用"！"号，读尊稿见"语不惊人死不休！""头白好归来！"等均用得很恰当。因而我不坚持前议。此为一习惯问题，在我前部稿均不用，以后设法再统一之。尊处可以自为斟酌，非"！"不可者，仍用之。至"；"号则在本文内似不大需用，弟参看《李白诗选》亦不多用，只有乐府、歌行、古三字排偶句中用之。

三、引书如举篇名则《后汉书·和帝纪》之格式。前奉告用《后汉书、和帝纪》，恐"·"号误为"、"号。检余冠英《乐府诗

附录　浦江清、吴天五合注《杜甫诗选》通信选

选》例，纠正此点。

四、《龙门阁》"目眩""头风"二句，社中原稿及尊注，均采赵注说，此杂花、过雨为虚，乃是感觉。眼花尚可说，头晕好像吹过一阵雨，大新奇，弟意同朱鹤龄注为妥。因擅为改过来。各有旧注根据，似乎定一说即可，足下以为如何？

五、《枯棕》《遭田父泥饮》二诗均有叶"有"字韵之"取"字，为补了音注。《泥饮》首"感此气扬扬"之气，我决不定是田父之气抑杜甫。《石笋行》中之"小臣"旧说谓指李辅国，足下不采，大概恐拘泥之故。亦是。我也不敢加。惟此首诗横插此数句，杜甫必意有所指，即泛泛说，此数句亦为精义所在，全不注，读者不易明了其意之曲折也。今暂听之。

六、来示所告有三篇改"大约"为"当"，已为照改。

七、《野望》之"西山"注，弟处改为"指岷山的雪岭，在今松潘县南"一句概括之。只删去"为岷山主峰"一语。弟参看后面《西山三首》注，亦提到雪岭，那末两处在冲突。既言三城戍范围必广，似以不言主峰为妥。（主峰旧注所无，足下或另参考别书。）观地图此三城相距甚远。岷山更远，在松潘县北。如雪岭在松潘县南，则在成都北，亦不在西。疑不能明。如此虽不太正确，似亦不妨。因我们的书是普及的，史地不暇精考，不妨碍读者了解此诗也。

八、《百忧集行》之"主人"，尊注嫌泛。弟据旧说，擅改为"旧说指成都尹崔光远"。因我们都在赶任务，所以凡琐屑奉告者，

不必一一求示覆。无意见即略而不疑可矣。觉不妥，则请示及。

九、蒙足下指出《山水障歌》之"反思"二句，解得不够清楚，已斟酌又改。此间稿均未定稿，足下有所见，见示均感。我想我们所作对于读者是有益的，因为有些句解，不全是名物、史地之注。但一则有详有略，体例不一，一则或者要讲错，那末也是吃力不讨好的。此书编类，数易其人；足下参加，实深庆幸。实为主力军。对于选目的未妥善处，及体例方面，有意见，均可提出。此间必尊重。冯兄亦无异见。冯兄选目，此间文科研究所认为太偏，文学社方亦并未全定，只是草目。因而足下有所删增，必很恰当。因冯选亦匆匆，不如注者之细心考虑也。

十、前匆匆呈《戏为六绝句》的解释，恐尚有未善处。"窃攀"句未必含讥辞。此六绝句，古今人论者多，大意尚一致，恐未必句句讲得很清楚。浙大诸公于杜诗熟悉者多，且词章功夫都好。暇时足下探问瞿禅兄（整理者按：夏承焘）等看法，看是否能一致耳。争论之点在于第三首之"君"字及第五首之"窃攀"二句。

十一、此间游国恩兄解《玉华宫》诗谓"况乃粉黛假"疑指剥蚀之壁图上侍女等，与鄙见不约而同，窃为欣喜。均无根据，推测如此。可资谈助。

匆匆，再颂

撰安

弟江清顿首　四月十九晚

弟在此间任宋以后文学史课，此课草创，备课极费力，多小说、戏曲大书，分析批评，短兵相接。与杜诗工作，实不联系，无暇时泛滥诗话等书，至为抱憾。不知足下所任课，尚与杜诗能联系否？又，忆吴景旭《历代诗话》有杜诗数卷，于名物词义考据有得。足下尚可浏览及之，于注后部杜诗有用。

九（1955）

鹭山兄：昨展手教，读悉甚慰。社稿纸已另邮寄奉，谅可足用矣。尊处书手，略有误会。盖因抄稿如按题连抄，不换页，固属经济，但如遇编排时，因稽考年代，欲前后移置，或增入一诗，不免需要剪贴。如逐题换页，最便编排，惟当时因社纸不足，又律、绝小诗多，则又浪费纸张。故尔折中之，每题换半页即可；换言之，可利用后半页之空白耳。书手误会，设每题必须空半页，遂有空却前半页而不抄者。实无须如此。以后可告之。但此不关紧要，无所谓也。

此间五四纪念节，开始科学论文讨论会，开会亦忙。论文中文史方面，多数有关于胡适批判。有翦老（整理者按：翦伯赞）之《红楼梦》论文一篇，弟偶多索一份，足下或可参考，浙院诸公或亦需读。寄社稿纸时，为夹带其中。戏曲论文则无之。

因开论文讨论会，傅庚生自西北大学来。他亦治杜诗，且在那边开课。闻我们在搞此工作，大为欣喜，必大有助于学子云。弟举若干难句质疑，有意见相同者，亦有讲法不一致者，然均获益。彼为东北人，于"阑伏雨"之成语，不能确说。为谨慎计，仍阙疑，待再问他人。

索靖事蒙告。逡巡义弟忘检张相书，应再为考虑。两说皆可通，似亦无关宏旨。辔头及青丝注，尚未妥。《草堂诗笺》本注青丝谓马鞯。辔头无注，但引《木兰诗》。于《丽人行》之"飞鞚"，注马勒。

若此则青丝、鞚、马勒，均为马缰绳。惟马勒尚有别义，如《哀江头》之黄金勒，乃马衔，疑即马嚼铁。诗中金勒常用，《汉宫秋》亦有旧恩金勒短句，又不像是马衔。辔之古义为御马索，亦即马缰绳。而辔头不知指马缰之全部，（似包括笼勒马头之部分及手中所控执之部分，并马衔在内）抑但指笼马头及马衔之部分？不知如何注为正确？又脱却辔头，一说是任马奔驰，不加羁勒。亦有人谓马奔驰之结果，不意脱却，因而无法控制，只能让其奔跑。一说，根本不安上辔头，只是手中挑着，显出骑马本领。托广询人，看多数意见及体会如何？

前蒙指正《乐游园歌》"圣朝亦知贱士丑"一句弟所注不妥，即为改去。"一物"指酒而言，仇注是。弟谓指人，实谬误，彼时心中忽有《荀子·天论》篇中之"一物"，杜甫未必用《荀子》，可谓强作解人矣，一笑！

顷有数事奉告。

一、一题数首，足下谓宜有分释者，即可用分释办法。拟式如下：

（一）〔第一首〕说……。〔 〕……。〔 〕……。
（二）〔第二首〕*……。〔 〕……。〔 〕……。
（三）〔第三首〕〔 〕……。〔 〕……。*……。

分释此首意在释词前，或释词后皆可，随便利而为之。其实不但逐首分释，即一首诗，一首长诗，中间有某句至某句一段，需要加以注明，亦可于释词中用"*"号插入数句。只要读者能够明白，即可。

似可灵活用此。

　　二、冯兄意《秋兴八首》及《诸将五首》需要补入。冯谓《秋兴八首》，初选目无之，以后补入。谓文学社选目内有，而弟处抄本则无之。此文学社之疏失也。而《诸将五首》，则经考虑后，亦宜补进，彼以前看法太偏。此数首亦见老杜关念国事之热情。要补进十三首，又为老杜经营之精作，增加足下荷担，心殊不安。不得已，请勉为之。如此段早已誊清，则以后补作单立，待此间排进。为此，足下最后完稿之期，迟至六月中旬亦可。此则为极迟之限矣。

　　三、前读尊稿《王命》首，于"牢落新烧栈，苍茫旧筑坛"二句，不用仇注中所引史事，以旧筑坛谓指严武，恐有误失。不知另有看法否？弟尚未钻研及此，未及细按，先乞明教，待校稿时再为斟酌。

　　文学社殷勤致问，亦催稿之意。得来示知暂不需款，足下谦抑，甚为感佩。弟处亦因稿费无所急，只愁时间匆促，交稿万一逾期则奈何。因此暂亦不便去办交涉，待交卷时再为请求，以为暑中走动费用。预支弋弋，实无所谓，冯兄谓此书为多少人殷切盼望，将来版酬必丰厚耳。足下亦忙，在教课及开会交逼下，六月中之期能如约否？

　　匆颂
教安

弟江清顿首　五月十一日

　　冯兄托特为致意，待以后再通函领教。

附录　浦江清、吴天五合注《杜甫诗选》通信选

十（1955）

江公：十一日所发手书，并挂号寄来社稿纸，均已拜收，甚慰。前示抄稿款式，实由弟误会，每题空半页，不免浪费，顷已转告抄手矣。《秋兴》、《诸将》等诗，选入亦佳。此段稿尚未誊清，当即着手补注，弟对此数诗曾稍摸索过，写注较容易。六月半完稿，定可如约。近来早晚尚能挤出时间伏案也。《王命》"旧筑坛"句，小稿说法系采取钱注，此诗后四句似都指蜀中事，严武入朝而蜀边告警，故有"恸哭望王官"之语。看来钱注较胜。如指郭子仪，与后二句似无关联。鄙见如此，未敢肯定，用仇注亦无不可。尚乞高明斟酌改正。前寄清稿时，忘将不同说法举出，歉歉。承询《前出塞》"走马脱辔头"句，细致可佩。辔头本包括马缰全部，但此处疑仅指笼马头及马衔部分，青丝则指手中所控制部分，故上句说脱辔头，下句说挑青丝。所示脱辔头三说，当取第二说为妥，即谓因驰马而脱辔头。顷晤瞿禅、心叔（整理者按：任铭善）二兄，举以质疑，所见亦相同。旧学商量，有足乐者，惜乖隔无由面承耳。前日挂号奉上小注廿二首，并附还社稿第六部分，计已达。《至后》首"青袍白马"指游春抑指游宦，甚难决定，弟取游春，未知当否？即请考虑。蒙寄蔚君论文，良以为感。偶读尊注，有鄙见草草附后。此致
敬礼！

鹭山　五月十七日

《兵车行》:"尘埃"句不仅写出兵众多,亦写送别者之多。边庭之庭字须注。

《饮中八仙歌》:"朝天"、"眼花落井"句须注。

"逃禅"似取《详注》说较妥。逃当是逃墨逃杨之逃。

《醉时歌》:"有道"须注。

《丽人行》:"水边"注,"芙蓉苑"三字似可省。

《前出塞》:"固穷"应加注。"一本作困穷"五字可删,以固穷较有意义。

此间所注部分,前曾与夏瞿老相商,选诗尚嫌太滥。兹拟删去《杜鹃》《写怀》《示獠奴阿段》《近闻》《缚鸡行》《逃难》等七首。《杜鹃》、《写怀》(社稿已删去)思想性有问题,恐不宜介绍给读者。《示獠奴》以下四首,均非佳作,《逃难》首是否杜作尚可疑。似以不选为是。(初稿已写就,尚未修改誊清。)未知足下与冯至兄意见如何?盼即详酌示我为要。

附录　浦江清、吴天五合注《杜甫诗选》通信选

十一（1955）

鹭山吾兄：

六月中奉读手教后，迄未奉覆为歉。杜诗工作，迄未完成，颇为抱愧。所可报告者，六月中双方均已齐稿，由冯至兄看过一、二、四三册，提些意见，又使一助教看二、三两册，皆提些意见，翻覆修改。冯兄另有任务，即以总编校阅托弟，出外视察去了。七月初校课结束，考试费去数日。得半月之暇，细读足下第五、六部分。稍稍专心，即因看招生试卷及"胡风事件"学习，"肃反运动"展开而不能兼顾。因此直至七月底前仅完成五、六两卷。目下在忙里偷闲看第七部分。除补作之《诸将》及《秋兴》外，已毕。文学社来催过两次，今自定限期延至八月底全稿交出矣。所歉歉者，足下早已完成任务，因弟处之延缓，未能惠寄若干稿费至尊处也（下月初可以寄奉）。今年北京气候特殊，闷热为十数年来所未有。至今暑气未退。闻南方反多雨而凉。惟贵校亦必有学习运动。暑假中谅足下亦无走动耳。京叙不能不期之明年矣。凡事总难为预期，原定计划弟于四月前写完前部分之一百首，五、六两月，即可斟酌尊稿。今延迟两月。弟催尊稿甚力，而自己的工作缓慢，诸乞涵谅。凡就尊稿添改，都经考虑，盖补一人思虑之所不周。大致谅邀同意，不琐述。有不太同意者，将来校清样时，吾兄再为改正。顷有一小点奉询。第七部分《解闷十二首》（仇本卷十七）第三首，"南湖"尊注，约在今湖北江陵县南，郑审谪江

陵时，曾构亭其上。构亭仇注未见，或别有参考。此虽小处，留下未改动，拟待尊教以决之。

顺颂

秋安。

弟江清顿首　八月十六夜

杜诗注释所遇疑难颇多。如《去秋行》，各本皆谓指段子璋乱事，尊注亦用此。惟于"遂州城中汉节在"句注得不显豁。弟查考甚久，亦难弄明，段乱事史所不详也。（有一种杜诗注疑为他事。）此篇弟有一念拟删去之，今仍旧放进。又如《王命》首，"苍茫旧筑坛"，仇注谓指郭子仪，钱笺谓指严武，浦注兼用两说。尊注用严武，弟亦赞同。"牢落新烧栈"则疑是徐知道乱时所烧，史所谓以断官军入蜀者。未必吐蕃所烧也。如此则为徐知道乱后，严武去蜀时作，是以有"深怀喻蜀意，恸哭望王官"句。若高适已领西川节度，则不便作最后一句话。惟考各本杜诗，《警急》《王命》《征夫》三首均连接，而冯至《传》及尊注释题，皆以为是吐蕃攻三城时作。则又不便以己意乱测矣。疑不能明也。《天边行》一首年代难定。旧编返至成都时作，据"十年"句。尊意移前至七六三年冬末，梓州时作，有理由。惟不足十年。弟意移至七六四年较好。阆州时作。惟大江能否指嘉陵江？大江应指长江，无论梓、阆、成都皆不临长江。若返至成都时作，此时杜甫与诸弟已通消息，不应如此说也。杜甫常用《博物志》海边人乘

附录　浦江清、吴天五合注《杜甫诗选》通信选

槎泛至牵牛宿故事与张骞奉使河源事牵合,仇注谓出《荆楚岁时记》,为查各本《荆楚岁时记》皆无之,而类书中亦不见。惟《古今图书集成》中有辨。大概唐人有牵合之故事。为查此事费二三天。又,《后出塞》"蓟门",蓟门关有数说,一说在今蓟州(唐渔阳郡),一说在今宛平县北今北京德胜门外,一说蓟丘在今大兴县西南。纷纭不定。已函沿革地理专家某君,尚未得复。举一二事,以见作注之费力。

(弟处工作之缓,皆因一二疑难,不查书心所不安,或他人提意见,反覆改正之故。文学社中人谈,他们也在搞"胡风分子"。如八月底交稿,九月中审稿,九月底发排,赶年底出版尚不误。)

十二（1955）

江公左右：

久缺笺候，区区时切驰系，顷接手教，藉悉起居佳胜，深以为慰。弟月来体中极不佳，因上学期课务较忙，积成羸惫，假期内此间展开"肃反运动"，日日开会，听报告，运动后又入城看招生试卷，往返仆仆，遂致中暑，困卧旬余，近日始稍就痊可，但筋力尚疲乏不堪。真所谓此身如芭蕉，中无有坚也。杜诗注交稿，社方许延展至八月底，甚善甚善。弟担任部分，错失不少，幸赖足下认真修改，免致闹笑话。平日喜读杜诗，但涉猎无深造，又生性疏懒，不惯作细密工夫，草率从事，致劳仁者费如此气力，殊惶愧耳。《解闷十二首》之第三首注郑审是郑虔的弟弟，依据冯君《杜甫传》（一七一页）说法。仇注语郑审是郑虔侄，未知何据，新、旧《唐书》皆无郑审传，《新唐书·郑虔传》亦无提及郑审。冯君说与旧说不同，想当有所凭，故从之，惟当时甚草草，忘记提出奉询，亦未在稿上作标记，遂滑过去。南湖构亭依据何书，已记不起。此间参考书大部分送还图书馆，假期中借检甚不方便。（因馆中正在整理线装书。）尊处如有蔡梦弼《诗笺》及《分门集注》，幸为一查，或出此二书未定。万一找不到，即删去构亭一说可也。南湖有亭，曾数见杜诗，当无问题，如《郑监湖亭泛舟》《寄题郑监湖亭》《过郑监湖亭》等诗，皆明言郑审所居之南湖有亭也。"瓜州"旧说纷纷，殊难确信，故拙稿从阙，尊意如欲

附录 浦江清、吴天五合注《杜甫诗选》通信选

指明瓜洲所在，从《详注》说亦可。《去秋行》当指段子璋乱事，朱鹤龄所疑，《详注》辩之甚是。"汉节"小注仅云指遂州刺史，确不显豁，拟辄取鲍钦止说，指嗣虢王巨被杀，含有伤叹语意，如何？黄鹤谓指《苦战行》之马将军，不可取。尊喻欲将此诗删去，弟无意见。《警急》《王命》《征夫》三首，旧注皆接连，谓是吐蕃攻三城时所作，似可从。足下疑《王命》是徐知道乱后严武去蜀时作，恐未必是。此诗前四句分明指吐蕃入寇事，末二句正因高适领西川节度而不能抗御吐蕃，故杜甫希望朝廷派遣能臣来镇守蜀中，惟"王官"不必如朱注说即指严武耳。"新烧栈"应指吐蕃而言，吐蕃入寇，烧栈是寻常事。《天边行》写作时期，钱注定为宝应元年，仇注定为永泰元年，均未妥。小注从《镜铨》列在《发阆中》同时。不足十年，不必拘泥。杜诗中用"十年"甚多，不一定都是实数。尊喻从郭知达《集注》移后一年亦可。"大江"可指嘉陵江。《水会渡》"大江动我前"、《阆州东楼饯别十一舅》"游目俯大江"之大江，均指嘉陵江。《赠花卿》后二句，当是赞美音乐，无讽刺意，此诗本为应酬而作，但老杜能在二十八字中写出花卿席上音乐之美，亦不失为好诗，固不必附会讽刺也。来示谓或指宫廷中乐，甚新颖，亦可备一说。承告《壮游》诗"脱略""置醴"等注，有关思想性问题，对弟启发甚大，亦具见足下为学深沉邃密，为可佩也。弟顷偶繙帑废稿，亦复发现错失数处，如《夜归》"老罢"之罢，解释为与"疲"同，未是。老罢犹言老去，老后。杜甫《与斛斯六》律句"老罢休无赖"，又《怀旧》律句"老罢知明镜"，此老罢与《夜归》之老罢同义，皆应作老去解。《警急》

"玉垒"注尚欠明确，应改为："玉垒山有二，一在四川理番县东南新保关，一在四川灌县西北。此指在理番县的玉垒，为蜀中通往吐蕃的要道。"《追酬故高蜀州人日见寄》"汉中王瑀"句下亦应加注："他很喜爱文学，早有才名。"可说明杜甫与汉中王交往主要在文学趣味相同。妥否当盼高明审阅时斟酌改正为佳。偏劳清神，歉疚何已。杭州比日早晚较凉快，颇有秋意。京中大热可念。病起草草作答，不觉累纸。即颂

著安

弟鹭山顿首　八月廿三日

冯公晤中幸致拳拳

附录　浦江清、吴天五合注《杜甫诗选》通信选

十三（1955）

鹭山兄：

上月下旬，快函读悉，知暑中尊体违和，至为遥念。虽乏课务繁重，谅亦为在忙中挤出时间，作杜诗注释工作之故，劳累可以想象。近时贵校谅已上课，健康是颂。前示嘱改各点，因稿未交出，皆一一照改，勿念。弟处全稿，于八月底编成，九月二日，由社方派人来取去。尊任部分，弟自始至终，反覆校读，稍有疑问，即为查书覆按，弟有所见，即为斟酌。暑中借书较多，如史炳《杜诗琐证》、吴景旭《历代诗话》，颇有可采，亦置案头。钻研颇有兴味。因课务及学习较忙，日间无工夫，诸赖夜作，亦殊劳累。稿送出后，胃病大发，是以病卧旬日。近已痊可，亦照常上课矣。冯兄亦忙，此书之第一、二、四部分，他曾看过。第三、五、六、七、八部分，即由弟一人从事。稿交社方，那边尚有审稿之人。如无多少问题，拟即付排，赶今年年底出书也。合同尚未订，弟拟推冯兄接洽，因此书名"杜甫诗选"，选本出自冯兄，亦因彼是最早参加工作之一人。（"前言"亦由冯兄负责，或即用文学遗产所发表者，或稍加修改。）注释部分，则由我们南北通力合作，所费劳力，约略相等。（足下集中力量任一百六十首左右。弟分散时间，先作百首左右，此后在后部加工，并负责总编。工作经过，冯兄皆不隔膜。）

预支稿费事，去冬社方先惠三百元，此次交稿后，于九月十三日

又汇来五百元。前后八百元，拟各取其半。除先已奉上二百元外，今再汇奉二百元。迟迟乞恕。（社方汇款，不另附信，只寄一汇单来而已。）至正式稿酬之办法，待此间明悉后，再奉闻。此项工作，极合读者需要，惟我们只是抽教学余暇时间来作，虽有此旧学力，亦限于我的水平不足，所作未必尽善，将来尚须究心，随时修订。目下照弟看法，较之冠英《乐府诗选》及舒芜《李白诗选》，尚不太差。弟自己相当尽力及满意，不知广大读者反应如何耳。《光明日报》"文学遗产"对舒芜著《李白诗选》有意见，因未能完全解决读者疑问。我们的做法，在解释诗意上稍有推进。惟读者对《李白诗选》要求分析每诗的主题，此则我们也不曾做，且不易做也。"文学遗产"最近有一文章，对傅庚生《杜甫诗论》提意见，于"荣枯咫尺异，惆怅难再述"句，傅解殊谬。可见注释之难，偶一不慎，即牵涉思想性问题，歪曲杜甫形象。今我们所作，经两人心眼，大错误可免，至于小错误，恐尚有所不免。又我们偏重于旧学力，沿用旧注笔调处也不少，未必能餍读者之望也。匆匆，祗颂

教安

弟江清顿首　九月二十日

　　《公孙大娘舞剑器》，唐人剑器舞，据郑樵《通志》谓是空手舞，冯至《杜甫传》据陈寅恪考证及他诗所示，谓确是剑舞。不知得失如何？今此稿暂注作剑舞，俾与冯兄《杜甫传》不冲突。但尚须广为问询耳。

十四（1955）

鹭山兄：

前接大札，并曾即转冯兄一阅，因忙久未奉复为歉。《杜诗选注》稿，于八月底交社方，九月中社方审阅，看得尚细致，复贴签数十条意见，虽不需要大修改，亦颇琐碎，原稿弟曾再三斟酌，翻覆修改，私意无多误谬。所提意见，有属于体例方面的，有原注不误，提意见者反有误解者，亦有数处可以补充修正的。催得极急，因尽旬日之力，复处理之。九月底送出。大概即付排印，赶年底印出。冯公负责"前言"，用旧稿或须略加修改，弟亦略提若干意见，其中来示所云，亦有在内。冯公主观上无贬李扬杜思想，惟读者或有此印象耳。弟尚须补作注释体例说明一段文章，因近日又忙于教课，尚未执笔。弟秋冬之际，例发胃病，今岁又来，惟不误教课，勉力支持。现已痊可。社方校样尚未送来，预计恐在此月中下旬。届时必定催得很急，不知远寄方便否，然颇思仍烦吾兄分劳一二也。社方已送一合同来，内有作家协会所订稿酬办法，颇为复杂。弟未便擅签，将与冯兄商榷。待后奉闻。前闻吾兄亦因忙累而病，此与弟往时催稿之殷促，不无关系，极为心疚。目下尊处新任务又重，尚祈珍摄。

祗颂

教安

弟江清顿首　十一月二日

此稿我们的清稿相当清楚,因而排印不致太费事。社方亦来不及再抄。弟曾嘱社方排印后原稿保存,仍为装成数册,校稿时可以参看,否则又太麻烦了。又现在虽推行简笔字,惟关于古典文学著作,社方尚拟暂不用简笔字,照《乐府诗选》及《李白诗选》式样。来洽者口头说明如此,不知近来又有变动否耳。八月底交稿时,弟附一说明。亦将各人参加工作之部分作一略述。尊札在弟处均保存,社中人亦得见,知南北合作,商讨甚勤也。所惜者冯兄因忙,又出外一次,因此注释部分,未能全部细看,并加是正。惟八月底交稿前,曾汇齐各册,一转冯兄处也。他答应校清样时或能抽暇亦为参加。前蒙惠教关于公孙舞剑事,后来弟为检姚合《剑器行》及《津阳门诗》,亦同意有剑。(社方提意见时于此处亦夹有一条,认为疑问,须再查。)郑审为郑虔之弟或侄,则未能弄明。《全唐诗》小传中无之。此亦无关宏旨。又"眼中之人吾老矣"一句,社方夹条谓"眼中之人"或指杜甫非王郎。弟意尊注不误,弟向读此诗亦作如此解。经此一提,弟问中文系同事,所答不一,反而游移。足下暇时幸广为问询,看各人所见是否一致耳。可资谈助。此句实是一标点问题,亦见老杜之句法生动也。

弟江清草草又及

附录　浦江清、吴天五合注《杜甫诗选》通信选

十五（1956）

鹭山兄：

　　前得来教，因循未报，颇为抱愧。上学期校课结束后，接着口试，排得很紧，又值严寒，曾感不适。旋即愈，而玩忽迟复耳。《杜诗选注》，作家出版社（整理者按：人民文学出版社曾经的副牌）排校似缓，大约在一、二校中，我们需要校最后一次清样，则尚未送来。校样来，仍拟请兄分劳一半。限期必甚迫切，不知适宜远寄否耳。此稿去年八月底交出，九月中旬，出版社送回，附提意见，限旬日内处理，九月底交出，即付发排。本定赶去年年底印出，大概排校迟迟耳。冯兄《前言》已稍稍修改，去年十一月中交去。惟即照原文内容，末后未谈及编注体例，出版社尚须弟续补一段，俟校样来时补作，因原稿迄今未送回也。此月中弟开课后大忙，三月中又须到城中教师进修学院兼三周课。亦甚畏其适于此时送来，未去催询。游国恩先生有《陆游诗选》一种，同时交去，迄今亦尚未见校样。据弟所知，此稿原定不用简字排，今不知如何。

　　此书出版时用三人名义。冯兄前列，作为编选者。弟等则为注释者。冯兄所主持之旧稿已废，此稿则由我们重编重注，今以参加此项工作前后为次，而分开编注。如不分编注，我们的注释稿冯兄实未全看，仅看一小部分，完全信托我们做。一则出版后，或有指摘，二则书出版后，人民来信亦必不少。冠英《乐府诗选》出后，凡乐府诗问

题都集中在他处。此书尚未出版，或已有闻知者，弟曾接一中学教师信，托解杜诗六首，不得已费一晚上答复之。信答比口解尤难。不分编注，必集中冯兄处。但如此一来，弟怕集中弟处，而尊处亦必有之。近政府对知识分子极为关怀，而我们实远远落后于现实的需求。弟精力尤不足。

春明出版社《李杜诗选》弟未见过，不知错误如何。弟处有《元人杂剧》《明清传奇》二种，未细看。据一助教谈，注释中也有些错误。惟此类书现正缺，对同学尚有用，可补印发讲义之不足也。

春节即在校内度过，未进城。在某君处，见到郑奠先生，年长而健。彼久在浙大，与足下必相识也。

匆匆即颂

教安

弟江清顿首　二月二十一日

弟于后部杜诗本不熟悉，尊稿寄来后，一一细读，借以钻研，稍为补充修订。留下尚有些疑问未决，时间匆忙，亦不及一一商讨矣。此外尚有一疑问，弟未敢冒昧一询，尊处寄来誊清稿，不知是否书手所抄，笔致与吾兄略相似而不类。又吾兄于此稿略无一字之校改，亦所不解。如是书手所抄，必不放心，总有些校改也。惠教时可及之否？

附录 浦江清、吴天五合注《杜甫诗选》通信选

十六（1956）

江公：

叠接廿一、廿二、廿六来教并《杜甫诗选》校样，敬承一切。校样已于廿七日校毕挂号径寄出版社，以廿六手教后至，不及仍寄尊处矣。此次校样讹夺甚多，不仅本文、注文有错字，即排行及标点符号亦有舛错。弟费两日夜工夫从头到尾细读一遍，并依尊嘱用红笔勾批。社方未寄原稿，校对较有困难。弟所写部分此间有旧稿可查，足下修订条则尚有一两字未明，已为批出"须查原稿"，俟第三校时校正可也。蒙示注释中引书与篇名中间两点及《戏题王宰画》一首之"王宰"注，校对时未曾留意，亦须待三校补进。足下修订各条，详细精确，弟极叹伏，亦稍有疑问，已为记出（校样上未移动一字），以俟斟酌。惟在校对中发现足下所补条偶有误失而无关说诗大旨者，曾即为校正。（如《古柏行》一首所补之"从开始到爱惜"条，"爱惜"当是"雪山白"之误。因此诗原文依旧本，"君臣"二句在"云来"二句上。《白帝》一首所补之"白帝城"条，应在"戎马""诛求"二条前。）又弟初稿错用符号而校样仍旧者亦已为校改。（如《江上值水如海势》一首"浮槎"条下"槎"字所用〔〕号应改用""号。《解闷》第十首注引《宴戎州杨使君东楼》之"宴"字，应在诗题内而不在诗题外。）弟初稿极粗疏，得足下补苴润饰，始有可观，校读时如接謦欬，尤为欣快。三校未知何时可送来？如须弟效劳，仍请勿客气。足

下近时课务重,尊候亦须保摄。弟本学期不太忙,尚可挤出工夫也。校稿所疑别纸附上。即候

道绥

        鹭山　三月三日雪后

夏瞿老托代问前寄《唐宋词人年谱》一书已否收到?

  小稿系内子手抄。弟写稿时正值课务忙迫,字较潦草,涂改亦多,托人抄写恐有困难,亦不放心。内子相随多年,对弟字尚熟悉,抄写亦算认真。弟校阅时发现错字,即嘱其用橡皮块擦去错字再写,务求行间整洁,俾足下修改时方便。惟弟校阅常在深夜,精力不济,不免漏略。如上举错用符号即是一例。承注问惶惶无已。

  校稿存在问题:

  一、《石犀行》"海眼"条,尊说"石笋是镇着海眼的",似未妥。(改为"石笋是镇着海的海眼"如何?)此句承上句"陌上石笋双高蹲"而来,谓石笋是海眼,意思甚明白,不必取《风俗记》"以镇海眼"之说,反失作者本意。

  二、《严氏溪放歌行》"将身更何许"条,鄙意此句亦即《后游》所谓"舍此更何之"的意思,《详注》指出旧解谓"将身更许何人"之误,甚是。尊说"更将屈身许给谁",恐易使读者误会,杜甫在这里有想屈身许人而不可得之感,是歪曲了杜甫。如必欲持此说,倒不如用《详注》所指的旧解"将身更许何人"一语较平妥些。

三、《阆山歌》"且未归"条。注云:"且不能归。""且"字改作"尚"字似较明白。

四、《八阵图》"遗恨失吞吴",鄙意"遗恨"当是以吞吴失计为遗恨。尊说"诸葛亮伐魏无功,蜀二世而亡,这是遗恨",把"遗恨"与"失吞吴"分成两橛,似稍牵强。

五、《诸将》"百二重"条,鄙意"重"犹言层。即《礼》所谓"天子之席五重"之重。亦即杜诗"烟花一万重","烟雾嶂几重"之重。尊说引《史记》解释为倍,尚欠明确。

六、《咏怀古迹》"省识"条,尊说把省识解作辨认,本无不可,但此二字与下句"空归"二字是对偶,恐解作"略识"为妥。

七、样本无《孤雁》《至后》二首,是否删去或排印时脱落?此二诗原不是老杜佳作,不选亦可。

此外尚有一些问题,不暇缕及,容俟续陈。

十七（1956）

鹭山兄：

顷展来教，所谈甚详，至为欣快。因正殷念也。知校稿费两日夜工夫，极为认真细密，勤劳可佩。作家出版社办事各分部门，都不接头。往往令人生气，弟久受之。如此次，排得如何，久未见人来告。校稿邮件，如天外飞来，且不附原稿，限期迫促，亦不指点如何校法是也。弟本拟即时退还，说明做不到，后来试校数页，觉尚可为之，而尊处亦可分劳，正承殷望，遂为寄发。足下如期寄回去，不由敝处转亦好，因弟正忙，更为耽搁耳。弟校三卷，虽亦多讹夺，还不太乱，尊处后部照来示所云，大概初校更差些。那边校稿者闻是一北大中文系新毕业生（亦即是我的高足），年轻人无训练，亦粗心。三校需要我们校否未定，看来尚以再校一次为妥。拟仍请足下分劳，此次当附奉原稿，来示中所云各点亦可改正矣。前所惠稿，知出嫂夫人手抄，颇为失敬，弟亦疑如此，笔致颇似吾兄，至求行款整洁，擦去改错，令人感动！此书嘉惠学子，我们的工作热情，不枉费也。尊稿来此后，基础已好，弟癖性喜欢细查，有疑问处即查书，亦思尽我思虑所及，有所添益，思前后如出一手，其七、八两卷值"肃反运动"已开始，白日开会，夜间工作，精神不济，必有疏忽。承示各点均感。顷忙未细考虑，未全检书，奉复如下。

（一）《古柏行》的问题。仇本依须溪改正。我们的杜诗原文，

附录　浦江清、吴天五合注《杜甫诗选》通信选

不知如何？如依仇本，则宜至"爱惜"止，咏夔州柏。大概所录原文，依《全唐诗》本，故足下改订之。弟读此诗觉仇本为顺，但无成见，足下试一检各书如何？先定本文，下面注释，须求与本文一致。并在注释中补另本移此句云云。（二）"白帝城"一注，移动次序谅是，弟已不忆。弟注白帝城前后有重出者，乃故为重出，不必删。（三）《石笋行》，鄙意仍以镇海眼之说为通。镇着海眼即可，镇着海的海眼为赘。此本是民间传说。（四）《严氏溪放歌行》，尊解是，固不必以屈身为说。三校时改正之。惟须把"何许"二字释明。（五）《阆山歌》"且不能归"，改"尚"好。（六）《八阵图》，此篇弟数度易稿，来示亦曾以二解孰是为问，曾费钻研。所解虽曲折，似得此诗本意。急于吞吴是刘备意，非诸葛亮意。诗咏诸葛亮，遗恨指诸葛之遗恨，虽六出祁山而北伐中原无功也。记史者认为蜀势之弱，实坐刘备急于伐吴之故。追咎于吞吴之失计。如注作"以吞吴失计为遗恨"，颇为含混，学生仍不懂。主词属诸葛亮。诸葛亮并无吞吴意图（至少须待伐魏成功以后）。此所以前解杜诗者一说认为诸葛原有吞吴之意，故设此八阵图，此于史无根。诗意本曲折，遗恨处应一顿，但并非两橛。不知鄙解有说服力否？据史事及史诗家立说，毛病不多。（七）《诸将》"百二重"，"百二"本甚难解，仇注原意似不误，引旧史家"秦得百二"之原注。此百二已为"险固"之代词，尚非百二重关口也。不知读诗者有如此讲否？"重"字可照尊解。我如何写，已不记忆。作"倍"讲，非。如何改词，请从酌夺。（八）《咏怀古迹》"省识"，省是审视，晋、唐、宋用"省"，当

时俗语，如书札中，皆作"看"字义。省识连词一义，即看识耳。省识当指汉元帝而言，言昭君去后，只有在画图中见其风姿耳。顷于仇注，引"瀚曰"，用省约之省，作略识解。既有前人注说，可以依据，亦可用。鄙注"辨认"太实，可改。改"省"，审视，看。省识即看识，或省，省约之意，省识即略识。如何修词，请酌夺。惟此句须"释句"。此诗传诵人口，读者甚多。此句如何解，可广为问询也。又可一查《杜诗索引》，省字用法，可决疑问。（九）《孤雁》《至后》二诗，不佳故删。弟于后部诗中曾补作二三首，皆短诗，出冯选目外，删去二三首。（十）"王宰"当注为"宰，未必是其名，当是王姓而曾作县令者。参看前《彭衙行》诗孙宰注"。（十一）书名篇名中之二点移中。

此札可保存，备三校时参考。惟二校版型未定，可以多改。三校则排得较整齐了，所以增改计算字数，不大改版式为宜。弟亦不内行，大概增一二行尚不太麻烦也。

瞿禅兄大著久已拜收，冯兄所携来者，冯兄处亦蒙其见惠一部。乃二人均疏懒不相谋，均未致函候道谢，殊为荒唐。承问及，歉歉，今先托兄代谢。此书到我校中书亭数部，系中同事争购，均推崇，年轻一辈人均佩老辈治学笃实也。

近来此间同人们讨论李后主，肯定，否定，如何肯定，否定多少，肯定多少，论点不一。关于词的问题，尚未多讨论。目下最肯定的词人惟辛稼轩耳。一个作家如此难以定论，我们讲文学史不知遇到多少困难问题。水平不足，上堂颇感困难。因此备课，时间枉费。讨论杜诗诗意,颇为心喜,奈忙里偷闲,诸有不足。

　　冯至先生托代道候。敬请
俪安

弟江清顿首　三月八日深夜

十八（1956）

鹭山兄：

前两奉手教，因患病及病后休养，懒于执笔，失覆为歉。正拟作函告罪，乃先蒙驰函慰问，极感关注之厚！

我在三月初特忙，不免又逞夜作，遂感不适。因胃病久有经验，不以为意。卧床静养。惟此次感受不同，经校医来视，觉有变化，即转协和医院治疗。据诊断，知为十二指肠溃疡穿孔，酿成腹膜炎症。因体弱，且情形并未扩大，用保守疗法，未施手术，顺利成功。住院兼旬，于三月底出院。回家后又休养廿天，始复上课。此次享受公费医疗，在医院体验亦深。心境愉快，健康恢复颇速，可以告慰。惟校课颇受影响，此刻又在赶课，以求完成进度。城中教师进修学院，原约兼任讲课三次，一讲而止，有头无尾，亦为歉然。

瞿禅兄来此欣晤，匆匆颇失招待。彼访冯至未值，以后见到冯兄，冯谓"失之交臂"，亦颇怅怅。声越兄（整理者按：徐震堮）稍得留谈，亦道及足下，诗词书法，素养均深，更增心仪。浙江诸公，均雅善笔札，弟每作书匆匆，潦草可笑，惭愧之至。晦庵"心逸"之教，正不易做到耳。

杜诗三校样未来，竟不知如何，拟即联系。出版社无专人来洽，彼处分工办事，亦不周到。前在医院中曾托内人作信，告以弟病，并请以后面五卷原稿及校样径寄尊处。原定我们只需校一次，或二校，或三校。今不放心，能有三校更佳。如社中负责校对者已做好基础，则足下只须如前函所讨论，需要改正处改正耳。请即以尊意斟酌改定，弟即为同意。出版社自己排校甚缓，如来则限期必急，但超过数日，亦无关系。

苏仲翔《李杜诗选》，已买一本。未细看。题解及注释多引他人说，取材似博，杂引古今，且涉评赞，又似太杂。与我们体例不同。偶翻《塞芦子》篇，见其采用钱牧斋说。此说诚为创见，弟亦曾考虑，亦有缺点，终未敢用。不得已，用众人之说，但亦有所疑。此篇亦一疑难也。出版社所规定体例，避免多所引证考据，为一般读者着想，弟遵循之，不免拘束。

北大于五四纪念日，展开科学论文讨论会，近一周而止。因此，需要阅读之论文甚多。此数日饮食起居，较之医院所定，略有打乱现象，拟即为克制。

示及本学期伏案时间较少，注意运动，健康增进，闻之欣慰。任重载远，亦宜珍卫。匆匆，敬颂
俪安

弟江清顿首　五月九日

声越于"省识"句，亦倾向于"略识"之说。"吞吴"句，谓弟注大意亦是。"海眼"句未表意见，匆匆口谈，未查原书，遂未得折正。顷忙，未再读足下来札，作复，诸不及谈。

又及

十九（1956）

江公惠鉴：

十一日所发两信并寄来《杜诗》校样及原稿，均一一妥收。藉知尊况动静胜常，深为欣慰。

此次校样，社方依二校过录，错误不多，校对较为顺利。此间政治学习尚不太忙，早晚可抽暇校读，兹已毕事，交邮挂号寄上，即乞检收。

前通函讨论各点，在校读中，已依尊喻略作修正。

一、《戏题王宰山水图歌》"王宰"条，补注："宰，未必是其名，当是王姓而曾作县令者。参看前《彭衙行》诗孙宰注。"

二、《古柏行》"云来"条，补注："另本此二句移在'君臣'二句上。"

三、《四松》"离立"条，补注："《礼记·曲礼》：离坐离立。"

四、《严氏溪放歌行》"将身、何许"条，改为"犹言寄身何处"。

五、《阆山歌》"且未归"条，改为"尚不能归"。

六、《诸将》"百二"条，百二下加一重字。引《史记》下解释句加括号。解释句下改为："这里的百二重，极言城池的险固。重，读平声。"

七、《咏怀古迹》"省识"条，改为："省，即省约、省略的意思。省识，约略地看识。"

八、《愁》"吴体"条，改为："吴体，当指吴均体。据《南史》：'均文体清拔，有古气，好事者或斅之，谓之吴均体。'这里的吴体，即律诗而有古风者；平仄不必协调，亦即所谓拗律。"

在校读中，觉得原稿尚有可斟酌处，亦曾随手增损一二字。

一、《枯椶》"蒲柳"条，改为："古人常用它来比喻人早衰。"

二、《诸将》第三首解题"东北尚未完全归顺朝廷"以下改为："乱后民生凋敝而军需益急。"

三、《秋兴》第五首"雉尾"条，改为："即指羽毛障扇。"

四、《恨别》"幽燕"条，补注："燕，读平声。"

五、《送舍弟颖》"一柱观"条，补注："观，读去声。"

以上改动各条，未知是否妥当，当烦足下审核指正。

《石笋行》"海眼"及《八阵图》"遗恨"二条，尚未改动。弟与足下所见仍有出入。石笋双高蹲有似海眼，故有古来相传是海眼之句。似不必用《风俗记》说在海眼上硬加上镇着二字。"遗恨失吞吴"句，遗恨应与吞吴紧接，是说诸葛亮以刘备吞吴之失计引为遗恨。吴见思谓此句作遗恨在吞吴，文意自明。其实此处用一"失"字，正见老杜锤炼之工。此等问题可存疑，不必即求解决，恐注辄漫及之。

《戏为六绝句》，解题已作扼要说明，不作分释，读者当能看懂。惟第五首"清词"条，可添注："杜甫在这里指出文学语言的继承关系。"但此可添可不添，务希足下审阅时酌夺。

社方所提两条意见，鄙意"眼中之人"当是指王郎，谓杜甫从王郎瞳孔中看到自己小影，曲说可笑。镖作剑鼻解，《说文》当有所据。

社示剑饰图,语镡是剑首,未见确证。兹在此条下添注一句:"另一解:镡,剑首。"高见以为如何?亦祈酌夺。

此间政治学习是"肃反运动"学习,因去年从师范学院转教师进修学院许多员工,都未正式参加"肃反运动",所以今兹补行一次。但学习较轻松,不如去年紧张。院方对教师甚照顾,近来移住此间六通寺,有禅房花竹之胜,亦足逭暑。足下北戴河之游当甚愉快,健羡健羡。

徐朔方自京回,备述足下存记殷切,感激曷已!匆匆,颂道绥。

弟鹭山拜上　八月廿五日

教师进修学院近不迁移湖上,惟弟宿舍稍有移动(从第二宿舍迁第一宿舍)。今后来教,请仍寄杭州浙江教师进修学院。

此信将投邮,适接足下廿二日航空来示,具悉。顷将校样抽出另付航空邮寄,较快速。据邮人云:廿七日必可到京。原稿亦已挂号寄出。均依尊嘱改寄出版社,不及就正为怅。此信到时,盼就便向社方一问,校样、原稿是否已妥收。并盼惠示数行,甚感。

鹭山又及　廿六日早

二十（1956）

鹭山兄：

三奉手教，知关念之殷，都未能及时作复，实深歉仄。弟在九月底，受气候变化影响，消化性溃疡病复发，曾病卧两周。此后仍赶校课不辍，缺乏好好休息，恢复较迟。现已痊可，可释念，并请谅迟迟作答之罪。

《杜甫诗选》事，尊处一无耽误。除关于"吴体"一条，出版社又麻烦我们考虑一次外，即为定稿，再不须修改。据出版社来信，再校由他们负责，我们不须再校，因此，亦再无校样送来。惟冯兄"前言"再校又需小作修改，补作关于"编注体例"的话，装在"前言"后面，或"单立"，一时均弄不妥，最后决定，合拟一简单之"例言"数则单立，迟至十月底方始寄出。未逾出版社最后期限。据冯兄谈，此书可赶今年底印出，万一迟缓，则明春定可出版。因印刷厂在上海，不在北京，而现在用繁笔字排印书较慢。

稿酬分派办法，由冯兄与弟拟定。冯兄取编选人之一次发表费，及"前言"之版酬。注释部分之版酬，则由我们各分一半。为避免以后随时转寄之麻烦，由冯兄去函出版社，在该处分派后直接寄奉。此书销量必广，以后收入不薄。此是足下劳动所应得之报酬，无所谓"取之伤廉"也。

书出有抢购情况，此间亦然。印数不足，受发行计划及纸张分配之限制。冯兄已函出版社，为我们三人定购百册。（著作人自己买书，可享八折权利。）足下可分配到三十册。惟尚请足下直函北京东四头条胡同作家出版社联系一下，倘此数不足，亦可添些，看能办到否耳。俾可直接寄奉，书价由版酬中扣算。

此间《琵琶记》虽展开讨论，不容易得到很好的总结。有人把它提得太高，有人把它贬得太低。我在此间讨论会学习有益，但苦于水平不足，研究亦不能深入。我估价此书，在"四大传奇"之上。不知尊见如何？南方讨论会中意见比较一致否？这里又在讨论关于中国古典文学中现实主义之看法，为《文艺报》两篇文章所引起。多听意见，学习均为有益。

前示知足下在今年略得空暇，暂不开课，则必有别项工作。素有作杜诗全集整理及作新注之宏愿，不知稍可着手否？前时为出版社体例所限，未尽所长，是赶任务性质。削足适履，颇为委屈。足下尚可自为计划，支持数年，可望有成。弟在此任宋元明清文学史，基础差，材料庞杂，疲累之至。身体不健，颇思得短期休息之机会，目下尚不易做到。读来示知有西湖泛舟之乐，南国风光，多年未得领略，极堪遥念。此间则冬来已见两次大雪，雪景甚美。（何时足下得暇，来京都一游，藉得把晤，亦所殷念。此书稿费，堪作旅费之用，一笑。）

冯兄虽同住一园，各忙所忙，亦不常见到。暑假中彼曾到过西安一游，访曲江，登雁塔，追念少陵。回校后，有突击翻译工作，天天入城。彼任西语系主任，又教德国文学史重课，极忙。于杜诗亦已久未续研。前得兄札，托先为道候。拟得暇后作复，并向吾兄道谢协助

此《诗选》工作之盛意。幸得大力参加，方能完成。敬颂

俪安

弟江清顿首　十一月二十四日

　　弟除久困胃病外，又患神经衰弱及思想不能集中之病。作书颇爱长谈，草率堪笑。王瑶《陶渊明集》注，我处无之。书出即难购，他自己也买不到。有一研究生携来，问我几个问题，我看王注似有误，使其查陶澍、丁福保、古直等注以解决之。此研究生借几种书有未借到者，问题并未解决。来示提及"菊"及"南山"一注，在他所作《陶渊明》(《祖国十二诗人》中)篇中已作详论。读者亦曾提意见。惟彼不愿改。此说未知所本，他曾听过朱自清先生讲陶渊明一课，不知采用朱说，或从陈寅恪先生一篇论文中来。此类别解可发表于研究著作中，普及注本不宜采用。王瑶对《陶集》用简笔字排，甚不满意。游国恩《陆游诗选》，闻初排用简笔字，游先生不满意，改回来，惟校对极费事。我们的《诗选》，初排即用繁笔，尚为侥幸。

又及

二十一（1957）

鹭山兄：

　　前曾寄一札，并书三册，谅早达。此三册是书出后，出版社先赠作者之本，寄来共有十册，分寄尊处三册。至冯兄去冬托出版社预订百部，初疑落空，其后续有邮包寄来，我们这边有七十部，尊处应亦有三十册。正拟作书问询，顷接出版社函，尊处确已寄出三十部，甚慰。此百部，据云社方从新华书店想法抽回的，故寄出稍迟。近来书出有抢购情况，即先时托出版社想办法的，往往也做不到。此尚可欣幸。北大新华书亭闻曾到三百部，我去问，已售空。实较社方寄我处赠本为早。

　　冯兄说过，我们需要分赠朋友，有些公同朋友，先为知照分划，可避免送重。如前示曾提及的瞿禅兄，则关心此书，多献心得，应由作者合赠。如微昭、朔方同我亦熟，此外我尚想送胡宛春兄一册，或与足下亦熟。杭地诸公，即由足下就近致送，我们不另寄了。但乞代为致候。瞿禅兄曾来北大访冯兄，冯事后知之，谓失之交臂，颇为怅怅。

　　此书排印尚好，但仍不免有错字。如"目录"中《忆昔》误为《惜昔》。又有一二简笔字的出现。又原文标点亦间有误。又有一处错误，原诗若干首，选若干首，而注释文中误标原诗次第。此为原稿有误，我们失校，而冯兄看出的。我们初见如此，以后或更有所发现。

附录 浦江清、吴天五合注《杜甫诗选》通信选

因此书不久即须再版，需要早作一个校本，交出版社。尊处亦请费心一校，随所见校出，寄一本来。能在一星期内作最好。以便过录。

至注释文中尚有需要修改的，则另用一本改正。不分前后部分，其有确定之错误及注文有遗漏，可以小作增补者，即为改补。可商者，或有疑问者，随所见批出或打问号。尚俟友好所见，读者指摘，一并考虑后再改。何时可作一次修改，社方当有通知，尊处一本，待以后函征。（后五卷足下校过二次，当已不多，前三卷尤望指谬。）

冯兄虽居编者之名，实际工作皆托我代做。以往但见过三卷（第一、二、四三卷先由书手抄清者），提过些意见。书出后方全读。他的意见觉得注释部分很不错，确乎能解决些问题，比《李白诗选》为好云。冯兄粗定选目，写作"前言"，尚是一九五二年秋间之事，注释工作由出版社若干位编辑同志帮忙工作，冯但择作数篇，匆匆赶工未善，压而未印。而"前言"先为发表，书不能成。冯兄及出版社皆受些责难。此后托我负责，乃是一九五四年秋间之事，已历二年。我因一人之力不足，得兄参加，方能助成其事。冯兄意甚钦感。惟因我们时常通信，托为代候，未即函谢，实为心疚。

自从给我负责以后，出版社即直接与我订立约稿合同。约定一九五五年六月交稿。尊任初稿五卷有余，六月中方交齐。我处则到六月底以前仅写成一、二、三卷，修订好四、五、六三卷，其七、八两卷则在"肃反运动"紧张中抽暇修订，八月底方交出，逾期两月。出版社审稿人陈迩冬复提些意见，限旬日内处理，且有把原稿改动而需要改回的，九月底处理完毕。十月中寄来出版合同。社方愿意赶年

底印出，但排校甚迟，我们在下年三月方见校样。我们修改"前言"，补作"例言"亦晚，竟迟至去年年底出版。迟了一年。所幸此书早排，不用简笔字，而审稿人也还郑重，以后与我联系，并不乱改。有些人抱怨着出版社乱改稿子，弄得面目全非。此书未受影响。（初也有些删削。）

那个出版合同所定酬报，是以三万册为一定额的。我交冯兄看过，并未细究，即为签定。（约上惟写我名，加一"等"字，签时补上冯兄及足下大名。）后知定额愈大，对作者之酬报为苛。而社方于《陶渊明集》《陆游诗选》等仅定一万册一定额。余书亦不过一万五千、二万光景。《杜甫诗选》显得特别突出。此约有效期限为至一九五六年六月止。我们于去冬遂函询出版社以定额标准，并请参考其他同类书籍，加以合理的调整。久未得复。顷方有新约寄来，改为以二万册为一定额，仍征求我们意见。文化部将定新条例，大概此类书籍不会超过一万五一定额的。定二万还太大些，不过比前定三万，条件已优。此约刚寄到我处，冯兄尚未看到。亦应征询尊意，以便签订，搁数日不忙。此约有效期限为至今年底止。照旧约，此书初版三万册，支付一次稿酬，因我们已预支八百元，又买去几十部书，所余无几了。今改订新约，因而社方把第二次版酬，也寄来了。尊处由出版社直接汇奉，这是足下劳动生产所应得的（书费已扣去）。

冯兄认为这部书质量不错。他很谦抑，认为我们的注释很好，而他的选本有些缺点，因为选得太早之故。（当初选目，经出版社请人审阅所去尚多。我照冯选尽量用，略有增删。）此外"前言"肤泛些。我看"前言"不错，得其大体。我是决写不出的。不知尊见以为何？对此书全部有何意见？当初出版社所定体制，不许引用原书原文，有些束缚性。我稍稍加以改动。现在古典文学的教育在提高，此类书籍，只顾到普及方面。作为进修古典文学是不够的。但是对于中学教师及中文系学生也有很大的帮助。

最近有苏联汉学家曾翻译过白居易诗的，来到北大，冯兄及我皆见到了，致送此书，他很感谢。不久带到苏联去，对于他们的译中国诗工作及宣传中国文学会起很好的作用。我有日本朋友，已经两度来信，探询此书何时出版。冯兄更多认识国外朋友，寄书出去。现在国际间对中国古典文学极为重视，这部小书对于他们翻译杜诗，有很多的帮助。可惜我们抽课余时间作此，有些赶任务，没有能够把它做得很满意。吾兄以前来信谓早知出书甚缓，似尚可从容不忙迫。事实上此间约稿合同定在那年六月，而我处需要些总编修订时间，因为此间"肃反运动"，一概延迟二月，方得出版社之谅解，不催。今为补说。

冯兄很讲究，凡我们合赠，而由他致送的，他也代写上我名。因此送瞿禅本乞代书三人名，微昭、朔方两位代书我名。宛春处则看足下有余与否，再定赠送与否。吾兄书法精良，代写尤好。惟不曾如此作，亦无关系。我很忽略，不完全早办，幸已送出去的都是中文系方面人，与冯兄不完全熟的。

自从"读书萤"以后，久未接尊函，深念。有度叠奉三札，弟处迟复，颇以为歉，乃忙病之故，但仍乐于得尊札，所谓"惯迟作答爱书来"也。此间课程忙忙，非星期日不得暇。近功课已结束，即放寒假,稍暇。下学期课,有人接讲,稍得休息。惟因有别的任务,不易走动。朔方近来信,读之颇有味,知道你们曾同看电影及喝酒。不知吾兄下学期任何功课?计划何种著作?此书出后,工作并未结束。有错误须为修改,读者来信,有需要复的,或有评介文章,所见各为收集。或有需要答复的,仍请分任些。

此颂

俪安,并贺春节。

弟江清　一月二十三日

京中去夏《琵琶记》讨论的专辑已出,我处得一赠送本,市上尚未见,恐又已售完。

朔方来信问我几个关于《牡丹亭》上的问题,需要稍俟研究再复。《牡丹亭》极难注,朔方已完成,可佩。今年纪念汤显祖,朔方书出,极合需要,据他的研究,实已为专家。上海出版界,朔方熟,知定额办法,大概皆为一万。作家出版社殊苛。

顷看出版社寄来酬稿单,我处算了四七五〇〇字,所得稿酬为一一四〇元。(此为注释部分之半,二个定额的稿酬。亦即注释部分全部一个定额的稿酬。)尊处应亦符此数,如微有出入,尚望见告。

二十二（1957）

鹭山兄：

大札收读，欣慰。尊校本亦已收到，极多增出我们所未及注意的，俟我处及冯处所作，合录一本，交出版社。惟此周内有政治学习及其他工作，恐须搁一周。而此书甫出即售缺，说不定今年第一季度已在添印。则此板恐未必能赶上了。

此书出版社先寄来样本十册，后来续有邮包寄到，相隔仅三四日。而尊处竟迟迟未收到，不知何故？我们校内有邮局，续来的书，因系"重大邮包"，并未递送，有一通知单送来，我们自己去认取的。尊处恐亦如此，而通知单有失，不若赴附近邮局一为查询，可明白究竟。如果没有，尚须直函出版社，问询寄出的情况。照出版社给我处通知，尊处亦派寄三十册，应无问题。据云书是向新华书店设法抽回百部的。（如果出版社托了新华，因为书数不足，先应付了我们这方面，尊处须续待设法，亦可能有此情形，如此则须待添印后寄上了。尚请原谅，目下未明究竟。此书北大图书馆亦久未有，而前日乃到了十部。）

蒙示所得稿酬确数，知较弟处略有些微差额。我处乃多算了二千字。顷想，尊处所得即是注释部分的半数，无误。我处所多的谅是"例言"的稿酬。大概是冯兄所派算的。

"例言"一篇，前面四节是我所起草，冯兄略加润饰修正。后面尚需要略述编辑经过，及感谢友好帮忙的话。我对于冯兄草创此书编辑情况不明，不知应否提及，如何提法为妥，颇难措辞，为之搁笔，拟请冯兄续上此节。后来冯兄找我，二人匆匆合拟，即由冯兄携去，斟酌抄清寄发的。当初拟稿未善，考虑不周。参加前期草创工作者除文怀沙外，尚漏提一人。（出版社旧稿，后部分主要是他所作。因此旧稿不大好提，而出版社同人帮忙，又不止一人，怀沙已离出版社，故为特提，其余不提名，而统谢在后。）又足下任稿甚多，不止后面五卷，前三卷亦得足下旧稿之惠，借力不少。而"例言"中所提较轻。凡此皆心所不安。因"例言"补寄发稿甚迟，不及再为斟酌追改。我们不周到的地方，尚请原谅。

出版社商订新约，比旧约条件已改善些。蒙示尊处无甚意见，即由我们决定签订。俟后奉寄尊处过目。

此书如第二版添印又为三万册，则续有一笔稿酬。（此书前期由出版社同人帮忙注释工作，虽未完成，且稿的质量较差，但也花若干心力在内。我同冯兄谈及此层，待冯与出版社方面了解情况，如当初未致稿酬，需要补送一笔的，则拟由注释部分中抽出若干补送。如此较为心安。冯兄于此书仅取编选部分的一次发表费与"前言"的版酬，数目甚少也。）

此书实因当初计划未善，故经历多年，翻工重做。在我接编后，冯兄不大顾问，一切由我做了。事实上是我帮了他的忙。而足下又帮了我的忙，彼此均心感。

此间同人，中文系方面均由我赠送。助教们先为细读，他们觉得很获益。指摘意见不多。

徐朔方有信来,这次是覆我的信,顺便问着几个《牡丹亭》里的问题。因为那几个问题不大好懂,需要查书或转问他人,待以后再复。见,乞代致意。可能他即须赴临川一行了。朔方来信写得客气而亲切,读之很有味。

对于《琵琶记》的评价与看法,我同他的意见不大相同。有些地方竟然相差很远。《〈琵琶记〉讨论专辑》市面上尚未见,我们先得到赠送本,大概不久书店可有。京中辩论很热烈,推重这部书的发言多。可惜讨论即此为止,不容易再深入推进。这是很难做总结的,不过各种不同的意见确乎都展开了。

宛春惠我以所著《小说选注》一书,并有信来,知其嫂夫人病故,赋悼亡哀戚,甚念。宛春年纪不大(略长我数龄),忆在十年前上海见到,尚为翩翩,来示已"翁"之,似乎触目。但转想昔欧阳公年四十即称翁,宛春年亦已近六十,又不觉得太奇怪了。

京中春节前后大雪。顷尚寒冷异常。城中有川剧团演出改编的关汉卿剧《谭记儿》颇佳,曾往一观。因天寒少外出,某夕在邻居高名凯教授家看其所藏书画,消遣一夜。高君处前时见到有白居易赠元稹诗卷,云是真迹。此次所见有明人解缙、王鳌、张弼草书。张弼手卷尤可爱。收价殊廉。足下雅善书法,如患稿费无用处,杭地所出,可以留意也。此颂

俪安

弟江清　二月十二日

二十三［附夏承焘致浦江清函］（1954）

江清先生：子平兄转示尊函，敬悉一一。吴天五兄《杜诗注解》已成数十首，兹检出一部分（三十余首）求教（尚有三十余首未印）。弟劝其注成二三百首。嗣闻冯至先生已有成书，一度停顿，顷以来教告之，并请先写选目奉商，与诸先生通力合作。若能于年内成书，应学校讲课之需，则嘉惠学子不浅。冯先生选目并祈倩人写示，体例何如亦请示及。

吴兄温州人，顷在此任古典文学课，杜诗甚熟。自少即能熟诵。年内完成百首无问题。不悉诸先生已成几何？（尊稿请寄一、二首来作参考。）读尊函知胃疾未平，颇以为念。去秋北京握手，亦讶比前清瘦，幸及早调摄，为学术保重。

《屈子生年考》（整理者按：即《屈原生年月日的推算问题》，发表于《历史研究》1954 年 1 期）有余本，幸检赐一册。程千帆先生近介拙作《词人年谱十种》，于上海新文艺出版社，近改写完毕，惜匆匆无从求教。曩年滥见于《词学季刊》者，先生倘曾寓目，幸有以教我。

冯先生晤中希代致候。敬承
著安

弟夏承焘上　十一月十日

铭善附候。所病正相同，近日好自调护，甚觉有进。第一求能安睡，晚间不宜读书。传甘草粉于胃疾有益，善医者亦以为然。如弟体质，日服五分即无实效亦必无害耳。

再版后记

冯至编选，浦江清、吴天五合注的《杜甫诗选》1956年由我社出版。它是20世纪中叶重要的杜诗选本之一，不仅具有较高的学术价值，还是一本广受读者欢迎的古典诗歌普及读本，它对此后的杜诗研究和诗词选本的编著产生了重要的影响。时至今日，它仍然是一本有价值的杜诗选本，因此，我们决定予以再版。这次再版，增加了浦江清、吴天五两先生撰写注释时的部分往来书信，供读者参考。

20世纪50年代初，我社约请冯至先生选注《杜甫诗选》，原计划由出版社编辑辅助冯先生共同协作，但在草拟部分初稿后，冯先生因事务繁忙，没有时间和精力做进一步的完善工作。于是，我社邀请北京大学中文系浦江清先生参与承担该项工作。浦先生审订部分内容后，深感原有书稿未能尽如人意，需要重新改写，然而自己不仅有很重的教学任务和频繁的社会活动，同时还备受胃疾的折磨，短时间实难完成任务。好友夏承焘先生获悉此情后，便推荐任教于浙江师范学院的吴天五先生与浦先生合作。自1954年开始，至1956年《杜甫诗选》出版，身处两地的浦、吴两先生鱼雁往还，密切协商，通力合作，出色地完成了注释工作。图书出版后,他们又商量赠书、勘误等事。不幸的是,1957年8月31日,浦先生因多年积劳而病逝。这本《杜甫诗选》可以说是浦先生生命后期最重要的学术成果之一。

今存浦先生致吴先生书信35封,吴先生致浦先生书信21封,另有与此相关的夏承焘先生致浦先生书信3封,共59封。这些书信,有些讨论选目,有些讨论体例,有些讨论诗句理解(这方面是主要内容),有时他们还谈论友朋的一些近况。这些丰富的内容,亲切地再现了选注工作过程中的诸多细节,对加深杜诗的理解,了解古典诗歌注释的过程并从中获得教益,学习前辈学人为人处世的风范,皆有裨益。在征得三位作者家属同意后,我们遴选部分书信作为附录,供读者参阅。所选书信包括:(1)夏承焘致浦江清信1封;(2)浦江清致吴天五信15封;(3)吴天五致浦江清信7封。共23封。

在此,我们特别感谢冯姚平、浦汉明、吴思华、周辛等先生的大力支持。浦汉明先生数十年来悉心守护了这批珍贵的书信,并完成了繁重的书信整理工作,在此我们向她表达由衷的敬意和感谢。

另外,本书"诗选"部分,原为繁体竖排,今改为简体横排。个别体例做了微调。原书以注音符号注音,今改为拼音字母注音,读音主要依据《现代汉语词典》(第7版),并对疑难字注音做了相应的增改。

人民文学出版社编辑部

二〇二二年二月